8

我爱问连岳

8

连岳 著

译林出版社

图书在版编目（CIP）数据

我爱问连岳．8／连岳著．—南京：译林出版社，2022.7

ISBN 978-7-5447-9109-0

Ⅰ.①我…　Ⅱ.①连…　Ⅲ.①随笔－作品集－中国－当代　Ⅳ.①I267.1

中国版本图书馆 CIP 数据核字（2022）第 060046 号

我爱问连岳 8　连　岳／著

策　　划　郑燕平
责任编辑　王　玥
装帧设计　木　宁
校　　对　戴小娥
责任印制　颜　亮

出版发行　译林出版社
地　　址　南京市湖南路 1 号 A 楼
邮　　箱　yilin@yilin.com
网　　址　www.yilin.com
市场热线　025-86633278
排　　版　南京展望文化发展有限公司
印　　刷　江苏凤凰新华印务集团有限公司
开　　本　890毫米 ×1240毫米　1/32
印　　张　12.875
插　　页　2
版　　次　2022 年 7 月第 1 版
印　　次　2022 年 7 月第 1 次印刷
书　　号　ISBN 978-7-5447-9109-0
定　　价　52.00 元

目 录

1 择业 · 从业 · 乐业

1

择业·从业·乐业

男人信条：愿受20分委屈

连叔：

您好！我跟我爱人在一起八年了，您的公众号也是他推荐给我的。目前困扰我的问题是我爱人的工作，这个问题在我看来是一个恶性循环。十年不到的时间他总共经历了六份工作，每份工作之间都有几个月到一年多不等的空窗期，离职的原因诸如：价值观不一致、不被重视、没有实权，或者是跟领导同事相处不好。他目前的这份工作才干了一年多，可是昨晚他又说不想干了。

我跟他是裸婚，结婚时还帮他分担了他跟前女友遗留的债务。婚后，我做了几年的全职妈妈，重返职场也才两年。如果他又辞职不干，我不知道这次空窗期又会有多久。加上目前我们没有积蓄，还有之前空窗期创业失败的债务，我个人的收入没办法

* 本书读者来信均为电子邮件或微信留言，口语化表述存在不尽规范之处。为反映来信真实面貌，编辑时仅做适度修改。特此声明。

覆盖我们整个家庭的生活费、房贷、养孩子的开销。每次他要离职我都劝他继续做下去,建议他:先提高自身技能,同时跟领导谈一谈自己的想法,以及自己觉得很压抑的方面(他平常从来不会找领导沟通,不会说心里的想法,一群人聚会也是话不多);要把遇到的问题解决掉,不能一味逃避。但他给我的答复总是:没用,不需要,你不懂,你不理解。

我心里很压抑,我不知道这个事情该怎么处理。我爱人顾家爱我,除了工作让我不放心外,其他都很好。我跟您讲这个不是指责他,而是希望能帮他走出离职的恶性循环,静下心来做事。还有,因为他说我不理解,我是不是不该干涉他选择工作的自由?但每次他后悔离职的时候,又会跟我来一句:"你为什么没拦着我?"期盼您的回信!

压抑的太阳花

* * *

压抑的太阳花:

男人要成长,必须工作,必须保有工作。

在家里,男人得到爱。小时候妈妈爱,成家了老婆爱。男人有这样那样的缺点,在家里总能得到原谅。

在工作中,男人学会爱人。工作的形态不一,但最基本的追求不变：为了得到养家的收入。即使一个男人没有成家，若他不想当流浪汉，要有一定的体面，也得工作；不然的话，就只能让父母继续养自己。

工作有一大特点，就是它总有让人不舒服的地方。往大里说，人性好逸恶劳，工作违背这个人性。往小里说，再喜欢的工作也有让你不喜欢的地方；有一点不喜欢就离职，世上没有一份工作能让你干下去。就是皇帝，也得早起听政，偷懒几天，臣子的议论不好听。在自己国家为所欲为，可是和别国的皇帝交往，也有诸多隐忍。皇帝也有不舒服。

雇主找不到完美的雇员，反之亦然。对方能达到80分，就很开心了。只想要完美雇员的雇主，就没有雇员可用，要么单打独斗，要么公司关门。只想找完美雇主的雇员，只好失业。工作的主要任务，无论雇主还是雇员，就是忍受这20分的不开心。80分开心加上20分不开心，这100分，就是你完整的人格。

工作关系，其实是人与人之间比较单纯的关系。作为雇主，在收入上不亏待雇员，就达标了，没有其他更多魅力，也不必担心。作为雇员，把工作做好即可，其他的，内向外向，嘴甜不甜，是否时髦，都是不影响大局的枝节。雇主只要脑子清楚，并不会因为枝节问题为难你。大多数雇主脑子是清楚的，他们知道自己的核心利益所在。

一个男人，如果处理不了工作关系，那可以推断出，他的其他关系也不会健康。就像你，很宽容，并不想责难他，但你们的感情已在病变。再不挽救，你迟早要大大地“责难”一下他，比如以离婚这种方式。收入支撑不了家庭，再多宽容也不能当饭吃。

当然，挽救的责任在他。所以，下面这几句话是写给他的。

你有能力，不然不可能十年内找到六份工作，雇主还不嫌弃你老是跳槽。你的弱点在于太娇气，受不了一点委屈，所以没有一份工作是满意的。

戒娇气，记住这点就行了：一个男人不想受的委屈，它们并不会消失，它们只是被转嫁到了老婆（家人）身上而已。你不承担那20分的不开心，你老婆（家人）就得为你承担；再加上她自己的20分不开心，翻了一番，变成40分；而且还会逐日生息，很快她的不开心就会超过开心，觉得人生没有意思。你毁了她。一个有点自尊的男人，怎么可能会因为一个女人爱上自己而毁掉她？

受点工作的委屈吧！它将转变成老婆（家人）的幸福。一个成熟的男人，应该知道并遵守这一信条。

祝开心。

连岳

很普通，没资源，他为什么不缺工作？

连叔：

你好！

经同学介绍“认识”你三年了，你的诸多理念深入我心。近期遇到一个难题，迫切地想请你指教。

我今年42岁，湖北黄石农村人，爱人在家专职带三个小孩读书，两个女儿分别上初三和五年级，儿子上三年级。

2004年结婚，欠债一万。我和爱人一直在温州一家小公司打工。我做技术升到副总，至2015年底共十一年。2010年在镇上买了套商品房，方便小孩读书，农村有房屋。老板是我人生中的贵人，辞职回家时我手头有六十万存款。

回家第一年，2016年，我买了台旧挖掘机雇人开，年中卖了，总账亏损七千。年底安装两户水电赚一万。相当于一年没赚钱。

2017、2018两年，在镇上租门面房经营一家瓷砖厨卫店（自认为瓷砖网购不方便，故选此项目）。平时打牌浪费了大部分时间，有空也没去揽安装水电的活。2018年底买了辆十八万的车。两年销售额六十万，净赚十二万，但年底外面欠账十万（现在还欠六万），讨债不爽，关店。

2019年跟小舅子到武汉学做快餐，打算学会后自己开个店，做了一个月，感觉熬夜身体吃不消。4月到7月，在黄石找了个监理的工作，月薪三千。转正时工资只加五百，想到扣除油费后没多少余款，辞职。下半年帮镇政府熟人跑出租车，一趟净赚一百，工作量小，但活不多。平时又是打牌。四个月赚一万。

2020年真是尝尽人生滋味，一个人打工，4月至7月到深圳亲戚的公司做技术。8月至11月自己到温州找了个生产管理的岗位。12月经朋友介绍又到广东韶关做技术。

一个人在外地，工作没问题，一年稳定赚个六七万，还有增加余地，存款还能生息两万，但心情极其不愉快，经常想回家做点事情算了。在家里嘛，又全是失败的案例，赚不到钱，存款生的利息也不足两万了。存款只有三十万了，眼看着小孩上高中、大学的日子逼近，慌。

是该回去再开个店兼带安装水电，还是委屈自己一个人在外面安心打工,稳定地供家庭开支呢？只能请连叔赐教！

心方

* * *

心方:

你的邮件虽然只是简单罗列了自己的工作，我看完却要向你致敬。你是我喜欢的那类人。

喜欢的理由如下:

一、不抱怨。生活不易，人可以找到各种理由抱怨。你在不易出现时，只是想着怎么把它解决掉。这是幸福生活的真正心理基础。不然的话，无论命运将人放到多好、多高的位置，他总是要抱怨的，而人只要一习惯抱怨，就会失去他的好，又从高处跌落。

二、不犹豫，你是行动派。工作不好找，转换工作令人恐惧，前怕狼后怕虎，这些普遍存在的难题，对你来说，不存在。你光明正大地爱一切正当的工作，没有傲慢，没有分别心，所以，你从不缺工作。找工作的问题，最本质的决定因素不是家世、文凭、人脉这些似乎很重要的因素，而是一颗热爱工作的心。

三、有责任感，令人信任。你把家庭照顾得好好的，在这个开始缺孩子的时代抚育三个孩子，又用孩子的未来指引自己的人生计划。这样的男人，让人怎能不敬不爱？

个人在技术进步面前，渺小又强大。你看起来渺小，其实强大。你有爱，你有温度，你可信任，这些是技术取代不了的。有些人看起来很强大，站在财富与关注的巅峰，但如果失去爱，长了坏心眼，开始损害他人，那便是自证渺小，很快会被取代。

基于以上判断，我认为你回家安装水电是最好的选择。

从装修到日常维护，水电技术都是刚需，有稳固的市场。水电工又很特殊，除了技术过关，人还要值得信任，因为用户一般看不出活不合格，却可能留下麻烦的隐患。符合这两个条件的人，用户将自发替他做口碑宣传，谁都会主动地为亲友推荐好的水电师傅。同时，不需要降价去争取市场，好师傅就值好价钱。这是一个越做护城河越宽的职业。

从你的梳理来看，水电安装挣钱的效率最高，也不存在工钱拖欠，那就把这块做大。你唯一的不足是，没把它当事业做，不主动。太爱打牌影响了你。若能把牌戒掉，或者克制地在工余玩一会儿，专注把水电安装这块做大，收入应能达到你的预期。

还有更重要的一项价值无法评估。一家人开开心心地团聚，孩子在成长过程中，爸妈时时在身边，知道幸福的家庭是什么样子，好男人好爸爸的模板也印在心里，他们将来的路会顺畅得多。

祝开心。

连岳

人人都应练文字，却宜少做作家梦

连叔：

见信好。

自从三四年前，读了你的文章《大多数爱情的平庸挑战》之后，我就自不量力地开始了写作。周一到周五，用业余时间，每天写大概两三个小时，周末更是一整天一整天地写。最近这一段时间，工作日我开始六点半起床，七点五十左右到单位，在车里一直写到八点半去上班。中午在单位吃完饭，从十二点写到十二点半，这些写作时间都是我挤出来的。

正如你说的那样，我也是一个平庸的人，做着一份平庸的工作。但我心有不甘，在毕业的很多年里，找不到方向。自从阅读了你的文章之后，我选择了写作。我的目的主要有两个：一是为了实现自我价值。不可否认，如今35岁的我，想要挣更多的钱，获得更好的生活，为家庭多出一份力。顺便说下，我在国企上班，那份工资勉强够度日罢了。二是为了启发他人。我看到许许多多的人，陷入爱情、生活的困境，能帮助到他们是一件多么荣幸的事情。

但是，我这几年付出了这么多心血，也有好的出发点，却从来没有从这件事情上获得成果，没有帮助到人，也没有赚到钱。今天，我给连叔来信，就是想问问，我还要坚持下去吗？我还有必要坚持下去吗？毕竟，我现在的工作是信息安全行业，我完全可以利用业余时间去学习更多新知识，但我把时间耗费在了写作上面，虽然不至于影响正常工作，但要达到优秀的工作状态，还差一把劲。

今天是2021年1月31日，一个跟随连叔写作三年的人陷入了迷茫，是继续写作，还是把注意力转回到本行业之中来，精研专业？连叔，我无意于挣大钱，我只是希望，在帮助别人的同时，能够有所回报，哪怕一年只有几万块，我也就心满意足了。附上我写的文章，给连叔一阅。希望叔帮我做个决断，我到底要不要写下去？连叔，打扰了，盼复，谢谢！

一个迷茫的人

* * *

一个迷茫的人：

吓我一跳，特意倒回去看了三年前的那篇文章，确定了没有鼓励别人当作家的意思。我一直认为人应该把文字练好，能够简洁、清楚、合乎逻辑地表达自己的想法，这是一个人思维能力合格的标准，但我从来不会鼓励别人当作家。

我很年轻时就是作家了（虽然不是作协成员，有人不认），但很快我发现这是比较糟糕的一行。糟糕在两点：一是这一行普遍穷，达到了发表标准，在行业内略有名气的人，也是穷的；二是这一行的人普遍自我认知失调。明明是可有可无的人，却自诩为社会精英，以为靠几本书就能指点江山，享荣华富贵。欲求不满后，他们对世界充满了怨气——竟敢亏待我！同时对业内的一点资源（比如发表资源、评奖资源、体制供养资源）更加饥渴，毫无底线地争夺，拉帮结派，党同伐异。今天你吹我，明天我捧你，今年你给我女儿一个大奖，明年我让你儿子当一个主编。吃相又难看，又可怜。现在还玩得不亦乐乎呢。体制养着一堆作家，真是双输，害了供养者，也害了被供养者。

我早早知道，自己再爱文字，也不能赌这一行。按照现有玩法玩，无论输赢都是输。自己的文字当然还要天天练，生死却得彻底交给市场。那些廉价的小圈子恭维是幻觉，是毒品。写作者能不能活下去，活得好不好，读者说了算。自我感觉再好，市场不买账，也得认输，干点别的养活自己。但是等真输了，再来转行，可能也来不及了。一个中年失意酸文人，大概率是越来越酸，祸及家人。得有B计划，写作成不成，B计划都得成。所以我一直在投资与经商，这方面的水平比写作高。有意思的是，你对写作的回报没什么期待时，对文字的感觉更深。生活只有文字，怎么拼命写，文字也没有太大意思。当文字是生活的体现，它才能一直生长。当然，还需要一点点天赋。

说了这么多，你可能明白了我的建议。勤奋是好的，是做成任何一件事的基础，好作家肯定也是勤奋的。不过，勤奋不一定能成为好作家。作家这行特殊，其他行业没有天赋，勤奋到及格线水准，也有饭吃。60分的职员、面包师、司机、花匠、钟点工、中介、健身教练、程序员，都能体面地活着，他们的中等技能也有市场。作家60分，反而最尴尬，说你不能写吧，你也能硬挤出一篇文章。勉强看完，见识平庸，平淡无奇，甚至多是矫揉造作，无病呻吟。读者觉得浪费时间，不骂你就客气了，你还想要钱？可任何一个行业，60分级别的人都是多数。你看，作家这个行业是多么凶险，不值得。

作家梦是最常见的梦，任何一个孩子，作文被老师父母夸过一次，作家梦的种子就种下了。我判断不出你有没有前途，不管有没有前途，我都建议你得把主业做好。一来主业是你的立身之本；二来主业混着，玩副业，有这种占便宜的行为，人的精神强大不了。这样的你的文字帮不了人，也帮不了自己。

祝开心。

连岳

她不想当警察，我不同意

连叔：

您好！我是一名警察，在某二线省会城市工作，今年28岁。我想辞职已经有一段时间了。

当初进入警校，是出于对这身制服的憧憬还有父母的期望，同时还有我自己的虚荣心。父母认为警察这个职业对于女孩子来说，危险系数低、稳定、轻松、社会地位高、工资待遇好。当时，我很认同父母的观点，就在师范和警校中选择了警校。

在学校里，我收获了几个一辈子的好朋友还有我的爱人。我们已经结婚，并且有一个可爱的儿子，现在已经两岁了。如今，我和爱人单位离家都很近，多年来感情一直很好。爱人工作上进，颇受领导重视，儿子有公婆帮忙带，公婆和我们关系也很融洽，且公婆家拆迁，有房若干套，支持我们的各项投资计划。虽然我和爱人都算不上有钱人，但有工作和家庭的加持，也过得挺滋润了。

可是，我现在很不喜欢这份工作。很多人说公务员就是看起来很忙，我觉得确实如此，每天像陀螺一样，被各种会议、文件充斥着，总结汇报写到吐，时常写到深夜。可是回想起来也不知道具体忙了什么，写了什么，就这样麻木地过完一天又一天。我有时真的很羡慕那些出外勤的男同事。就像我爱人，他加班、出差确实辛苦，但是当一个纠纷被妥善解决，一个案子成功告破，那种兴奋感和获得感也是实实在在的。同时，这也是他们立功受奖、职务晋升的凭证。而我们女性基本上都是被安排做内勤，这也是当初我父母还有我自己看中的一点。坐办公室有啥忙的，危险系数又低，在领导看来也是如此，所以基本和晋升无缘。无缘也罢，我也并非有志于此，可是忙成狗也找不到获得感和成就感，甚至还没有存在感，这实在让我受不了。

我知道等我资历老了，文章就可以由新人写，事情也有新人干了，到时候我就轻松了，前辈们也都是这么过来的。可是这不是我想要的，我希望我的工作可以一直很辛苦，但是我能感受到我的付出是有意义的，每天是充实的。我和爱人讨论过这件事，我想纠正当初的选择，重新去考教师证和事业编制，去小学教书。我喜欢孩子也很擅长和孩子相处，但爱人认为我这个时候想要换一条路重新开始，难度太大了。

拜托连叔给我个建议，如果我的想法片面又幼稚，请点醒我！

明天会更好

* * *

明天会更好：

警察将来的地位会更高，这得益于两个因素：

一是去年中国防疫成功，并在这基础上取得了经济成功，国家管理体制的美誉度提升。警察作为体制内重要的一环，自然获得比原来更多的尊重。

二是反腐败。少数腐败的警察，会败坏所有警察的形象。据我所知，司法系统正在进行严厉的反腐败，不仅查现在，还要倒查历史。我很赞赏这种刮骨疗毒的决心与勇气。司法系统的腐败不除，国本不稳。反腐败最直接的受益者，就是敬业清廉的司法人员，包括警察。

你和丈夫都是年轻的警察，赶上了好时代，自身没什么历史包袱，职业也处于上升期，好好珍惜，一生解民所难，受人尊重，是很幸福的。

当然，一份好工作，也并不是所有环节都有意义。这就是你的疑惑所在。你当上了小学老师，也会惊奇地发现，你还得做一些无意义的、形式主义的、空耗的事情，就像你现在做内勤一样。你就是像我这样自己开公司，什么事都自己说了算，每天也有无意义的事，甚至是负意义的事——努力一番，发现做错了。我本将心向明月，奈何明月照沟渠，这种事时常发生。没有任何一种工作由纯粹的意义构成，工作都有其无意义的部分，有令人叹息、沮丧、失望的部分。

没有内勤工作，公安机关运转不了。会议精神、领导讲话，这些就是神经中枢在起作用，这就是其意义所在。它虽然没有破案的意义那么具体，但它是必须的、重要的存在。会有多余的会议、无聊的讲话，希望它们越少越好，但不可能没有。它们是必要的会议及深刻的讲话的成本；就像再好的作家，也难免写一些烂作品。

承受一些无意义，是追求意义的条件；无论是择业，还是择偶。在年轻时，有人跳来跳去，这山望着那山高，越跳越差，就是因为不知道这点。

无论在什么岗位，当个好警察，这就是你的大事业、大意义。好警察是好国家、好社会最好的代言人之一，不要忘了这个初心。

祝开心。

连岳

当好公务员的一个必过心理关

连叔：

您好！

本人男，公务员，坐标西北面积最大省份的八线小城市，在税务局工作。今年31岁，进入体制七年，从三年前就一直想辞职。

上学时成绩还行，考了当地最好的高中，但因谈恋爱导致只考上一所不入流的三本院校，学会计。2012年毕业，在浙江某企业工作，第二年因不适应气候和饮食回到故乡。由于父母都是体制内的，且当时自身缺乏规划，便听从父母建议，于2014年考入当地事业单位。至今跳了三家单位，最初考在小县城事业单位，因职场气氛不佳，且自己不甘心，一直边干边考，考到市药监局，后又考到税务局。现在每月扣完五险一金工资五千多，年底有一万多奖金，基层职员，无灰色收入。老婆在移动公司，收入低于我，工作特别忙，几乎没休息，更没时间带孩子，两岁多的孩子基本是父母在带。本地全款房子一套，无贷款压力。当地物价高，工资也就是勉强够花，都是死工资，生活质量想提升基本无望，也就是“饿不死、过不好”的状态。家庭一年最多存下四五万，前提是不买车买房或遇突发情况。

本人性格耿直，不会拐弯抹角，学不来玩心眼和拍马屁，也厌恶这些。工作能力还行，理想的状态就是简简单单凭自己的努力或技术获得想要的生活(可能这就是幻想)。玩心眼挣钱太累，但当地风气很差，阿谀奉承或凭背景的很快被提拔；踏实干工作不懂钻营的就是一辈子的老黄牛，得不到肯定。垂管单位晋升渠道无比狭窄，提拔无望。工作量和付出可以说是中东部地区无法想象的，且这种情况近五年甚至十年也不会改变。

进体制内后我一直郁郁寡欢，工作虽尽职尽责，但可能因为不善钻营交际，得不到认可和肯定，也没有成就感和归属感，心情很压抑甚至可以说烦躁。也曾想改变自己去适应单位，但最终无果。自己也释然了，不是单位不好，可能是性格不太适合体制，也不适应当地这种压抑、封闭、落后的社会环境。身边不少人都想着法子走了，留下的都是走不掉的和一些靠背景的人。我想趁着青春尾巴再努力一次，至少不留遗憾，为了自身也为了孩子的未来。但31岁上有老下有小,自己万一输了,输得起吗?

前年和老婆去山东威海玩,她发小在那里生活。人文、社会环境和气候我们都很喜欢,凑巧机会合适就贷款买了套房子,每月用我的公积金还贷还有剩余。老婆的想法是投资或者有空去玩,但是我内心当时就做了打算,胶东半岛的经济发展前景、教育、医疗以及人文自然环境,就是我向往的样子,买房就是为了过去发展有落脚点。之后就一直和家里商量,所有人都觉得:有稳定的体制内工作多少人羡慕,况且岁数不小了,又没有一技之长,拖家带口去一个全新的地方无异于自杀。工作和收入踏空的风险你担不起,留在当地做个“咸鱼”也挺好。大家不都这样嘛,人家能忍得了为什么就你忍不了?(其实老婆也很想去威海,但苦于自己没技能。去了如何生存?如何照顾孩子?)

好在行动力强算是我的长处,我的理念就是生活永远要和比自己好的人比,跟不如自己的人比只会越比越差。通过知识改变命运,考证是我能想到的比较有操作性的办法,所以这三年一直在工作之余备考,今年2月拿到了注册消防工程师。考证去外地发展这条路,之前家里人挺支持,但今年的疫情让“体制内稳定工作至上”的理念重新占据了他们的头脑。证考上了,如果不离开单位就是一张废纸。我的想法是辞职去威海，通过挂靠获取基本生活保障，然后去喜欢的汽车领域做相关的工作；或者去消防公司专职从事消防行业。虽然基础是零，但是消防行业前景不错，积累几年经验后收入应该也能达到心理预期，所以也一直在托朋友打听相关企业。和老婆也谈过，她一时可能过不去，一是不知道去了如何谋生，二是缺乏跳出熟悉环境和舒适圈的勇气。她认为先带着孩子在当地继续工作，等我在威海基本立足了，再带着孩子一起过来。

连叔，作为一个家庭没有背景，想靠自己努力改变生活的普通人，我鼓起很大勇气给您写信，关于该何去何从，很想听听您的建议。谨盼回复！

一名已过而立之年的苦闷公务员

* * *

一名已过而立之年的苦闷公务员：

你在山东威海迅速立足，然后把老婆孩子接过来。这个可能性有多大，这是问题的关键，你也想到了。

“立足”这个词太模糊，用它规划未来是不够的。我在威海市统计局的官网上找了个关键数据：“2019年，威海市城镇非私营单位从业人员年平均工资为70 890元，比上年增加4 347元，同比增长6.5%。其中，在岗职工年平均工资为71 202元，比上年增加4 469元，同比增长6.7%。”凭此可以推断出当地的收入水平。把你的收入多算一点，年入十万，算是立足吧？但你的生活品质和现在比，是下降的。老婆孩子来投奔你，就算也找到一份平均工资的收入，但每年净存四五万就不容易了。这种暂时，或永久的收入水平下降，以后对你的打击可能非常大，因为你是一个风险厌恶型的人。

风险厌恶只是人的一种特质，说不上对错。总体来说，多数人厌恶风险，公务员人群尤其厌恶风险。知道自己有这种特质，你就要知道，有些冒险的事你是做不来的。别说失败了，就是做一件事必要的等待、忍耐、低谷及损失，都会打垮你的精神。你的本意是想提升家庭经济状况，但最后可能毁掉大好局面。你现在的生活其实是不错的，没什么负担，一年净存四五万，没多少中国家庭能达到这水平——新闻及传言里的财富故事，只是少数人的。这四五万好好打理，让它像雪球一样滚动变大，十几二十年后，你会挺有钱。从这点来看，国家对公务员是不错的，为国家服务的人，有一份体面的收入，也应该。

你当公务员到了第七年，进入职业厌倦期，如果心理建设没跟上，就会产生职业憎恨，后半生都陷于此。为什么“恨国党”

的一大来源是吃体制饭的公务员？那就是他职业憎恨的体现，觉得体制亏待了自己，所以巴不得看它的笑话，希望它垮台。我见过不少这种可笑、可悲、可耻的体制人，拿着体制的好处，钻营一流，什么便宜都不放过，日常爱好却是造谣传谣。为什么会恨？不就觉得自己没官当，钱不够多吗？觉得体制瞎了眼，没有重用自己这个人才。所以，要成为一个幸福的公务员，最重要的心理建设就是接受自己一辈子只是一个普通公务员。并不是你做好工作，就一定有官当。做好工作是应该的，有没有官当，能否晋升，却不是必然的，那取决于概率、时机及其他一切不可控因素。

世事不是非此即彼，非黑即白的。玩心眼、拍马屁，这不是体制特有的，而是人性普通的弱点，私企一样存在这些现象，品质低的私企玩得更恶心。我们不能成为玩心眼、拍马屁的人，但我们可以成为一个聪明的、善于发现他人优点的人，这样的人也让人很舒服。一个人必须保持自己的正义与善良，但如果以抱怨、无礼、粗鲁、对抗、辱骂的方式表达，也没人会尊重你及你的理念。正义的善良者，也可以是温柔的、宽容的、悲悯的、有表达艺术的。修炼到这种境界，可能对晋升大有帮助。这还不是主要的，主要的是，这样的一个人，即便他一生只是个普通公务员，一生只是个普通人，他的同事也将尊重他，他的家人也将爱他。谁不爱这样的人呢？你问心无愧，睡得香甜，这才是成功的人生。

祝开心。

连岳

年入一百五十万，为何我仍想进体制内？

连叔：

您好！

最近几个月，一直有个问题萦绕在我的脑海中，我深知不把这个结打开，接下来的日子我都很难安生。思来想去，最终鼓起勇气给您写了这封信，期待您的回复。

六年前研究生毕业，我和当时的男朋友（现在的老公）一起创业。这期间，我们一起努力打拼。如今，我们的小公司盈利稳定，每年有一百五十万以上的收入。我们还在强一线城市买房安了家，财务状况可以说比很多同龄人要好得多。三年前，宝宝出生后我就全职在家，公司的事情可以在线办公，只不过工作量相应地下降了很多。

本来，我还挺享受目前的状态，一是时间自由，不用像身边上班的朋友那样，请个假都很难，我有大把的时间来照顾孩子，这是目前比较欣慰的事；二是公司每个月的盈利可观，至少我们有了房子，吃穿不愁，用不着为了生计风里来雨里去地苦苦奔波，总体而言我还挺满意。但是，最近总有一些声音在我耳边响起，时不时会有人跟我说："你读了这么多年书，怎么最后做生意了？"要么就是："你有研究生学历，为什么不去考公务员、考编制？进体制多有优势！"

这些话让我感到苦恼，感觉创业做生意，似乎被轻视了。我也崇尚市场经济，更知道拼命赚钱的重要性，尤其是对于我这类农村出身的人来说，多赚钱、照顾好家人，是首要的责任。

但，我总是过不了心里那一关。或许是内心的假清高在作祟，又或者是高学历的优越感在作祟，我总是忍不住想：我是不是也该考个公务员，谋一份体制内的工作呢？毕竟，跟别人说自己是公务员、教师等，显得很有社会地位。跟同学聚会时，我经常觉得自己比不上那些体制内的同学，尽管我的财务状况比他们的好了太多。

还有一个情况：我和老公一起创业，大部分都是他在主导，我总觉得那是老公的事业，不是真正属于我的。我希望有一份属于自己的事业，或是工作。这样在社交中，我能有一个属于我的标签。

连叔，对这个问题您怎么看？我是该好好跟先生一起经营共同的事业，还是努力挤进体制内？这个问题搞得我焦虑、苦恼，它的答案也将影响我对往后三五年生活的规划。目前总觉得无所适从，没有方向总没有动力，做什么事都提不起劲。渴盼您的回复！

心迷路

* * *

心迷路：

穷或富，都不影响人进入体制内。国考，穷没有加分，富不会减分。这说明，体制认为财务状况这个变量不是决定一个人是否可以成为合格体制人的条件。

如果心态正，一念天堂，穷和富都可以为自己加分。穷人进体制，因为珍惜体制为自己提供的体面身份与收入，感恩且努力。富人进体制，因为更少财务压力，对将权力交换利益的腐败更有抵抗力，廉洁且平安。

如果心态歪，一念地狱，穷和富都可以为自己减分。穷人进体制，总和更高收入的群体比，觉得自己的工资福利不够，生出贪婪与怨恨，今天嫌钱少，明天憎官小，最后变成吃饭砸锅的“恨国党”。富人进体制，觉得自己有钱又有势，跟有钱的比官，跟有官的比钱，跟谁比都高人一等，时时摆出一副高等人面孔。这两种人多了，体制是会变质的，国家是有风险的。以这种歪心态进体制的人，不在少数，你也是其中一个。

你进体制的动力是什么？想获得优越感，高人一等，因为“我家虽然年入一百五十万，但我在体制人面前还是自卑”。我的意思不是你有钱了就要自觉高人一等，很多有钱人这么做，那是衬不上金钱这么好的资源。钱的能量让我们能够免于匮乏，照顾家人，实现愿望。这应让我们对机遇与时代心存感激，从而变得更美好，更温和，更善良，更谦卑，更宽容，更努力。钱这样用，就帮助我们进化。我有钱，所以别人要奉承我，巴结我，讨好我，让我高人一等，不然我就觉得钱白赚了。那么钱就成了毒药，自己不得安宁，也引发无尽的鄙视。

你想到体制内获得高人一等的感觉，等到你进入体制，你会失望的。上面说了，这种体制人多了，体制与国家都危险。这种思想，体制本身是不允许的。你进入体制，要么在思想教育中把歪心态改正，要么就得犯错误。这不是什么大道理，其实进不进体制，一个人都要改掉自己高人一等的大人物歪心态，正如吴孟达先生所说：“当你膨胀到觉得自己已经天下无敌的时候，你就走到路的尽头，就不能再往前走了；当你觉得自己是小人物的时候，你就海阔天空了。”

什么是膨胀？觉得：年入一百五十万好有钱，同学朋友一定要羡慕我。他们竟然没有羡慕我，我要进入体制，到时候他们就会羡慕我。这就是膨胀。膨胀就是只会从自己的角度看问题，自己的小宇宙就等于全宇宙。把自己变小，视野就可以开阔一点，心态就能平等一点。年入一百五十万算有钱，但要时时摆有钱人的谱，你就会被嘲笑。体制人地位是高，但你真当自己是高等人，你就会被小瞧。你追求“高人一等”的膨胀心态不改，做什么都自卑，做什么都死路一条。

最近体制人的地位上升，原因在哪里？是他们高人一等吗？是他们事少钱多吗？是他们作威作福吗？并不是，他们这么做时，是令人憎恨的。是他们冲在防疫的前线，是他们守在扶贫的一线，是他们做得比世界上其他国家的体制人更好，是他们真的做好了公仆，为人民服务好了，是他们把自己放低了，所以升得高。你没看到这点，认定进了体制就可当高人一等的大人物。这样的你将来会收获多重轻视：一是真正的公仆觉得你败坏体制，玷污了他们的努力；二是百姓将痛恨你这种特权蛀虫，连带痛恨你经商的老公——这个体制人这么坏，她老公一定不是好人。不要走上这条邪路。像你这样的人混进去多了，思想又没改造好，体制人的地位会下降。

无论你是继续经商，还是进入体制，无论将来多有钱，官多大，永远要知道，得到尊重，那是因为我们把服务做好了，经商的服务好消费者，当官的服务好人民。假如我们自高自大，挣再多钱，当再大官，也觉得不够，怎么可能做好服务？怎么会有像样的人尊重你？

祝开心。

连岳

珍惜中国

连叔：

你好！关注你的公众号很久，很喜欢问答的部分，回答清晰明确，面对现实又温暖积极，也很喜欢读留言，看着那么多的普通人互相分享、鼓励，太有正能量了。

我目前面临职业和人生的重要选择：是出国发展还是留在国内。

我的基本情况：坐标上海，任职500强国际公司，两个孩子就读公立小学，先生运营自己的电商公司。一套房自住，其他一线城市还有一套小房子出租。家里日常费用由我承担，颇有盈余，买房（首付、房贷）等大笔支出先生出大部分。双方父母都在老家居住，身体尚佳，每年过来上海团聚一段时间。有住家阿姨照顾孩子生活起居，学习等主要由我辅导监督。

公司有计划把我外派美国工作，福利待遇都不会有问题。且我未来职业发展前景广阔，孩子可以享受比较好的国际教育，我们也可以有不一样的人生体验。问题在于：1. 我先生更倾向于在国内发展，可以妥协，但有可能面临一到两年分居。2. 双方父母年纪渐长需要照顾。我和我先生都是独生子女，这一天迟早会到来，而出国后我未来发展可能会更多在其他地方，回国内工作的可能性低，至少一出去就是五到七年。3. 我和我先生都更看好国内的行业发展，觉得即便留在国内职业发展也不会是大问题；但又觉得孩子在公立学校太累，中考高考压力重重，付出大量的精力刷题，对走上社会其实帮助并不大。不如让孩子去国际教育系统更好地发展思考能力、沟通能力和合作能力。

不知道连叔能不能看到这封邮件。我尚有时间思考，公司谈的时间点是一年后，所以我会尽量做到不焦虑不纠结。读连叔的文章，感觉像听一个睿智的前辈侃侃而谈。希望能听到您的建议。

谢谢！祝安好！

站在人生十字路口的人

* * *

站在人生十字路口的人：

你现在拥有一个标准的幸福家庭。富足、和睦，夫妻齐心、能干，老人健康，孩子成长。夫复何求？

中国有很多这样的幸福家庭，当事人自己的能力与努力当然是重要因素，但更重要的是，他们恰好在正确的时间出现在正确的地点，也就是刚好处于中国这几十年迅速、和平、稳定的发展大潮流之中。否则，再能干的人，不幸生在一个战乱国家，也很难有富足安全的生活；再讲卫生的人，放到美国，也很可能感染新冠病毒，甚至失去生命。

很多享受了中国发展利好的人，仍然处于懵懂无知状态，以为一切靠的是自己的努力。有些人走得更远，认为这个国家配不上自己，70后和年纪更大的人尤其如是。这是他们成长时代背景决定的，在观念形成的青少年时期，欧美日，甚至港台地区，在物质技术、生活水平上的巨大领先，让他们彻底失去自信，再也站不起来了，变得比欧美人更爱维护欧美地位和价值观。经过去年防疫的“超级世界大战”，中国体现出了上下同欲，科学、勇气与纪律兼具，最后既战胜疫情又收获经济增长，完胜欧美日。在这个新出现的现实面前，按理，人的观念应该改变，也应该判断得出，中国更大的发展潮流正在开始，原来没有自信的人应该自信起来，庆幸自己并非在潮流之外。但据我观察，许多人并未改变，仍然趴在地上，他们更坚定地认为中国不行，永远追不上欧美。因为人到中年，就很难改变自己了，即使是错的部分。这当然是他们个人的悲剧，意味着他们没有愿望、没有见识，也没有能力主动参与中国以后的发展。如果他们还要摆出悲愤及启蒙的姿态，将被年轻人无情地轻视和嫌弃。

恕我直言，你就是懵懂无知中的一员，身在福中不知福。你确实是站在人生的十字路口，走错了，家庭的幸福、财富与前途，不说倒退吧，大概率是停滞的。不知福必然不惜福，不惜福，福气就会消失。还好，从你的描述来看，你不是一个不可改变的人，你只是对美国教育还有些幻觉，以为那里的竞争很轻松。只要不固执，这幻觉很容易打破。你要珍惜在中国的机会，一天都不要远离它，这会给你巨大的回报。我不是说中国以后一切完美，再没有贪官污吏，不公不义。还会有的，中国这么大，这些事每天都有。但执政党比普通百姓更恨这些事，他们将无比珍惜他们在去年获得的空前的支持度与美誉度，他们对腐败的容忍度更低。

孟子说：有恒产者有恒心。你在中国最好的城市之一有恒产，应该回报以恒心。如果有恒产者竟然没有恒心，那他们就会失去这个恒产。任何投资，有形的无形的，房产、股票、爱情、事业，没有对它的恒心，再好的机会送到你手上，也拿不住。对中国没有恒心，那就会失去中国；对中国有恒心，那就机会无穷。未来将一再证明这点。

祝开心。

连岳

要吃人的苦，不要吃奴隶的苦

亲爱的连爸：

您好！我一直视您为我的“精神父亲”，每天阅读您的文章。在您的文章里，人生已遇到的困难和今后可能遇到的困难都有解决方案。第一次写信没有得到连爸回复，但是自己也理了理纷乱的思绪。

第一次写信也是说工作，说自己上班的公司刚起步，没有规章制度，没有劳动合同，没有五险一金，没有休息。我最后的决定是，再在这个公司做上半年或者一年，攒好钱去深圳发展。给学姐说我的情况，学姐说经历多是好的，环境以后可以改变。我自己也退缩了，给自己喝以前喝过的鸡汤：如果有轻松和艰难的路，我会选择艰难的那一条，为了以后轻松点。毕竟我现在是要能养活自己，不可能立马辞职不干，我没有资本。

我以为我可以冷静看待眼下境况，但是晚上下班和对象视频，说着说着就谈到我的工作。他问我签没签劳动合同，我说没签。然后我对象说我让他很无奈，问我：没签劳务合同，没有五险一金，没有休息，每天加班，月薪三千五管吃管住，图什么？你一个211的全日制本科大学生，离了这个公司就没法过了？听到这里，我苦笑。前一天，被老板骂，说我没完成任务，问我每天都忙啥。我想：每天车间主任找我，样衣工找我，大事小事都找我，然后我也要忙着我的设计，我也在努力做。最后老板说我连保洁阿姨都不如，导购工资都比我的高，开这点工资是让我学习的。我也想学习，但是我干的是几个人的工作。当时的想法是，我要每天学习找图，学习陈列等各种知识，晚上回来继续学习，突然感觉和对象视频都是在浪费时间。但是又需要维系感情，我不能冷落他。我也劝自己要适应这样的生活，热爱工作就是要每天为它投入十几个小时。但是我也怀疑这样的生活，没有自己的时间，让我有点崩溃。然后我想到您说的毕业的头十年是最难熬的，我受的可能是正常的苦难。但是，我没有给对象说这样的话。他知道我的工作状态，他说他一个大专生，欠着钱，也去深圳打拼，没有什么怕的。他说：你一个211全日制的本科生，居然怕找不到工作，养活不了自己，有点可笑。最起码在一个正常的公司，总比没有保障的公司强。每天被老板忽悠，说五险一金现在你们不需要，等你们退休的前十五年再交。给你们说他自己有多厉害。正常老板谁说这些。承诺你两年成为设计总监等，这种画饼的话，就是欺负你不懂。说明你二，你傻。

连爸，我真的不知道该怎么办，我刚刚扑灭的对公司的不满情绪，又被对象给点燃了。我是不是应该像我对象那样勇敢一点，去深圳发展，勇敢一点辞掉现在的工作，去寻找一个正常公司，勇敢一点去面对问题。

我不知道还能找谁说这件事，我身边的朋友都说在这个公司不值得，但我总是回答说我是为了学习。但我对象今天问我：你学到什么了？我突然哑口无言。唉，就像那天老板问我：你任务完成了吗？连爸，我是不是真的不该在这个公司工作？我不知道怎么办，别人给我的建议，我会不予理会，坚持走自己的路，但是面对这样的职场环境，有时我也很难过。

连爸，以前我在留言区提的每一个问题，你给的建议，我都轻松又开心地接受并执行了。没有考研而是立刻去工作，先还贷款后储蓄。我对朋友骄傲地说是连爸给我建议的。连爸，我这次的问题不能简简单单地在留言区找你答复，只能在信里向你求助。我很矛盾，这是我毕业半年遇到的第一个大难题。我希望连爸能给我点建议，让我不那么迷茫、矛盾。

爱连爸。深夜打扰您，望谅。

拉

* * *

拉:

你男朋友说得对, 赶紧离开这个公司。刚毕业, 最怕进了一个烂公司, 被忽悠几年, 浪费几年, 苦是吃了, 前途却没了。我们是要吃苦, 但要吃人的苦, 不要吃奴隶的苦。奴隶的苦, 吃得越多, 奴隶当得越稳。你现在的公司, 简直就是一家奴隶公司。

找错一家公司, 时间成本高昂, 发现不对头, 应该当机立断。年轻人反而不要怕没钱, 你不要供房, 不要养孩子, 一点生活费而已, 容易腾挪。

怎么知道公司是错的? 孔子说, 能行五者为仁, 这五者是恭、宽、信、敏、惠。我也用这五个标准来定义一个好公司。这五者, 为首的"恭", 似乎模糊, 最难理解, 而离开了"恭", 其后的四个标准可能就失去意义了。诈骗团伙也可以做到"敏", 反应快速, 分赃也能"惠"及各个成员, 但他们可一点也不"仁"。

"恭"是什么? 是畏惧某个高于自己、高于公司的东西, 永远不去触犯。这个更高的东西, 是天命, 是天理。有"恭", 怎么可能巧取豪夺? 怎么可能违背国家法律损害员工基本利益? 怎么可能不和你签合同，不给交五险一金，甚至不让你休息？能做出这些事的，都失去了“恭”，其他一切都不足取。

好公司与规模大小并无关系，很多仁义公司，非常小。有些不知恭敬，失去敬畏心的公司，也有可能位列世界500强。作恶有时候需要很长时间才能产生报应。你身处其中，一瞬间就可以知道其本质。它剥夺你的权利，藐视法律，不在乎信用，那你就不能与它有关系。君子不立危墙之下，危墙随时会倒掉。

可能有两成的公司与人，是极坏的，会吃人的。一嗅出他们的味道，就要光速闪开。不要再信他们的夸夸其谈，不要着迷他们画的饼，不要被他们的眼泪与忏悔迷惑，不要再给机会。他们做的这一切，都是为了吃掉你。

只要你自己知道标准，那就不怕他人伪装。你是雇员，坏雇主骗不了你；你是雇主，坏雇员也骗不了你；你恋爱时，坏人骗不了你。那两成的极坏者，进入不了我们的生活，我们的时间、精力与才华，就有更多机会给两成的极好者。慢慢吸引好的人与事，并建立自己的好人生、好世界。这个标准的第一条，就是对方要能做到“恭”，不伤害天理与人命，不违背公平，对得起信任。

祝开心。

连岳

年轻人找工作容易遇到的一个大坑

连叔：

您好！

感谢您温暖的文字伴我度过无数个上班的早晨，正能量的声音给了我这个90后满满的动力。可是，一直阳光、活泼、充满干劲的我，近来却像一只泄了气的皮球。

事情是这样的，我在一线城市非营利的社会组织工作，一直跟随组织在推动一些促进社会问题改善的事情。我觉得这份工作有意义，自己也在工作中通过接触的人和事，让自己的世界观与人生观有了积极的改变。

去年，由于疫情的影响，且组织尚处起步阶段，再加上老板的商业板块尚处于投资阶段，现金流比较紧张。在没有任何文件正式说明，只有直属领导口头通知的情况下，上半年工资只发一半左右。下半年以业绩考核为由（组织本身就是非营利性，工作中有很多没有收入但不得不做的事情)，也相当于变相不发全额工资。当时敬佩老板强大的社会责任感，也体恤公司经营的不容易，加上预期年终情况好转时工资会补发，所以大家没有提出反对意见。

2020年初，本人跟随组织进行多种尝试和突破，也积极参与社会抗疫活动，工作充满斗志，相信大家会共同克服困难。但是随着疫情得到控制，工作恢复正常，薪酬却一直没有正常化。自己的经济状况也越来越紧张，生活受到影响。面对这样的局面，自己相当郁闷，工作热情逐步消减。甚至很是失望，害怕听到“情怀”二字，感觉自己就像一个“傻子”。自己也跟领导就这个问题进行过沟通，没有得到正面反馈，有点失落。一面是组织的社会责任；另一面是自己的权益受损，影响生活。作为一个年轻人，应该如何选择呢？

一个“很傻”的90后

* * *

一个“很傻”的90后：

慈善没错，情怀也没错。不仅没错，它们还是稀缺的品质。中华文明之所以了不起，就在于它早早认识到慈善与情怀的价值。一个人的能力越大，地位越高，越要有慈善和情怀。

孟夫子说过:“老吾老,以及人之老;幼吾幼,以及人之幼;天下可运于掌。”就是说慈善与情怀是管理天下的基础,一定要老他人之老,幼他人之幼,关心每一个需要关心的人,这样的仁政才是无敌的。这个常识变成了中国人的文化基因,代代相传。原来由于生产力不足,一姓之天下,社会动员能力也不足,孟子的情怀很难落地。如你所知,中国去年发生了一件大事,那就是战胜了绝对贫困,中国再没有一个处于绝对贫困中的人。这是空前的,甚至可以大胆地说,地球上没有第二个稍微大一点的国家能做到这种事,它也是绝后的。这是中华文明,也是执政者真正追求慈善与情怀的结果。

作为一个中国人,听到有人做慈善,有情怀,像你一样觉得他有亲切感,是自然而然的。尤其是人生经验少的年轻人,一个人说得漂亮,往往就能打动他。得人成本如此之低,骗子必然纷纷效仿。所以,假慈善假情怀比比皆是,其真实目的无非想无偿或少偿占有你的财产和人力。这比冷酷无情、不加掩饰的剥夺更可恶,因为它败坏了慈善与情怀,容易让人不再相信,也不再实践慈善与情怀。

如何鉴别真假慈善与情怀呢?还得回到孟子那句话,真正的关心,是从老吾老,幼吾幼,推及全天下人的。身边的人都不关心，自己的老人、自己的孩子，都不关心，满嘴仁义道德，那就是假慈假善。你现在的老板，拖欠工资，员工的生活保障不了，基本诚信都没有，他所谓的社会责任感怎么能让人相信？建议你尽快去找个正常的工作，哪怕老板嘴笨，说不出什么漂亮话，但只要善待员工，比起口惠而实不至的老板，就更有社会责任感，也更善良。认识一个人，不要看他说了什么，要看他做了什么。

真正的慈善与情怀，不需要什么漂亮话，把自己的工作做好，对那些值得的人、那些需要帮助的善良的人，像对待自己的家人一样对待他们就行了。这就是大慈善、大情怀。小则可以管理好家庭、公司，大则可以治理国家，拯救人类。这样的慈善与情怀，是你的立身之本，永远要相信，永远不要失去。

祝开心。

连岳

父亲挣下十位数的资产，接不接手？

连叔：

您好！

阅读您的文章已经四年有余，感谢您给大家带来正能量。

我有一些工作上的难处，盼您指点。

我今年31岁，和老婆以及两个孩子在上海生活。我在教育机构工作，老婆在外企工作，两人合计年入七位数。

我们很喜欢现在的工作，虽然收入并非很高，但足够全家开支，因我和老婆都较为朴素，并无购置豪车、豪宅、奢侈品等需求。唯一花费较多的，是两个孩子的教育。

我的父亲在上海有几家公司，股权和各类不动产等资产累计十位数。随着父亲年龄增大，他希望我放下现在的工作，去帮他打理生意。我有一个姐姐，在国外念书后已定居当地，结婚生子；还有一个弟弟，在国外念医学博士，毕业后将留在当地从医，这是他从小到大的梦想。因此,我是父亲唯一的接班人选。

近年来,父亲、母亲、姐姐一直在动员我离职去帮父亲打理生意,并给我许多道德和情感层面的压力。在他们的传统观念里,子承父业是天经地义。而我目前的工作,在他们看来,并无大成就。

但我很热爱现在的工作,同时无意接手父亲的生意。从小对父亲生意的耳濡目染让我很早就明白,开公司做生意并非我的专长所在,反而是我的短板;但我又不愿辜负家人的期盼。

望连叔答疑,感谢!

AL

* * *

AL:

我佩服你的父亲,不是因为他挣了十位数的家产。这种级别的富人在中国不少,有的人你并不会佩服他,尊重他。我佩服他的重要原因是:他的孩子个个成才,各有事业,务实且朴实。

积累财富容易,传承财富很难。为什么?这里有角色转化。一个好的企业家、投资者可以积累财富,但要传承下去,他则要当一个好的教育家,把自己的孩子培养成为好的企业家与投资者,这个难度大了好几倍。好的企业家、投资者很难同时是好的教育家，而他们的孩子，资质也未必可以成为好的企业家与投资者。在不少富裕家庭，财富诅咒就开始出现，孩子要么懒惰，要么奢靡，更多是两者兼具。因为能买单，会撒币，身边的食客无原则地恭维他，他又变得无比自信，败光家产只是迟早的事。

要使财富在代际维持并增长，需要极强的熵减能力。熵是混乱、失序。保有一切好东西，才华、权力，包括财富，都得防止混乱的出现与扩散，要做很多熵减的辛苦事：勤奋、好学、克制、敬畏、朴实。这些素质在你身上都有，你能成为一个好的企业家或投资者。

父亲已经点了将，我建议你开始跟着父亲学习打理生意。这不是出于喜好，而是出于一种责任感。既然父亲做了他该做的所有的事，儿子有责任继承他的事业。商业更多地由有责任感的人经营，对社会也是好事。世上大多数有价值的事，熵减的事，我们开始都不会喜欢，都是出于责任感去做，做了才开始喜欢。像你父亲一样，把生意打理好，把孩子教育好，把家人照顾好。完成这种财富与教养传承任务的家庭多了，普遍了，由这种家庭构成的中国，必将更富强。

祝开心。

连岳

人生前紧才可后松

连岳先生：

见信好！

向您求开解，关于工作的抉择，或者关于人生的抉择，目前使我备受困扰。万望您能用您的智慧给予点拨。

在连续近三个月高压无休的工作之后，今天终于在自己家里睡了个心满意足的懒觉。早上送完儿子去幼儿园，回来手机静音，一觉睡到上午十一点多。醒来手机上有三百多条未读微信，回了三条重要紧急的信息，其他不再理会。

看到书架上那本《我爱问连岳》，十五年前一位安徽大学的朋友赠送的，很亲切。追您的微博、微信公众号，多年来未曾中断。

于是利用这难得的仅剩半天的休息时间给您写封信，希望没有打扰到您。

我出生于皖北的一个农村家庭，母亲早逝，父亲年轻时不够顾家。我记得很清楚，读小学一年级的时候找不到一双不露脚趾的鞋子，基本每年都欠学费。今早我儿子躺在床上心情很好地哼唱从抖音中听来的小调儿："哎呀我的天呀，破鞋露脚尖呀，老师让我交学费呀，我说等两天儿啊。"听得我哈哈大笑。

后来我考上合肥一所大专院校，毕业后，得贵人相助，去了一家新兴网媒公司做编辑、记者，与所学专业没任何关系，但却是我喜欢的工作。从一线记者做到频道主编，然后转型去了房地产开发公司做营销。转型的根本原因，是我要在合肥买房安家，且背后没有家庭的支持，还有一些负债，当时网媒的收入不足以支撑。

转眼在房地产行业打拼了十年，在合肥有房有家，我和老婆都有自己的汽车代步，儿子有他喜欢的幼儿园、画画课、轮滑课、架子鼓课。这一切让我感到满足、幸福，此刻我坐在家里的小书房给您写信，看到地上的玩具、墙上的各种涂画，以及叠得工整的衣服，十分温暖。

然而今年转行、换工作的念头频繁闪现，但又不知如何抉择。

行业的属性，使得很多地产营销人四海为家。我操盘离家最远的项目有一千五百多公里，东西跨越大半个中国。随着行业的竞争和成长，大多数房企的营销岗成了高压力、快节奏的工种，尤其一线营销管理人员，面临着业绩指标和高负荷工作量的双重压力。我有过两段近三个月没有休息过一天的打新盘经历，早上八点半前到公司，晚上十点半后甚至十二点半后回宿舍。“996”工作制对我们来说都是福利。

2018年6月30日，我所供职的大型知名房企，全集团都在冲刺半年指标。当天下午我在办公室突发颈椎病，半立于办公桌前，疼痛得一动不能动。同事立即把我送去了医院。做了CT，医生说七节颈椎有五节已严重变形。在这之前我从未察觉自己有颈椎病。后来慢慢调理，也偶有酸疼，但再没有类似严重的暴发了。

2020年的初秋，连续两个多月的无休工作之后，出现了肩膀、腰背酸痛的症状，有两个夜晚在宿舍翻来覆去睡不着，因为酸痛，怎么都不舒服。

自己的造化不够，这些年来没能抓住机会，升到更高级的管理层，很难让自己在工作时间支配上多一些自由。而公司野蛮生长的发展需求，随时会一刀下来将你裁回家。在这种危机之下，近三四年我很少进电影院，基本没看过足球赛，车后备箱的羽毛球装备也处于“冬眠”状态，书架上整面墙的书也基本都是四年之前买的、读的。

每次见到儿子，我都会惊讶于他的成长之快，个子又高了，懂得更多了。每次见到父亲，都感到他突然就老了，牙齿不好了，还容易忘事。

所以今年在工作很累又不开心的时候，我总是在想一个问题：如果我现在辞职退出这个行业，能做什么事情维持住现在的生活水平？

不知道。

一家人会不会因此饿肚子？

不会。

会不会因此返贫呢？

有这个可能！

或许这才是我最顾虑的事情。我不希望我的童年在我儿子身上重演。如果继续坚持，会是什么结局呢？牺牲几乎一切的个人时间，牺牲对家人的陪伴，牺牲一定程度的身体健康。即便如此，如不能有幸升到更高的管理层，40岁前依然大概率会被淘汰，或者到更边缘的城市和企业去继续如上的循环。

说这么多，是不爱目前从事的行业吗？也不是。它给了我物质上的回报、精神上的荣誉，也改变了我原本不太愿意竞争的性格。归根结底自己的抗压抗累能力有限，这种周而复始的快节奏工作把我的生活和爱好挤压得没有丝毫空间，让我心生消极情绪，抱怨就多了。

一个月前，我准备辞职创业。老婆把我们投资的一间商铺转手卖了，给我当启动资金；但最终我还是没有下定决心，因为没有明确的生意路子，没有信心百倍的冲动。非常喜欢铜器、木器、茶这类物品，安静、厚重、不焦躁，我特别想开一家与此有关的店。

老婆是个比较佛系的持家女主人。我很担心自己转行不成功会给家庭带来比较大的经济压力，所以在反复纠结中，希望从连岳老师这里求得点拨。

太久没有写过东西了，说了这么多，不知是否说清楚了我要表达的意思。

盼复。

纠结中的Mr. D

* * *

Mr. D：

看了你对自己人生的叙述，我觉得无论你选择什么，都不会差。而且你现在处于一个比较有利的位置。

你的选择不会差，因为你的原则是对的。你总是围绕着让家人生活得好一点去规划自己的人生。这很朴实，却是最不会出错的大智慧，也是中国人的传统美德。这原则自然而然引领我们的生活。家人需要富足时，你去赚更多钱。家人渴望安居时，你去拼一套房子。家人缺少陪伴，你又给他们更多时间。就像你的经历那样，看似人生多变，其实你善良温暖的本质不变。

你这次选择，就是你敏感地知道家人不能失去你的健康，那就选择健康。而且，你有资格这么选，这是你之前努力获得的优势地位。在合肥这座不错的城市里有房有车，还有一笔备用金，一家人生活不至于出问题。若没有这个基础，人的年纪越长，越容易被不喜欢的职业及人际关系吸住；甚至丧失选择权，再讨厌再有害也得做，不做处境更糟，马上流落街头。所以我一直劝年轻人要有紧迫感，没什么时间松松垮垮，赶紧把房子供上。成家了就把家庭保护好，到了中年可进可退，人生从容。年轻时压力大一点，局部看，甚至影响一点健康；但从全局看，是更健康的，更快乐的。

人生前松后紧，那像宿醉，只有刚开始几杯是开心的。人生前紧才可后松，如倒吃甘蔗，渐入佳境。你现在的甘蔗，就在变甜。

当然，你辞职后，我建议你休息一段时间，不宜马上创业。创业要保持足够恐惧，如临深渊，如履薄冰。创业是高风险的事，多数人会跌下深渊，在冰水里挣扎。普通中产家庭，像你一样，创业失败一两次，就有破产之虞。随便开个小店，失利了，就烧掉大几十万。创业者之所以前赴后继，那是人性中的好奇心与赌性在起作用。人类总体应该感谢创业者，但从家庭的幸福安全来看，个体应该理智地避免去创业。尤其是没有做好充分调查研究的盲目创业，那是在深渊边上蒙着眼睛奔跑。

为家人打下了基本物质条件的中年人，再放下虚荣心，在职业的过渡期，挣点生活费的就业机会很多。你有房地产从业经验，当当房产中介；此外，送送快递外卖，开开滴滴，都是丰俭由你的工作。人生的选择当然不止如此，我只是想说明，其实没什么可怕的。

二十年前，我也面临一次艰难选择：留在原单位，一辈子衣食无忧；离开，自己未来的可能性更大，风险自然也大很多。但想到自己有房子住，只要一个月挣一千块钱，至少饿不死。如果我一千块钱都挣不到，那确实是废物，谁也不应该养我，把自己饿死，算是为民除害。这样一想，就轻松地辞职了。当然，此后的人生并不轻松，为了生存与发展，我一直是努力的，但各种因素都可自由把握，价值、健康、时间，都不必仰人鼻息，还是很值得的。这点经验供你参考。

祝开心。

连岳

世界再怎么复杂，我们自己是可以简单的

早年看到德鲁克的一句话，我非常喜欢。或者说，这句话契合自己的气质与追求，所以印象深刻。

这句话是："管理上了轨道的组织，常常索然无味。"知道一件事正确，天天重复，自然平淡无奇。只有找不到方向，识别不出真正的价值，才一天一个想法，天天追风口。

每个人都是管理者。大小企业主是。即使被雇用，你下了班的时间，也得管理自己，或还有家庭。人终究得当管理者，要知道一些管理的真理。上面那句德鲁克的话，就是删繁就简的真理。

昨天有位朋友的留言，其体现出来的焦虑，是很多管理者的通病：

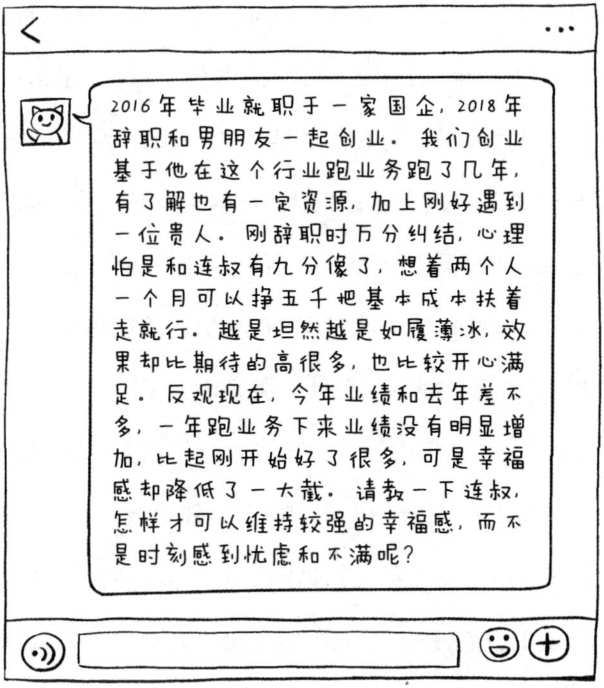

很多人办企业，开公司，不赚钱，焦虑；赚了钱，怕明年不赚钱，焦虑；连续赚钱，又嫌增长速度慢，焦虑。结果就永远都在焦虑。就像上面这位朋友，今年业绩和去年差不多，在这特殊的一年，其实已是大成绩，值得庆祝，她还是焦虑。不顾事实，永远只追求增长，怎么可能幸福呢？年初疫情发生后，我给自己公司定的目标就是保证员工收入，然后不亏本，就行了。要什么增长，要得太多就会焦虑。结果今年没亏，心情很好。当然也没增长。

其实正常年份我也不设增长目标。因为我觉得增长并不是目标。公司像人一样，健康地活着，活得久一点，才是第一目标。公司有合理的利润，员工有合理的收入，就这么“索然无味”地走下去。我是一个几乎没有焦虑的人，与我喜欢“索然无味”有关。脱离单打独斗，要对员工负责以后，我有时得克制自己的勤奋，长假强制性不写，必须休息。我写了，有的员工就得加班，就不那么“索然无味”了。钱少赚一点有什么关系呢？

我对员工的要求也很简单，善良，靠谱，技能60分起步就行了，会给你时间练习，练到80分，甚至90分。我一年也不开一个会，会议室基本是摆设。每天都是固定的事情，照做就是了，开什么会呢？聚餐时，爱喝酒的人喝，不想喝的人就别喝，我会敬大家一杯酒，之后各自随意。谁也不要拍我马屁，我也不爱听。我的意思是，世界再怎么复杂，我们自己是可以简单的。其实世界并不复杂，只是人混乱了，迷惑了，它才看起来复杂。世界是单纯的，单纯到索然无味地趣味万千。

情绪稳定比高智商更重要

连岳老师：

您好！我在朋友的推荐下看您的公众号已经有三年了，这三年来，读您的文章，看您为读者指点迷津，自己也从中学到了很多。让我看问题更加理性，也对生活有了更多的理解。如果说每个人的一生都有几个人生导师的话，那您一定是我最重要的人生导师之一。

我先简单介绍一下自己：26岁，女，本科毕业四年。毕业后和老公一起来到杭州发展，并在杭州按揭买房。跟老公一起过着朝九晚九为梦想奋斗的日子，虽然辛苦，但也快乐。

我进现在工作的这家公司已经两年半了，今年以来，我的各项工作都完成得比较出色，多次得到领导和老板的肯定。最近我提了升职申请，由我的上级领导帮我向老板转达，但是还没给我准确的答复。

昨晚部门聚餐，老板也在，在饭局上，老板的谈话多是围绕我，问到我的家庭以及买房地点和月供之类的。然而我没想到的是，老板在饭局上多次试探我的生育计划，我咬紧牙关说近几年没有生育计划，家人们也都是很开明的态度，不干涉我们的人生规划，让我们什么时候想生再生。

可我内心的真实想法是：我想明年就要孩子。因为明年我就27岁了，是生育的最佳年龄。我不想太晚生小孩，一是体力会下降，二是我希望和孩子的年龄相差小一些，可以更好地和Ta做朋友。我知道，如果我先怀孕了，不仅升职无望，而且生产后我在就业市场里会更被动。所以我拼尽全力去奔跑，多少个加班的夜晚，多少个忙碌的周末，多少个化委屈为动力的时刻，都在为了升职加薪这个目标努力。在努力的过程中，我也更加深刻地爱上了我的工作，它虽然给了我压力，但也让我享受到了快乐和成就感。

我想说，我这么努力工作，就是为了可以升职加薪，可以更好地投入下一项人生计划：生宝宝。可是昨晚的饭局，让我陷入了茫然。如果我升职了，我的职业道德告诉我，我得过几年再要小孩。但我的内心又说：我想在近一两年怀宝宝。又或者，领导觉得我到了最佳生育年龄和时机，出于保险起见，不打算给我升职的机会。那我的一切努力都将白费。

连岳老师，我该怎么办？其实我知道我现在能做的就是照旧努力工作，最大化去证明自己的能力和价值。可是，心中的茫然挥之不去，仿佛陷入了一个死循环，我到底该如何打破僵局？

茫然的小蜜蜂

* * *

茫然的小蜜蜂：

你的茫然源于自己的生育计划被打乱。你的例子再次说明生育是女性成长过程中的一大变量，这是男性没有的。作为配偶的男性不仅没有，年轻男性还处于职业的摸索期，不少还不太懂得体贴人、照顾人，可能还要额外地为妻子（女友）增加一点茫然。有些人的解决办法是抱怨自己的女性身份，或者憎恨男性，在想象中打出几拳，暂时似乎出了点气，但长期来看，伤的只是自己，这样情绪更多，理智更少，更加无法解决生育、工作与生活的平衡。

巴菲特说过，情绪稳定比高智商更重要。见过的人越多，年纪越大，我越同意这句话。那些能够驾驭人生的优胜者，往往并不是最聪明的，而是情绪最稳定的。

情绪稳定体现在当计划被打乱时，我们能够随机应变，制订出一个新的计划。计划十之八九，都要或小或大地被打乱。情绪稳定的人，随着计划的调整，慢慢进化，思维力与执行力不停加强，人生雪球越滚越大。情绪不稳定的人，那难免会陷于焦虑、恐慌与对抗，在内心的剧烈动荡中，自我建设很难完成。今天好不容易完成，明天又推倒重来。热锅上的蚂蚁，原地打转，劳而无功。

看得出来，你智商不低，能力强，正在上升。老板详细了解你，说明已经在考虑你的升职请求。你“咬紧牙关”说这几年无生育计划，已是瞬间精算后做出的调整。你清楚，为了职业生涯更顺利，不得不改变明年生孩子的计划。只有在更高的职位上展现出能力，获得雇主的信任后，你才可能生育。你那时也还处于生育的黄金时段。能不能和孩子做朋友？当然能，反正在孩子看来，你都是超级大人，你爱Ta，Ta就是你忠实的朋友。

其实只要女性有信用有能力，稍微正常一点，聪明一点的雇主，都乐意用。性别刚开始或许是考虑因素，但在品行与能力前，那都不是事。你会因为一个好员工休几个月产假而放弃她？那是白痴，这样开公司办企业，非倒闭不可。

上次我的公司招人，我有先决条件，一定得招个男生。并非我歧视女生，是因为公司里几乎都是女生，性别失衡。结果还是招了个女生，一起竞争的男生太弱了。看来，公司以后永远只招得到女生，我也得接受。对我这个雇主来说，这些姑娘将来结婚生育，从来不是为难的地方。我还希望她们不要太自得其乐，有点紧迫感，快点恋爱、结婚、生育。只不过，我一个男老板，去说这些事，显得太奇怪。像我这样的雇主，比比皆是，人才不分性别。所以，别担心，不迷茫，把自己的事情做好，会收获善意与回报的。

祝开心。

连岳

化解富足悖论：自度与度人

连叔：

您好！

我是您的新朋友，四个月前经人介绍认识，现在每天上班路上看您的推送已经成了我的习惯。按说不该对新朋友如此敞开心扉的，但您是我能倾诉的人里最智慧的一位。特别是今天看到您推送的RCEP新闻（太巧了，我前一天刚兴致勃勃地跟老公说起，我们签下了体量最大的自贸协定，美国总统怕不是要气哭了），我想您一定是可以理解我的。所以如果可能的话，还是想烦请您为我解惑。预致谢意！

我是一个从小到大没有吃过什么苦的孩子。在北京读书、高考，上了个好大学，毕业后非常幸运地被某部委录取，派到欧洲驻外四年。在国外期间认识了我老公，他聪明又要强，做饭还好吃。今年任期结束，我们顺利地回国领证、办席，现在正在戒酒期，准备半年后要小孩。国内的工作虽然又忙又累，但好在管理很人性化，起码可以让我毫无顾虑地休产假。

看起来一切都在往好的方向发展，对吧？但是有一个严重的问题：人生的每一个阶段，我都觉得不如上一个阶段。上大学的时候想回到高中，毕业了又想回到大学，出国了想回来，回国了又怀念以前驻外的时候。这样看来，我又似乎一直在走下坡路。

我时常思考人生的追求应该是什么？评价一个人成功与否的标准又该是什么？大家普遍认可的“吃饱穿暖，有车有房”对我和身边的同学朋友来说，是父母那辈就已经解决了的问题，不该再成为我们这代人的追求。最有说服力的标准——“金钱”于我又不适用，毕竟总书记都说了，当官就不要想挣钱，挣钱就不要想当官。

或许我应该跳出体制去企业寻求发展吗？但那样成本太高了，我很怕跳槽以后又怀念现在的工作，就像我一直以来的那样。有时真的很向往那种逆境中咬牙坚持，拼搏向上的人生状态。想过做出一些改变，但又怀疑自己能不能坚持住，从而不敢改变。佛说众生皆苦，不知道当我的苦难到来时，从未接受过历练的我会不会被击垮。

啰啰唆唆了这么多，其实是想听听您对寻找人生目标的理解。我想在正式成为一名妈妈之前解决好这个问题，不要漫无目标地迎接我的宝宝。

感谢您的倾听！

一只兔子

* * *

一只兔子：

你的名字虽然叫兔子，但你是乌龟型的人，体现在进入新环境比较慢，需要更长的适应时间，这导致你不停地向后看，觉得人生上一个阶段更好。你的优点是只要过了适应期，总能把事情做好。就像你之前的每个阶段，都完成得不错。兔子型的人，可以突然往前跳一大步，感觉进步很快，可是明天又往后跳一大步，振动幅度很大。

一两年后，你的孩子出生，随着他的天性逐渐展开，你也要判断一下他是兔子型的，还是乌龟型的，因材施教。不同类型的人，实现人生的方式是不同的。

不同时代的人，实现人生的方式也不同。比如你这一代人，有些就要面临富足悖论，而下一代，就得普遍面对。中国人普遍富足，是我们几代先辈追求的结果，说拿血换来的，一点也不夸张。但长在富足中，不努力也衣食无忧，延迟满足能力弱化。这样的人多了，又守不住富足，家与国都开始衰退。就像今年的美国一样，富足久了，反而找不到北。真正遇到大挑战，社会就呈现出无能的混乱、无情的残酷。

所以你的忧虑与思考将越来越普遍：得到富足后，人生追求什么呢？

如果找不到答案，那就解决不了富足悖论。正如有些人发财后，黄赌毒俱全，贪嗔痴更炽，财富成了恶之源头。一个国家，这种人多了，那不过是黄金打就的地狱，富足如镜花水月，转瞬成空。

当然，不能因为这样就放弃富足，刻意维持贫穷。免于匮乏，小康社会，是几千年的追求，实现了是大成就。只是，无论个人还是社会，富足后都得面临继续进步的挑战。

富足，我觉得是完成了自度。停留在这个阶段，很容易厌倦、无所适从。

所以接下来要做的，是度人。

比如公务员这个群体，在中国的任何地方，其收入在当地都属中上，再加上社会地位高，即使不富，满足感是够的。给了你这样的条件，当然就是让你度人的。

怎么度人？那几个字写在政府的大院里：为人民服务。服务得越尽责，服务的人越多，度人做得越好，人生的意义越多。年纪越大，我觉得这五个字越好，凡是找到意义的人，都在实践这五个字。释迦牟尼也是在为人民服务，而且服务得很好。我觉得我们的公务员应该有释迦牟尼的水平，说话和气，解民疾苦。老和富豪比，觉得工资低，又给办事的民众脸色看，不仅自己找不到意义，也会让政府失去意义。

我觉得你的意义，就藏在你接下来要做的事情当中，先当好妈妈，再当好公务员。既然你什么都不缺，就应该当得更好。孩子觉得你是个好妈妈，民众觉得你是个好公务员，那么，意义就会逐渐呈现、宏大。正如RCEP协议签署的意义巨大，其后有无数尽责的公务员做了自己的细微的工作。

祝开心。

连岳

年轻时的大危机和具备优势者的大责任

连叔：

您好！

我是一个在基层乡镇工作了七年的小伙子，之前一直是体制外，去年有幸考上了家门口的事业编。现在的我虽然离家近了，可过得并不开心。

10月份的一次人事调整，我被任命为综合办公室负责人，负责服务主要领导和管钱。我这个人习惯了干具体工作，干几项工作，有章可循我都能做好。但领导把各种应该副职干的活推给我，还要我在钱上搞变通，我做不来。

任职的时候，我试用期都还没过。别人都不愿意干这个综合办公室负责人的工作，就把我推了上去。我心里是不接受的。找领导谈过想法，没办法，领导说没别的合适的人啊。最后不了了之。

我这个人不求上进提职，只求安分地把工作做好，不和钱打交道。别让我在钱上搞变通，违心的事让我心里扭曲。

我知道小伙子在基层大多早晚要承担一些脏活累活，这会儿扛不了这些困难，将来困难也会找来。孩子1岁了，是时候给孩子做个榜样了，可我现在突然没了精气神。干好干坏都挣这么多钱，我也不打算晋升提职，只是想在给群众办事时候态度好一些，多帮帮他们，可我现在的工作又离群众太远。

连叔，我该继续熬着吗？

水清

* * *

水清：

领导让你在钱上搞变通，我的理解，就是做一些违规违法的事，也就是做假账。否则，你不至于这么痛苦。

你现在两难。不做，与领导关系将破裂，以后在他手下工作，不那么顺心，被穿小鞋，都是可以预见的。但你有不做的充分理由，按财务制度与财务纪律，一一指出违反的地方，正大光明。领导碰一两次钉子，要么放弃，要么换听话的人做。当然，他最好放弃，从此不打这些坏主意，对他来说，人生更安全。如果是这样，某种程度上你也算挽救了他。

遗憾的是，很多处于类似环境的年轻人，在领导的劝说及压力之下，会选择顺从。劝说之词大概是“这事没什么大不了，人人都这么做”，“上面查了，有我顶着”，“脑筋不灵活，不会变通，能有什么前途”。违抗领导的命令（即使是违规的），又需要大勇气，于是年轻人糊里糊涂、半推半就地做了。

这种脏事，只要第一次顺从了，就像贞操，失去了就不会再有。以后假账越做越大，越做越没有心理负担，事情败露，要处分，甚至要坐牢。领导能讲义气主动担责吗？那时他将有另一套脱罪的说辞，大概是这样："财务的事我不懂，是某某同志（也就是你）在负责。""他误解了我的意思。"因为两人之间口说无凭，他一概不承认，也很省事。即使事情没有发展得如此之糟，在大数据时代，一切皆有记录，你年轻时做假账埋的雷，跟着你一辈子，可能在人生的任何一个节点引爆。

两害相权取其轻，不做好很多。而且你“不打算晋升提职”，知足淡定，没什么可失去的，更有不做的底气。

你坚持原则，渡过这个难关以后，有晋升提职的机会，我建议你也不要放弃。当权力不是用来谋私利、做坏事，是用来帮群众，那应该要；给你你不要，那也是不负责任。一个坚持原则的、有道德和勇气的人，随着年龄的增长，应该逐渐处于优势地位，这样更能帮群众，也能帮自己身边的年轻人。

年轻人一步走错，可能步步走错，一生就没了。这关键的一错步，如果是他身边的优势者凭借权力、金钱、名声、阅历或计谋，迫使或引诱而致，这些人就是另类的谋杀者，杀人慧命。这类人很多，至少在人群中占一半，他们是年轻人的危机，要鼓起勇气拒绝被他们推入堕落之途。等到我们慢慢长成优势者，则要承担起自己的责任，助年轻人走美好之路，引着走对一步，推着再走对一步，愿他们之后步步都对。

祝开心。

连岳

当你失意时，没信心时，应该想什么？

连叔：

我是一个农村出来的孩子，家里条件应该说还算好。我妈妈是老师，爸爸在镇上做一些零散的活。我现在也结婚生子了，有个好老婆和一个可爱的女儿。

我当初没听妈妈的话，没好好学习，没考上一个好大学，后来做了土木工程行业。进入这行之后，从2012年到现在已经八年了。我从一名技术员做到了副总工，有了一点自己的成绩。

我在外面踏踏实实做事，因为我知道没有关系就只能靠嘴、靠腿，踏踏实实干让领导放心，让人家觉得你这个人不错。

最近的事情，让我心情很低落。周边的同事考过了一级建造师，而我没有。可能是长了一岁，对事情的认知深了，觉得打击特别大。

我每天都看您的微信公众号，早上都会读一篇文章，我觉得那种能量激励了我。现在我也不知道怎么了，心里空落落的。

现在起，我要要求自己能力提升，证书提升，努力去改变自己。有件小事情就是，以前我的床铺邋邋遢遢的，现在我每天都收拾得干干净净、整整齐齐的。连叔说过一句话：三分自律，三分耐心，四分改良。我很受启发。一级建造师考试成绩出来之后，我觉得打击很大。看见什么都觉得自己不行，一点信心都没有。就是希望连叔您能多给我一些指点。

GX

* * *

GX：

你做得对，改变自己先从小事做起。小事容易上手，容易实现，很快可以形成正反馈，然后滚动发展成为比较大的事。把邋邋遢遢的床铺理得清清爽爽，就是谁都有能力做到的事，但实际做到的人却不多。做到的人，可能慢慢在其他事情上也不邋遢了。

你写给我的这封短邮件，就像你以前的床铺一样，邋邋遢遢，一段到底。我重新分出段落，改了错字，将乱用的标点符号订正。由此可以猜到一些你考试不过的原因。你的行文写作不规范，不认真，小错误太多，这样让阅读者的心情不愉快，也难尊重你。公司的同人这样写邮件、做事情，一定会被我痛批，我抓工作能力的提升，就是从条理性、差错率入手。

做事情做到条理清晰，逻辑顺畅，准确无误，不仅证明这个人的能力，他简直会发光，做再普通的事都赏心悦目。到了这个境界，人就开窍了，举轻若重，举重若轻，心有灵犀，举一反三。你的痛苦就是还没到举一反三。“踏踏实实干让领导放心，让人家觉得你这个人不错”，你悟出的这个原则，很棒。但不是只有领导才是领导，也不是只有领导才配得上放心。你若能踏踏实实写邮件，让我这个收邮件的人放心；若能踏踏实实欣赏同事的成就，让他觉得你不错；那就是举一反三。把所有合作者都当成领导，踏踏实实让他们放心，这样好原则才照亮人生的全部。

考试不过，再考就是了。同事过了，让你觉得自己不行，失去信心。这是轻微的嫉妒心造成的自我攻击。同事比自己厉害，轻轻一“酸”，是正常心理。不正常的心理是发展成超级酸，杀掉了其他滋味，导致自己永远无法与更强者合作。在轻轻一酸时，想想自己的所得，很快就能化解自己的失意。你是普通家庭的孩子，也没读好大学，但时代回馈给了你幸福的小家庭，让你有成就地工作，就不该再自怨自艾了。只要继续踏踏实实，人生之路必然越走越顺，没什么可担心的。

祝开心。

连岳

你不是行尸走肉，你只是不知自己的好

连叔：

您好！

我1991年出生，大学毕业后，参加事业单位考试，在一所农村中学任教。我先生从事工程类的工作，常年随项目在外。因为职业性质差别，也因为生存压力，都不可能放弃自己的工作，恋爱五年结婚四年一直异地。唯一欣慰的是，趁着他们单位团购，我俩省吃俭用，努力在省城西安首付了一套房子。我从小因为家庭变故，缺失父爱母爱，特别渴望一家人在一起。尤其当我有了孩子，更希望他能有爸爸妈妈陪伴，能有更好的教育环境。

去西安工作，可能是实现我这个愿望唯一的途径。我先生是一个踏实、有责任感，但比较谨慎的人。他虽然知道我内心的渴望，也渴望团圆，但他觉得年轻的时候努力挣钱更重要。在西安，他有机会换工作；如果我能去西安工作，收入也稳定可观，他就有动力换工作。而我要在西安依然从事教师工作，又只能参加事业单位考试。

我马上30岁了，年龄限制，可能就剩一次报名机会。在编人员想要考试，只能单位同意报名，单位一般不会同意。只能先辞职，再考试。如果没有考上，可能这辈子就没有机会了。我自己平常上班，跟婆婆一起看孩子，精力感觉不如从前。以前我笔试比较强，面试可能差些，所以来了竞争少一点的农村。这些年，讲课好一些了，面试也好一些了，但笔试又改了形式，不是我那么擅长的。所以，我感觉自己没有以前那么有斗志，但内心又很渴望。尤其当离考试的时间越来越近，而我每天都没有学习的时候；当我们努力还完了首付外债，慢慢攒钱一点点装修房子却又住得很少的时候；当退休年限增长，我们可能还要异地三十年的时候；我尤为痛苦，觉得自己像行尸走肉。

有时候想，最坏的结果也就是不当老师，失去体制内的工作，做一份其他的工作，努力挣钱就好。但我就像温水中的青蛙，习惯了，往前一步，觉得很纠结，主动放弃，也需要勇气。连叔，我该怎么办?

一个挣扎的人

* * *

一个挣扎的人：

你怎么是行尸走肉呢？在我看来，你目前的人生很成功。不到30岁，什么都有了：工作、家庭、孩子、房子。运气也不错，老公负责踏实，婆婆帮带孩子。重要的任务完成了，以后的人生只会比现在轻松。

你的天性保守稳重，它的不利之处是很难迅速做出决定，凡事左思右想，似乎进退两难。对于天生激进冒险的人来说，你的难处，他可能一秒钟就解决了。当你需要做决定时，你就会羡慕和自己完全不同的人，羡慕到极点，就开始攻击自己，把自己说得一无是处。这种事也会发生在激进冒险者的身上，当他们缺乏耐心、无法深耕之时，他们痛恨自己的浮躁与多变，羡慕你的沉着淡定。

天性没有哪种更好，只是让我们以不同的方式、不同的剧本去理解人生。随着时间的推移与自己的领悟，我们缺的慢慢有，弱的慢慢强。我年轻时属于激进冒险型，不管不顾，大破大立，做决定从来不是难事，这给我带来了许多机会，也让我吃尽了苦头。到了后来不年轻了，我终于稳得住。你也需要时间，再过三五年，十来年，你既有保守稳重的天生长处，也会有杀伐果断的后天优点。这就是人生有意思的地方，顺应天性的有，补足天性的无，达成圆满。

你现在的处境不错。作为老师，教育自己的孩子有优势，孩子有这样的妈妈陪伴，得到更多的爱；漫长的寒假与暑假，也让夫妻团圆得够久（其他分居的夫妻只有周末时间）。而且我认为你的工作特别有意义，农村孩子最缺的就是教育，同样是老师，在农村的效用更大，改变了更多孩子的命运。我的意思并不是说你得在农村待一辈子，你有权利追求更好的生活。只是说，你在农村的每一天，都很有价值。

五年后，你可能就能轻松做得了决定。你可能教学能力提升，是个抢手的老师。你可能积蓄多了，为自己换来几年时间转换职业。你可能看淡体制内与体制外、此职业与彼职业的界限，选择范围大大增加。从技艺到金钱，好好积累五年，能量大一个级别，现在的难题，就不再是难题了。

祝开心。

连岳

体制饭怎么吃？最能混的地方最该努力

连叔：

您好！

我是一名医务工作者，在外人看来，生活得幸福美满。有两个可爱的宝宝，双方父母相处得很融洽，可是我总感觉内心很迷茫。

我大学学的是口腔医学专业，毕业后被父母安排进了一家二甲医院，没有口腔科。家人的说法是先占个位置，就这样我在这家医院待了十年，没有编制也没有准确定位，一直很苦恼。一方面纠结没有编制还没有专业技能，会否在将来的某一天被辞退；另一方面又为自己学了这么多年的专业没有好好应用而惋惜。看着身边的同学在自己的科室干得风生水起，既羡慕又不甘。

现在的我总感觉看不到未来的出路，我不知道是应该继续在医院就这样混日子，还是说要搏一搏重新捡起自己的专业。要是待在医院，可能就是数个十年这样，最后随着医改不知下场如何。如果选择重操旧业，33岁的我可能要像实习生一样开始，想想就头大。比他们大了十岁还要干着一样的活，可能还会有大学同学在——我们专业圈子很小，基本都互相认识的！感觉自己很难走出这一步。

我的家人也不怎么赞成我去诊所工作，不方便照顾孩子，而且工作也不稳定。他们希望我可以考事业编或者公务员，不过我的专业受限厉害，能报考的只有什么都不限制的。这种岗位大家都想考，考上很难，还要看运气。我还有两年就35岁了，也不敢保证一定能考上。如果要专心考试就又要熬两年，现在特别纠结。不知道未来的路在哪里，应该怎么选择，感觉自己三十好几了还一事无成，很有挫败感！前途迷茫，希望能得到您的一些指引。

一个不算牙医的牙医

* * *

一个不算牙医的牙医:

牙医是个好职业。我保养治疗自己的牙齿，每年要花不少钱，估计终生得如此。像我一样的人不少，而且会越来越多。经济水平提升加上医学知识普及，养护牙齿成了刚需，人人有口好牙，迟早也是中国人的标配，人又有这么多颗牙齿，牙医怎能不好？只要技术不太差，服务不太烂，牙医这份工作，比什么编制都稳定。

像你这样，学了口腔，却荒废专业一门心思蹭编制，蹭十年蹭不上，还想继续蹭。这是拿着金饭碗讨饭，还没讨着。观念格局决定一个人的高度与命运，你算是个典型的反例。

求稳定并没有错，人之常情。编制这种体制饭和稳定画上等号，某种程度上是对的。只要不犯原则错误，体制很难开除一个人。把聪明才智都用来摸鱼，有些人几乎没做什么事就混到了退休，进了体制就像进了保险箱。我吃过几年体制饭，有切身体会。我体制饭吃得很好，聪明懂事，认真肯干，通宵达旦写材料也不怕，现在回想起来都被当初的自己感动。

当时比现在好混得多，但我从来没有混的想法。很简单的逻辑：不混，勤奋一点，长的本事是自己的。领导也不会因为你嘴甜就赏识你，即使领导格局这么小，嘴甜加有本事也更好吧？

为追求混而进体制，似乎钻了体制空子，最后一定把自己混小了，混没了。我见过许多聪明绝顶的人混得呆头呆脑。能进体制，哪个不聪明？但混几年，知识没更新，话术一大堆。在体制内，面对百姓，自大得很，一想到要出体制的大门，又自卑得要死。最后没提拔，当不成官，牢骚怪话就全来了，专门吃饭砸锅。这样的人生有意思吗？猪都不如。

今年大家讨厌“恨国党”，中国没被疫情弄垮，他们就不开心。其实“恨国党”的一大来源就是体制内的“阿混”，衣食无忧，有的是时间“恨国”。体制外的人天天忙生存、求发展，反而容易记着国的好。

体制饭让你过得比一般百姓好，有这兜底，本来应该更努力，天天长本事，这才对得起体制。古人还讲“食君之禄，担君之忧”，是有基本的契约精神。现在有些人让百姓养着，却着眼于混。最后混得首鼠两端，左右为难，进退维谷，这是必然。

有太多人告诉你，进了体制就可以混，有关系有背景就可以，这是误你害你。最能混的地方最应该努力，这样选择，你有关系有背景，可以锦上添花，你没关系没背景，也慢慢会有关系和背景，勤奋敬业就是最大的关系和背景。即使最后没官当，勤奋敬业不也是应该的吗？

你不能再混下去了，也别想着去体制内更好混。踏踏实实去市场上当牙医，33岁开始努力是迟了些，但比34岁早了一年，比43岁早了十年。人生还长，来得及。

祝开心。

连岳

当了公务员，却追悔莫及

连叔：

给您写过几次求助信了，自己也梳理了很多次，但没有答案。再次向您求助，心想着也许就被看到了呢。最近越发觉得日子难熬，只有在睡梦中才能暂时忘却烦恼，感觉有些抑郁倾向，情绪不高，没有力气，干什么都觉得没有意思，有点像是到了人生至暗时刻。

本来很庆幸能大龄考上中央某部委公务员，现在却觉得自己做了最错误的选择，每天活在后悔中。这种后悔太让人难受了。我之前在广州某事业单位当老师，工作很轻松，领导很器重。来北京之后深深感受到首都的节奏和压力，工作强度大，加班多（每天六点多起床，晚上九十点回家），租房住，工资低（部委公务员工资真的低，还不如我刚毕业时的收入），好像人生一下子又回到了原点。最痛苦无奈的是异地，我已婚未育（明后年准备生娃），爱人是广州比较好的单位的公务员。由于身体原因，他来北京仍保留公务员的身份目前看几乎不可能。我之前在企业待过，也不太想让他去企业。爱人身体比较羸弱，我怕他受苦，况且他在广州的工作也不错。

当初来北京，爱人也是极力支持，他比较积极乐观，说看长远。我当时有些稀里糊涂，好像被命运之手推着就来了。其实去年能考上也很不容易，一起竞争的都很优秀，单位的人也大多是清北毕业。当时就想如果不好，他们也不会来吧，也想着困难总会解决，然而却忽略了个体的差异和现实的残酷。来了这里像是为了吃苦，不明白当初自己咋就一下子昏了头。

其实在我人生的排序中，两个人在一起过好每一天，是比事业成功更重要的事，而我却把自己曾经美好的日子给断送了。相较北京，在广州生活了十年的我更喜欢广州，有活力、干净、包容、压力小一些。我们在广州已经买了房，虽然过个七八年以后在北京也能配售房子。但北京的这种工作状态、未来孩子的上学压力、我们的异地，以及在北京的收入难以让我们生活得比较好，使我只想逃回广州。这种想法越来越强烈，而我却无能为力，甚至在想：要辞职吗？在就业形势严峻的情况下我好像又没有勇气，但这种行尸走肉的生活让我每天都活在痛苦中。

连叔，您能帮我出出主意吗？

一个后悔又绝望的大龄女青年

* * *

一个后悔又绝望的大龄女青年：

你说人生的排序中，两个人在一起，过好每一天，是比事业成功更重要的事。我挺认同。只不过，这不是你的真心话。当我们分析问题时，最重要的前提就是真实，不然的话，大前提都是假的，分析再多，结论也是假的，于事无补，雪上加霜。

“两个人在一起”，在你的人生排序中，并不是最重要的事。你们两人原来一起在广州，有房子，各自工作也不错。你考中央部委公务员时，明明知道考上了将面临长期两地分居。考试过程也有较长时间的商议、策划、备考，并非一时冲动，而是深思熟虑的结果。当时为何铁了心要考？可能是以为在中央部委工作轻松，地位尊贵，收入可观——如果真是这样，你今天一点抱怨也没有。一人在北京，一人在广州，也觉得幸福。

公务员的收入，任何一个级别的，从中央部委到乡镇，在心理上，都处于神秘的两可状态：可埋怨，也可满足。任何一个层级的公务员收入，横向对比，都不算低，再加上隐形福利、职业稳定、社会地位，它属于可满足。大多数人的生存状态是不如公务员的，不然就无法解释为何每年有这么多人参加国考。

但是，确实有不少公务员总是在埋怨，有人摸了一辈子鱼，也埋怨了一辈子，越是摸鱼的公务员埋怨越多。一个日渐富裕与进步的国家，一大特征就是有一部分人的收入很高，成功的企业家、受器重的高级管理者、聪明稳健的投资者，各行业的拔尖人物，甚至有些人纯粹是运气好，其财富都是公务员不可企及的。与他们比的公务员，心态就会失衡，总觉得国家亏待自己。这就是贪念在败坏人的灵魂。要当好一个公务员，贪念一定要去掉，不然一生痛苦。即使成为部委首长，工资收入也是刚性的，那时会更不平衡，不用权力换金钱你就不痛快，似乎发财的人都欠你的。这种心态的公务员多了，后果不堪设想。

李光耀先生早年曾对中国的一位市长传授为官之道：自己城市的企业家发财时，千万不要眼红。确实如此，好的市长，好的公务员，人民越是发财，收入越是比自己高，自己应该越高兴，说明为人民服务做得好。从这点看，一个好的公务员，道德水准应该更高一些，人性中的偷懒、贪婪与嫉妒，都应去掉。确实不容易，但既然当了公务员，就得努力达到这个标准。你距离这个标准，还有非常大的提升空间，所以只想得到自己的累，自己的收入低。

你完全看不到，地铁或公交上挤在你身边的人。许多人比你更累，收入还不如你，而他们，却尽职地完成自己的工作，不抱怨，有幸福感，闪闪发光，散发着善良者的可爱香味。

世界已经对你很好，但你总觉得应该更好。若真如你所说，两个人在一起是最重要的事，那有什么难的？今天辞职，明天买张票就回广州了。你为什么做不到？那就是它并不是最重要的。你也知道，那样回去，你又会不满意自己的工作、收入与地位。有时候，并不是我们不幸福，而是贪婪吞噬掉了一切幸福。这点不改，你做任何选择，结局都是后悔。

祝开心。

连岳

2

恋爱·婚姻

不道德的交易

连岳：

你好！

我从高中起开始关注你在《上海一周》的专栏。那时觉得大人的世界太复杂，我未来不会如此。哪想到如今也不能免俗。

给你写信是想问问，老公的富婆红颜知己怎么处理？我老公有个红颜知己（女方已婚有娃），是他的同事。女方很有钱，目前借给我们二百万。其父曾是我省正厅领导，虽已被“双规”，但仍有人脉。我老公和她来往频繁。当然女方是我老公喜欢的类型，她也喜欢我老公。我老公和她很投缘，两人经常花很多时间聊微信，有时候约在一起吃饭（还有其他人），以前还接送她上下班（两人应该暂时还无性关系）。

我也发过脾气，但是没效果，他总解释“为了供着财神”。我一直逃避考虑红颜的问题，忙着自己的生活。但最近发生了两件事，让我不痛快。一是，前几天她想蹭我老公的车去饭店参加单位聚餐，我老公看我不想见她，要自己搭地铁回去，就拒绝了她。后来我送他到饭店门口，红颜打电话给我老公，汽车蓝牙音响免提开着，她可能也知道我在，又是撒娇又是发脾气。我老公尴尬应对，我没说话。二是，这两天我们计划购房，我老公很认可她的建议。她的建议没错，但我之前也曾提了同样的观点，未受认可。

我和我老公有感情，但本身性格不是太合适，现在中间又夹一个红颜。有时候我也想分开，但娃才3岁。怕社会歧视，对我也对娃。盼你回音！

一个没想过会给你写信的读者

* * *

一个还是给我写了信的读者：

你老公的问题，并不是婚外情、红颜知己问题，而是他的兼职问题。

他是兼职卖淫而已。直面这点，问题就好解决了。

他唯一的女主顾，有钱，有势，有智商，处于绝对的统治地位。事情也证明，她不在乎你这个妻子怎么想。或者说，你们的想法与反应完全在她的预料之中，她也知道，你们对她的"钱与关系"有渴望，只要控制着你们这个贪念，她就控制着你们的一切。你生生气，吃点醋，对她来说，反而是另类的情调。

和其他被蒙在鼓里的人不同，你了解事件的进程，“借”到二百万，你也知情。可以看出，这二百万对你们来说，不是小钱，再加上你们又计划买房子，需要用钱。你并不反对这个交易，否则这钱就“借”不成。你丈夫凭你的这个反应，认定你批准了这桩不道德的交易。接下来，他取悦这位女主顾，包括和她发生性关系，不过就是在履行合同。你生气或提离婚，他反而可能认为是不遵守默契。

当然，从你的叙述来看，你不会离婚，你将消化这件事。反正两人“性格不合”，感情也没多深，他卖一卖，赚些钱，也不错。婚姻变成这样，很遗憾，不过你们自己愿意接受与承受，也不关别人什么事。人，尤其是年轻人，若少自尊，没耐心，贪图他人富贵，确实容易出卖一切，将自己的人生猥琐化。

我能帮你们的，就是给点风险提示：这位“红颜知己”的能力与智力，远在你们之上。当她玩腻你老公时，那二百万还是得还的。在这件不道德的交易中，她是予取予求的女王，给的一切都能取回。你们出售了爱情与婚姻，最后却可能一无所获。

祝开心。

连岳

谢谢他坏透了

连叔：

救救我吧！

我老公脾气很大，用“把所有的温柔善良给了别人，把所有的情绪脾气留给家人”的话来形容，毫不夸张。

多年来，他让我深感失望，想逃离。

主要讲几件大事：

1. 怀孕期间，我回他老家待产，他竟跟美女搞暧昧。他假装是某位美女的男友，陪人家去医院；另一个美女，他陪游泳，并接受其每天为他留单位早餐，人家不知他已婚。知道后，我很生气。但他不觉得有错，当时亲口说假如有美女再约他游泳，他仍会毫不犹豫地同意。当然，现在大街上的美女他也是要多看几眼……

2. 几个月前，他借酒浇愁，在大街上对我没有丝毫耐心，破口大骂，甚至在我反抗的时候推我撞到墙壁上，后面就一句“对不起”了事。

3. 现在，因为孩子在老家太受宠，我辞职带娃。在这两个月里，孩子学了很多本领，但也感冒并意外受伤各两次。最严重的是现在，孩子发烧五天39度，他叫我不要小题大做，孩子自己会好。有一晚半夜孩子烧到41度，我起床给孩子喂药，孩子哭到吐。他不帮忙就算了，还在说风凉话，反复强调不需要去医院，自己会好。我自己凌晨两点打车去医院，结果孩子是肺炎，当晚所遇到的人都以为我们是单亲家庭，热心帮忙，而孩子爸却呼呼大睡……这让我很崩溃，他父母也抱怨我总让孩子生病，但现在我自己照顾孩子住院，他们也没来帮忙。这给我带来很大心理负担，貌似自己真的没能力照顾好孩子。

总之，他让我学习日本人精神：不给他添麻烦！大事小事自己解决，跟他无关。他只负责赚钱养家。

离婚，舍不得的是孩子；不离，我是在将就吗？求助……谢谢！

木头人

* * *

木头人：

他在家对你不忠，在外骗人不义。不忠不义之人，即使在日本，也会被鄙视吧。该学学基本做人精神的，是他。

你有两种选择：

一是，等他学好，悔过自新。如果他一直这么坏下去，你就赔上自己的一生；或听之任之，获得心死型平静；或不停失望，又生希望，反反复复撕开同一个伤口。他学好的可能性有多大？说0肯定不科学，接近于0吧。

二是，离婚，你的人生重新开始。这对你来说很难，因为你是一个胆小的、不敢选择的人。孩子发烧要不要送医院，这种事你似乎都要等丈夫批准。作为母亲，孩子发烧了，自己又不知道原因，肯定要马上看医生。没事，落个心安，有事，不耽误孩子，根本不必等丈夫批准。像你丈夫这样的做派，早就被母性大发的女人骂死了，任何一个男人都不会这么干，也不敢，毕竟是自己的孩子。你丈夫就是世上那为数不多的例外，不仅会，还敢。除了人渣本质外，就是他深知你的胆小，怎么欺负你，你也不会反抗。

胆小的人，不怕遇上好婚姻。真爱你的人，不会利用你的弱点，他将补强你的弱点，最后你在鼓励之中不再胆小。胆小的人，就怕遇上坏多好少的不及格的婚姻。这种婚姻没有坏透，有个三四十分，用放大镜可找到一点好，却是个难受的缓慢死亡过程，没有快刀斩乱麻的勇气与决心，挣脱不了。

还好，你遇见一个坏透了的男人，这逼迫你胆子大一点，做决定。就像孩子烧到41度，你不会再拖着不送医院。与人渣离婚，对胆小的全职主妇来说，比登天还难；可以预见到有一连串的恐吓、威胁、争吵，甚至是诉讼；然后还要找工作，自立，养孩子；再次获得婚姻的门槛也更高。可这天还是能登的，不是凭空上升，只是台阶陡点而已。登完就是人生新天地，再也不是胆小的旧我，而是能救自己的新我。

一个坏公司，我们会辞职；一个坏朋友，我们会疏远；一个坏老公，为何就舍不得？所有坏东西，都要马上扔掉。坏配偶要扔得最快，不然，你还得与他同床，最恶心。

祝开心。

连岳

这合理吗？他打我，说是考验我的真爱

连岳：

你好！

我十几年如一日是您的“忠粉”，读您的文章是我人生中最幸福的时刻。现在我面临人生难题，理性来说我应该知道答案，情感上却无法做出割舍。交往多年的男友，有暴力倾向，失控起来不计后果。疫情期间第一次施暴，我以为是他一时冲动，第二次他道歉了，我又原谅。感觉现在他已经黑化了，将自己的暴力合理化，说就是考验我对他是不是真爱，如果是真爱，就能接受一切。

他最近一年在北京买房装修比较辛苦，也负了债，一直斥责我没帮他分担辛苦和经济压力。他意思房子是将来结婚用的，我应该操心和付出一些，比如买些家具什么的。

我认识他之前就在同地段买了更大的房子，也是自己装修，自己买家具，我并没有觉得他应该付出。

我不知道怎么帮他买家具，他又没有正式求婚，只是偶尔开玩笑问我有没有准备好嫁给他。他性格比较强势，不开心的时候就冷战一个月不理人，使我没有安全感。我甚至觉得我没资格付出，说不定哪天他就单方面宣布分手换女友了。如果分手了，以他的冷酷性格，无论我买了什么，他无疑都会扔掉。

他学历比我低，又对体制内的工资待遇不满意，对前途也比较迷惘。我一直小心翼翼地呵护他的自尊，怕哪句话刺激到他的玻璃心，但他一直都在通过讽刺打压我来建立自信。

我原本是发自内心打算此生不要孩子的，我认真跟他解释了，我不打算把希望寄托在孩子身上，也不需要孩子养老。我对生育养育过程深怀恐惧，我的大学室友难产差点失去生命。

他表示很喜欢孩子。我思考了很久说愿意满足他的愿望，只要他喜欢。但是他不仅不感动我愿意为他改变多年执念，还以此攻击说我本质就是个自私的人。

按说凭最近一年他的表现，我应该没有什么可留恋的，但是前两年他对我几近完美的好，完美得我都忐忑，感觉不真实。一起看电影演到绝症把一对恋人分开时，他握着我的手说除了生死没什么能把我们分开。我总是拿这些美好情节来麻醉自己，劝自己他是最近一年压力太大，所以才变得情绪失控。

我总觉得他其实还是爱我的，不然不会在暴力伤害我之后，又表示心疼。当我铁了心决定结束，他又来找我，说离开我他觉得生命没有意义。

我想过了，如果复合，他肯定还会继续挑刺来打压我。我甚至可以忍受精神上的打击，但是他是否使用暴力谁也不能保证。暴力是犯罪，我也对他说了，之前我心软都没报警，如果他再使用暴力我一定会报警。

如果不复合，我可能永远都找不到喜欢的人了。他之前太完美，已经让我对任何人无感。

错过是悲剧，复合是恐惧，担心他失手会把我打死。我最近可能抑郁了，一想到他说离开我觉得生命没意义，我也觉得真分手我同样会陷入生命的空虚之中。

抑郁的伍尔芙

* * *

抑郁的伍尔芙：

被男朋友打很倒霉，但并不可怕，把他变成前男友就是了。被打了两次，那分手就更无遗憾。

可怕的是，你有把他打你合理化的苗头。怀念他原来的好，以冲淡他打你的坏，且这种好不过是看电影时抒一下情。这是劝说自己接受他把暴力合理化：打你是考验你的真爱，如果是真爱，就能接受一切。

你离万劫不复只差一步，若接受他的说法，只能被打一辈子；更糟一点，你还会被打死，直到死亡把你们分开。

他的说法，荒谬之处是明显的。

首先，这应该适用于双方，你也可以用在他身上。你打他几顿考验一下真爱试试看？你原来的生活理念不合他意，他都要攻击你。

如果是真爱，就能接受一切。你真爱我，就请你不要打我。你也可以提这个正常的卑微的要求。他为什么做不到？

再说了，谁说真爱必须接受一切？我爱你，只能接受我们从此变好，你要变得更好，我也要变得更好。任何一方的变坏都是不能接受的。一人变好，以另一个人变坏为代价，你要接受我揍你——这不是爱，这是蓄奴。

你没有感受过爱。你只是在语言和肉体双重暴力的长期打压下，习惯了自己低他一等。这种观念上的自我奴化一建立，人生就再没有希望了。就像卡尔·萨根在《魔鬼出没的世界》里说到的，原来美国南部维护奴隶制度，除了暴力以外，还在一切场合，在农场、教堂、法庭、议会向奴隶们灌输：你们生来低贱，受苦当奴隶是上帝的旨意。你男朋友的做法就是在复制奴隶主的这一套。

奴隶们挣脱很难，奴隶主禁止他们识字读书，最大可能地消除他们的理性思维能力。只要观念上是奴隶，他们才能永远是奴隶。可你受教育程度高，从你的化名来看，你也读了伍尔芙——一个鼓励女性自立的女作家——的书。你确实听从了伍尔芙的建议，女人要有一间自己的房子。可你有知识有房子后当起了"女奴"，这样伍尔芙的棺材板怎么压得住？

我相信，所有看完你故事的人，对你的愤怒甚至超过对你男友的愤怒，因为你缺乏基本的责任感。人保护自己，能够击退坏人的伤害，这是最基本的责任感。做不到这个，其他责任感无从谈起。你自己伤得不是最重，浑浑噩噩，被打麻木了，可能也会习惯。伤得重的，是你的父母，你的好朋友，你将来的孩子，还包括我这个为你写了多年文章的人。我们看你被侮辱，被伤害，你却无限包容坏人，不知逃，不知死。你真是背叛了我们，给你知识，给你爱，你最后全糟蹋掉。

祝开心。

连岳

最好的心理医生

连岳老师：

您好！我想问，我老公不愿意结扎怎么办？他平时对我很好，但是不愿意结扎，我可以理解为他不够爱我吗？可以理解为到以后我有什么事了，他会选择放弃我吗？实在憋得不行了，跟家人朋友说，我怕他们说我矫情，怕他们为他说话，又怕他们说他不好，不值得继续下去。不舍得八年的感情，更不舍得刚出生的宝宝……希望连岳老师帮我理理思路，感恩感谢！

* * *

他不愿意结扎，那就用安全套。这是避孕方法的偏好，推导不出他不爱你的结论。

如果他连安全套都不愿意用，置你于意外受孕的风险与焦虑之中，那才是不爱你。

你刚生完孩子，情绪不太稳定，也处于不安全感最容易被引发的时间段——毕竟，刚生完孩子的妈妈，如果被丈夫抛弃，母子的生存风险就会飙升。这种恐惧感可能是写在基因里的，免不了矫情。

矫情不可怕，怕的是不知道自己在矫情。剂量轻的、自己明知的矫情，不过就是撒娇，在亲密关系中常见，没有才不正常。撒娇的人假装生气，识趣的人尽情安抚，小演怡情。但是过了度，假戏真做，没完没了，无限联想，分不清想象与现实，亲密关系就会出现裂纹，甚至破碎。

婚姻的成本太高，爱错一个人，可能付出几年十几年的时间，令人懊恼沮丧。这导致有人疑神疑鬼，以为不停监控和拷问即可消除风险。但这种不信任让人不舒服，想逃离，反而增加了风险。于是陷入疑神疑鬼悖论，你越是疑神疑鬼，凶神恶鬼越多，最后谁也无法和你建立健康的关系，只得离你而去，验证了你当初的怀疑。

其实人生诸事和婚姻一样，未来都无法百分百确定，都可能犯错，都不可逆。风险令人厌恶且害怕，但接受风险却是人在理智与情感上成熟的标志，包括接受婚姻的风险。认为婚姻最重要，所以它应该零风险，这种不理智，本身就是大风险。

应对婚姻可能出现的风险，去除疑神疑鬼，有两个办法：

一是恋爱时以责任感为第一衡量标准，责任感过关，之后才是帅不帅、有没有钱之类的次要条件。有责任感的人，变坏的可能性更小。前几天，我还和一位年轻人说：建立你的信用度和美誉度，最好的办法就是主动的责任感。不是事到临头，迫不得已地承担一点，而是主动去承担，尽力而为。责任感将引发链式反应：你会维护身体健康、提升技能、不逃避困难，并能抚慰与激励他人。

当我发现一个人没有责任感，尤其是对妻儿都无责任感时，我就会认为他是一个不值得合作与交往的人。

二是婚后保有自己的能力，尤其是女性。工作权不能放弃，即使生育期间不得不短暂离开职场，之后也要尽力重返职场。可能会累一点，但工作是最好的心理医生。有工作，有收入，安全感更强。真有风险发生，你也不怕，自然就不会疑神疑鬼。

真爱四字

连叔：

你好！

每次遇到烦心事，我都会翻阅您的文章，好几次都是恰好看到自己所需要的，感恩。

这次写信，纠结了好久，才决定下笔。

我是个农村孩子，本科毕业后回家乡（小县城）一家上市公司工作。工资待遇都算不错，每月到手七千，工作后自己买车，衣食无忧。老公是我的中学同学，曾经在北京工作，后来回家一是和我恋爱，二是想帮父母打理生意。

恋爱两年后我们结婚。

婚后发现，他父母近几年盲目扩大规模，导致负债几百万（保守估计有两百万），经营不善，资金链几次断裂。我老公接手后，算是挽救了一点，至少能保证每月给员工发工资，哪怕是贷款也不拖欠工资。他说这样才能切断恶性循环，因为拖欠工资员工离职率高，无法积极工作。后来他又发现仓库积压货物严重，很多已经被市场淘汰的商品父母舍不得处理，租了两个大仓库放着，每年租赁费几万。他开始清理仓库，把无价值的库存一点点处理，节省成本。同时，他又在新店面装修上花精力，把店面做得很漂亮，算是同行中最好的，以此吸引客流量，增加收入。

通过几件事情，如装修新店、清理仓库、淘汰不合格员工，我认为我老公在经营生意上，无论方法还是原则都要比他父母优秀。但是，这也加深了他与父母之间的矛盾，听他说几乎天天吵架。他想让整个家庭经济好转，可填上大窟窿需要几年时间。可能最近压力太大了，他有些抑郁，晚上回家也不和我沟通，就玩游戏到很晚。

我们至今没敢把生孩子提上日程，就因为负债太多很难保证有一个稳定的经济来源，靠我自己的工资养孩子不敢想象。他父母也从未提过。反倒是我父母，我没敢让他们知道我们的真实情况，一直催我们要孩子。

我很郁闷，感觉好像被他父母拉进一个大旋涡，我无力挣扎。我跟老公感情很好，我也肯定他的人品和能力，但是唯独家庭经济状况让我无法忍受。他父母很爱面子，不愿意向有名望和实力的朋友求助，对外展示的还是家里一团和睦，经济状况很好的样子。

我现在不知如何才好。当然，我一直坚持提升自己，练英语口语，考专业证书，工作上也非常努力，曾经两次出国完成项目。可是我感觉自己的努力在几百万负债面前，毫无意义！

当初和我老公结婚，并未期待他家多么富有，因为我坚信靠自己也能过上不错的生活。

如今竟是这般情况。

连岳老师，我该怎么办才好？

迷茫的小镇姑娘

* * *

迷茫的小镇姑娘：

爱是一种非常奇怪的契约关系，一定程度上反人性。它极不对称，成本很高，结婚时押上你的一生；违约成本却不高，不过办个离婚手续而已。

所以真爱要有四个字：有情有义。有情容易，两个人相爱，走进婚姻，无论长短，就是短至一瞬间，在那一瞬间，总是动了情的。有没有义，则比较难判断，顺风顺水时，你难知道；顶风逆水时，才能知道。

有情之人，经过人生考验，方知有没有义；这些考验是穷、病、老。

在我们还没有下决心爱一个人时，面对选择，当然选更富裕、更健康、更年轻的人，这是正常的人性。当我们已经决定爱一个人，当他老了、病了，我们不会换一个更年轻的、更健康的、这是真爱里的正常人性。

现在你的考验来了，是穷。

穷有许多原因。有的穷因是人品不正，执迷不悟，比如吸毒、滥赌、不务正业。那证明自己恋爱时看走了眼，应及时修正错误，不必再忍受这种穷。

有的穷因是意外。他没有做错什么，但命运却对他残酷。你丈夫目前负债，就属于这种穷。你决定嫁他时，并没看错他。他有情有义有本事。你现在马上离开他，虽然能摆脱他的穷，但从爱的道义来说，相当于抛弃一个老了病了的爱人。

让你一辈子活在债务阴影中，肯定不公平。我觉得，你至少得给他几年时间，看看他经营的成效。几百万债务，说多也多，说少也少。看得出来，他自尊心很强，几年后，处境不改善，都不要你主动提，他一定不想再用婚姻捆住你。你们还年轻，几年后走出困境，那时再生孩子，也不迟。

人确实要时时提升自己的能力，无论身处何方。这点你做得好。但我们提升能力的意义，不就是用能力战胜考验吗？

一起好好努力，祝早日苦尽甘来。那时的爱情，更甜美，更坚韧。

连岳

我们拉车的人，都要好好保重

连叔：

展信开颜。很高兴能和你写信交流，同时也深思：关注你这么多年，每篇文章必读的我，为什么还要给你写信呢？许是我不能灵活运用你最好的理念。

18岁那年，我和他走到了一起。和他这么多年磕磕碰碰，有过无数次离婚的念头，总被我“闪婚算什么本事，有本事别离”的信念打消。

他不赌不嫖不家暴，是半个好男人。我不嫌他矮胖，他不厌我老气，日子就这样得过且过。

我们有两个男孩，哥哥读高中，弟弟上小学，至今无房无车。我和老公初中毕业后从大山里走出来，带着孩子活在城市的底层，哪怕是埋头拉车，我也能看到曙光。

老公是一个没有上进心的人，看到钱也不会努力的那种，所有的生活开支都推给我。今天对我说一句“要交房租了”，明天向我喊一句“没钱买菜了”，后天又来“水电费”……

他月薪两千还抽烟，有薪水稍高的工作就嫌累不干，我压力很大。他早餐吃着十块钱的粉汤，我早上啃个一块钱的馒头，他还当众骂我“傻，不懂吃”。我很难过，难过他看不到我的节俭和负重前行。

生活很艰难，还搭着一个咸鱼伴侣，我该拿他怎么办？

风

* * *

风：

咸鱼伴侣，我称为0分伴侣，他们的坏处是帮不了什么忙，他们的好处是也不会添更多乱。他们的影响值是恒定的、高度可预计的0。鉴于存在大量的负分伴侣，常有破坏性的杀伤力，0分伴侣显得可以忍受。

你还得再辛苦几年才能达到人生的突破点，你自己一人的能量够，但别人不能再添乱。那个突破点就是现在读高中的儿子工作之日。

我相信你这个妈妈在儿子成长过程中一直在做正面的影响与引导，接下来这几年，再有意强化几个观念：

一、保持健康，追求强壮，不沾染坏的生活习惯，比如抽烟酗酒；

二、对爱自己的人负责；

三、自食其力是获得尊严的出发点；

四、诚信加勤奋，在任何时候都是无敌的技能。

这样，无论孩子的路径如何，他都能在你开拓的路上继续前行。有的孩子能读好大学，有的孩子拼尽全力，也上不了大学。人生刚开始，显得差距很大，但只要观念内核正，他们殊途同归，都有幸福的人生。

我想厚着脸皮说一声，我觉得我和你是同类，因为你的这句话“哪怕是埋头拉车，我也能看到曙光”。

人是以观念分阶层的。很多人以财富、权力、名声来分阶层，是比较肤浅的。这些东西当然好，但它们只是能量，怎么使用才重要。

没有好观念，能量不仅会消失，还会伤自己。有好观念，自然能吸引能量，并用它成就自己和他人。得到能量的过程或许很长，有时候需要几代人，像三级火箭升空一样，第一级最大最重最辛苦地发力，只是飞出大气层而已。你就是第一级火箭。孩子带着你的乐观与坚毅，“哪怕是埋头拉车，我也能看到曙光”，他当然会有房有车，有美好的征途。他也能衬得上以后拥有的一切能量，无论多大。

你要好好保重。我们拉车的人，都要好好保重。这样我们才能一直坚持，走进曙光之中，入住光明之地。

祝开心。

连岳

风，继续吹

连叔和同类：

见字如面！我是“哪怕是埋头拉车，也能看到曙光”的风。

此前，我曾视连叔为“劲敌”。连叔五点起床写作，我就五点起床晨跑。运动分泌的多巴胺，足以让我把生活的一地鸡毛编织成翱翔的羽翼。连叔的每篇文章，我逐字逐句拜读，连叔的每个理念，我会举例论证，然后内化成面对重重关卡的武器。

有连叔这个“劲敌”，我不敢松懈。而今，连叔温柔地把我当同类，我很开心，也更有动力去成为更好的自己。

感谢连叔和大家的信任，相信我是个好妈妈。我会脚踏实地，温柔而坚定地把孩子送出大气层，这是我的使命，但不是我的终点。

看留言一遍又一遍，我感动得一塌糊涂。同类的认可、拥抱、陪伴、鼓励，还有祝福，让我在前行的路上不孤单。

运动，读书，赚钱，爱自己，对家人负责，我一样也不会落下。感谢对风的厚爱，我还会回来的，将站在曙光里，迎风微笑。

风

* * *

风：

上一封来信登出后，最多人惊叹的是“一个初中毕业生居然有这么好的文字”。这封来信说出了好文字从何而来，一个认真生活、刻意训练的人，只要把自己的生活记录下来，就是好文字。

真正的好文字，都是从生活中长出来的。生活过得一塌糊涂，无论怎么堆砌辞藻，味道总是虚假的，甚至是有害的，害人害己。

把生活经营好，是一切的源泉。说到好生活，许多人想到的就是享受。好生活当然包括享受，但在享受之前，应尽责任。只有享受，没有责任，这生活是败坏的、不可持续的。一个人，一个家庭，一个国家，这么玩，很快都会破产。只有责任，没有享受，除了圣人与苦行者，多数人也无法接受。先尽责任，再享受，这是好生活的顺序。

尽了责任，享受自然会来。就像完成了跑步的苦，快乐就会产生。

齐景公曾问孔子，什么是为政之道？孔子说了著名的八个字：“君君臣臣，父父子子。”每个人都要尽自己责任，君要尽君的责任，臣要尽臣的责任，父要尽父的责任，子要尽子的责任。地位高，能力大的人，尽责也要做表率。君不君，臣更难臣，父不父，子难成子。中国的传统，对好人好社会的追求，都是走自省自律这条正路，不走巧取豪夺、以势欺人的邪路。现在没有君臣了，但道理没变，地位越高，能力越大，越要尽责。父亲自己对人生不负责任，却要求孩子孝顺，这是对传统的误读。父亲尽到了自己的责任，孩子自然孝顺，这才是对传统的正确解读。

尽责任是先苦后甜。尽责任的人，没有敌人。因为你看到的，是尽责任的人；吸引的，也是尽责任的人。德行、观念与方法，给予别人，自己不损分毫，越给越多。尽责是成长的最快方法。

中国现在处于有史以来最好的时期，持续的和平加上持续的技术进步，凭借这两股大风的力量，尽责任的人顺势而为，美妙的航程想象不出地远大。好生活的门槛不高，尽责任，保持善意，好风都会吹你的帆。逃避责任，或者充满恨意，那你的文字力量远不如人家一个初中生，你的生活永远是痛苦的逆风，你只有敌人，因为你人不人。

在这风的国度，有这么多风一样的人。人是人，人是巨人，风是好风，风继续吹，我们是朋友，一起尽责且快乐地远航吧。

祝开心。

连岳

爱情是在义与色之中达到平衡的理智选择

连叔，我敬爱的老师：

我终于还是给您写信了。我没有办法像您和那位美丽的“风”姐姐一样，哪怕是埋头拉车，也能看到曙光。我想倾诉，也许更多的是需要您给我指引。

我与我老婆结婚一年零十天了，从恋爱到结婚不到一年，也算是闪婚吧。她很漂亮，对小动物也很有爱心。认识之初，她自己正在做美发美甲工作室。我觉得她漂亮，有能力，身边追求的人也很多。我不敢和她深入接触，我觉得我是配不上她的：她那么优秀，而我只是一个初中毕业还没什么成就的人。后来可能是机缘巧合吧，我们还是在一起了。我也在想，我是不是运气太好了，是不是有一种别样的魅力。

确定了关系后，我忍不住开始炫耀了，迫不及待地告知亲人好友我找了一个特别好的女朋友。我跟父母说她如何优秀，家庭条件也好，自豪地说："你们的儿子是不是很优秀？"

在一起之后，忽然有一天她告诉我她的贷款要还不上了，差得不多，只有几千。我也没多问就帮她还了。再之后又陆陆续续地帮她还了几千。去年11月，商量结婚的时候，她告诉我她有一张信用卡一直在给她姐姐姐夫用，刷了大概八万左右，现在她姐姐姐夫也没能力偿还了，已经逾期了。而且之前还有一些贷款没有还清，让我帮忙想想办法。于是我在她的指导下，开通了微粒贷和借呗借了几万出来。打算去领证的前夕，她开口告诉我，其实她们家的房子也是租的，信用卡有两张，一张欠八万，一张欠五万。她让我想清楚了我们再去领证。我说："十来万对我们以后来说不算什么，房子我也有，只是有点小，你不介意就好。"

就这样，我们领了结婚证。婚后发现，她的贷款像是一个无底洞。我不知道她具体欠多少，不知道都是什么原因导致的。她特别好面子，每每谈及此事要么我停止追问，要么提离婚，更严重的是她会轻微自我伤害。

有两件事我心里始终过不去。其一，她爸爸喜欢打麻将，在我们都困难的时候她依然拿钱给她爸爸。我提了个意见，建议少给一点，给个几百块钱够生活就行了。她大发雷霆，她觉得她爸爸养她这么大，不知道给了她多少钱，现在连给他点钱用我都要说。其二，她找我最好的朋友借了钱，说是信用卡"过桥"，事后没有按约定的时间归还，我朋友觉得她不守信，于是就删了好友。我后来才知道这件事情，也明白了为什么我办喜酒他也没过来。

写得有点多了。我多次在脑海里想着离婚，每次都没说出口。我怕她做出过激的事情，我也不知道怎么跟父母交代。我有时觉得她也很好，我希望能和她一起变更好，但是脑海中总会浮现："我们真的能走远吗？"

说得有点多了，我是一个不果决的人。两个人出问题肯定是两个人都有错，可能我错的地方我自己还没意识到。连叔，我需要您的指引与批评。

阿白

* * *

阿白：

我来给你画个像：你学习能力不弱，这从你文字表述的流畅度能看得出来；你工作认真，自食其力；你善良，愿意原谅他人的过错。按理你该过上好日子，可惜你有一个短板。

因为这个短板，我可以预计一下你的婚姻走向，有两种可能：

一是债务缠身，经济破产，从而家庭破裂。

二是你特别能挣钱，在老婆与岳父两个财务大窟窿漏水的情况下仍有盈余。但随着时间流逝，你老婆不再漂亮，她唯一吸引你的魅力消失了。你对她的厌恶急剧增加，从而家庭破裂。

无论如何，都是婚姻不幸，也牵连以后出生的孩子不幸。

你的短板就是见色忘义，只要姑娘漂亮，其他所有原则性的问题都忽视了。她毫无财务责任，举债度日，甚至整个家族都是有今天没明天。无论怎么色眯眯，交往到她让你借网贷还信用卡，也就该醒了。年轻人容易被好皮囊迷惑，这也是动物本能，所以你的短板是动物性的短板，刚开始并不能太怪你。

但人毕竟是高级动物。高级的地方体现在能够控制动物本能。爱情是人类特有的，两人花很长时间谈话、互动、磨合、了解品性，在理智的作用之下，一些奇怪的事情发生了：原来漂亮的人你不喜欢了，原来勉强接受的人却越来越有魅力。

爱情是在义与色之中达到平衡的理智选择，色很重要，但义要胜于色。义的重要成分是责任感。有责任感的人，对自己、对自己所爱的人，都会负责。否则，不可能相伴几十年。

你的爱情不及格。你始终见色忘义。客观地说，你老婆在这点上犯的错少一点。虽然她现在是小骗子（体现在骗你的好朋友），但在婚前还是履行了告知义务的：我是一个财务混乱且破产的人。是你拒不清醒，在“我用漂亮老婆证明自己优秀”的虚荣心驱使下，仍然坚持结婚，婚后一年醒来，觉得难受了。

是醒得迟了点，不过总比不醒好。醒了就离。你们两个都还没有资格结婚。一个失败的婚姻可以让两人清醒一下，有助于成长，尤其是你，我觉得短板能够补强。

祝开心。

连岳

这个雷爆得好

连叔：

您好！

本人女，26岁，非全日制大专学历（升本科中）。有二线省会城市小房子一间（以租抵贷），在一线城市工作。加上年终奖，平均月薪一万二左右，租房。父母是普通农民，目前不用我赡养。

和男友（26岁，创业状态）认识两年，不在一个城市，其间见过三五次，偶尔微信互动，未确定关系前，属于相互欣赏的类型。今年5月确定男女朋友关系，见过双方父母，男友在努力找机会来我所在的城市。

由于今年疫情原因，或因运营决策“错误”，男友目前负债五百万左右。他从未给我压力，在一起的时候对我很体贴，反而我偶尔会情绪不稳，无故对他生气。可能是因为已经见过父母，双方父母都会提婚事，让我备感压力。男友目前负债情况我没有和我父母说，如果说了，他们应该不会同意我们继续。

连叔，我觉得脑子很乱。一是，如果不选择男友，跟一个相对富裕但我不喜欢（家人觉得很不错）的人在一起，我不会快乐，我也不可能做这样的选择。二是，我确实也到了谈婚论嫁的年纪，男友现在负债这么多，我不知道什么时候才能好转。以我的工资还清债务那是猴年马月的事。在一起期间，个别时候我会帮男友出一点小钱救急，在一起的开销我会主动买单。

该如何抉择，请连叔指点。

理智与感性并存的姑娘

* * *

理智与感性并存的姑娘：

答案很简单，两个都不选。不选那个不喜欢的，你很好理解。但不选这个负债五百万的男友，可能你心理有负担。你现在面对的选择题是道德难题，嫁给他，还债的苦日子没个头，不嫁给他，觉得道义上讲不过去。

人当然要讲道义。但道义是对等的，对讲道义的人我们要讲道义，敬我的人我要敬他，爱我的人我要善待他。若是不忠不信之徒，不讲道义的人，我们对他是没有道义责任的，要远离这种人。君子不立于危墙之下，被危墙压死，那不是讲道义，而是没有承担起自己的人生责任。

你男友是个讲道义的人吗？这个问题解开，其他问题就迎刃而解。一个男人负债五百万，他不会也不应该请求一个女人嫁给他，对越爱的女人他得越克制，这明摆着是祸害这个女人。这种男人应有自知之明，他没有恋爱与结婚的资格，先把债务还清再说。你男友有表达过一点这种意思吗？并没有。他享受着你的主动买单，还等着你嫁给他。对这样一个没有道义的男人，你没有道义责任，可以大方宣布分手。

你得庆幸这五百万的雷爆在婚前，大事最能体现一个人的本性。若是婚后，又有了孩子，你就难免一起扛。就算他是输在不理智、不聪明、乱投机（大概率是这些原因），损失了五百万，你也得为自己的看人不准负责，也得打落牙和血吞，不得不分担债务和痛苦。

祝开心。

连岳

和准岳母谈判的能力证书

连叔：

您好！

我一直在读您的文章，受到很多启发。对部分文章中的观点，我深表认同，比如说要踏实靠谱，要负起责任，从小事做起，干工作不要混，等等。我也正不断按这样的标准来要求自己，收获很大，在此谢谢您。也不知道这封信您能不能读到，即使不能，我想也自我梳理一下。

最近有件事一直困扰着我，想听下您的意见。我1992年生，29岁，年龄也不小了，是一个小县城的公务员，待遇也还可以，但连叔您肯定知道，公务员凭自己的能力买房非常艰难，因此我目前还没有买房。我们家是重组家庭，我和哥哥是我亲妈生的（亲妈在我初中时患白血病过世），弟弟是后妈带过来的。我哥哥已经结婚七年左右，但是一直没有搬出去住，估计也是没存下什么钱。我们家一套复式楼，一套三室一厅，基本的住宿还是能保证的。而且让父母出三个儿子的首付，他们压力太大，父母也表达了这个意思。我也不好强求什么，我自己也觉得付首付不是父母必须做的。

我去年7月份谈了个女朋友，1997年生的，是护士，大专学历，还未考取编制。但我觉得这些都没有关系，重要的是两个人把生活经营好。相处下来，也很愉快，她觉得我幽默风趣，我觉得她秉性温和，挺适合过日子。平时基本是我花钱一起吃饭、看电影，她拔牙、考试报名、订宾馆、充话费等也是我出钱。我觉得付出是必要的，人家一个姑娘长这么大，没吃我们家一粒米饭，愿意和我在一起，我要好好爱她。

她是单亲家庭，妈妈养大她。她妈妈自己有一套房子。本来2021年1月16日我们要去订婚，可是前几天她妈妈说至少要三十五万聘礼。这钱包括买金饰、出嫁酒的钱，可是正常聘金是十六万八到十八万八（买金饰、出嫁酒另算）。她妈妈的顾虑是，我们三兄弟都没有买房，这时候多要点，以后我父母不给我付首付时，她从这里面出。我也和我家里人说了女方的想法，我爸的意见是，聘金就按正常区间走，另外筹措二十万在两年内给我，加上我自己的钱付首付。我今天和女朋友说了我爸的意思，女朋友说订婚那天要带三十万，剩下的六万八到八万八在结婚前补足。否则就等我准备好了，再讨论下一步。我内心非常震惊，想不到女方家里这么不信任我（不知道是不是怕我图她们家房子），而且语气很强硬。我回来和我爸沟通，我爸爸今天问我是不是真的非常爱现在的女朋友，我内心回答“是”，但想到我爸爸曾经为治我妈妈的病到处举债，现阶段又有糖尿病，得天天吃药，我真的很心疼，我也不想逼他。我说虽然爱，但也要结合实际，爱最终要回到现实。然后我爸说，订婚那天不可能带三十万，会被村里的人看不起。意思是，得多差的家庭，要出这么多钱去娶一个女孩。另外我弟弟也还没结婚。一碗水要端平，这么高的聘金，我弟弟那边也平衡不了。而且我爸已经给了解决方案，即两年内再给我二十万。他说假如对方还是这样要求，他也实在没办法，让我如实和她们说。

连叔，我觉得我父母已经做了他们该做的，不亏欠我什么，但一想到这段感情要结束了，我内心非常痛苦。但对方硬要三十五万以上，且订婚当天要带三十万，我真的没办法。如果我放弃这段感情，是不是又很不作为？我这段感情应该何去何从？

最近天寒，连叔注意身体。

一个焦虑的小胖子

*　*　*

一个焦虑的小胖子:

分三步理解并解决这个问题:

一、你父亲的方案有原则、有担当,你应该为自己有这样的父亲而感到自豪。要感谢他,认同他,不能通过任何方式逼迫他,比如唉声叹气、愁眉不展之类。逼迫也没用,只会让你在父亲心中的地位下降,被一个值得尊重的人瞧不起,那是很可悲的。

二、女友及其母亲提了过分要求,但人会改变的,建议你开诚布公地和她们谈一下,主要是跟女友的母亲谈。

尝试从三个方面说服她:

1. 从做儿子的角度,不能因为自己的婚姻让父母承受不应有的压力,若因此造成家庭的矛盾与分裂,那是儿子的失格。获得"不孝之子"的名声,是你的失分,是她的失分,更是她女儿的失分——她太贪心的形象塑造出来,不利于以后的人生。

2. 做出承诺:在两年内买房。

3. 最后通牒,声明只能按通行的标准给聘礼,不会增加。

道理在你这边,大可强硬一点——不过,神情与语言一定要对长辈保持足够的礼貌。她若不答应,说明她是一个不讲理的人，是一个永远的麻烦制造者，弃之并不可惜。这次恋爱就结束吧，继续下去只是浪费时间。

三、即使这次结婚不成，两年内你也该供套房子。吃一堑长一智，要知道房子的重要性，房产证就是你的能力证、责任证。在任何地方，从乡村到都市，有房子的人在婚恋中总是容易胜出的。

这次若你有房子，就不会生出这些波折。而原本你是应该有房子的，哪里的公务员，买房都属于相对容易的阶层，住房公积金多一些，银行更愿意放贷。当然，压力照样有，苦也要吃几年，但压力小一点，苦味淡一点。

你说“公务员凭自己能力买房非常艰难，因此我目前还没有买房”，这句话只对了一半，因为非公务员凭自己能力买房是非常非常非常艰难，比你艰难两三倍，可那么多人也买了。想想你父亲吧，他自己有糖尿病，还要照顾一大家人，他难不难？儿子当了公务员，一到结婚，还是只会回家开口要钱。他就是这么难，但他也不责怪你，也不抱怨，只是表示聘礼过高于礼不合，徒增外人猜疑。一个人真要踏实靠谱负责任，怎么还好意思再拿他二十万？这些好道理，你只是听了，但还没有行动。

这次结婚即使不成（但愿不要如此），也不要怪别人，你的父母肯定怪不得，你女友及其母亲也不必怪。继续努力，努力够了，好事自然来。

祝开心。

连岳

深爱五年的男朋友，估价二十万，是低是高？

连叔：

您好！

我有一个相知相恋五年多的男朋友，这期间分分合合。我们一起度过大学四年异地时光，双向奔赴不知疲惫，现在回想起来全是甜蜜。我本坚信大学毕业我们能找一个喜欢的地方一起工作，不再异地，但是由于一些原因现在仍然处于异地状态。我们之间的感情一直挺好的，并且我幻想过无数次结婚的场景，想在工作之前毫不犹豫地嫁给他，但是现在我犹豫了……

我们现在都25岁了，我跟他商量在二十七八岁结婚时贷款买房，希望他妈妈可以帮忙出一点钱。我心中估计的是二十万左右的样子，但是他告诉我说家里没有这笔钱，拿不出这么多，最多几万，剩下的靠我们自己。他爸爸妈妈都是工厂上班的，家里有三个孩子，两个妹妹，有个妹妹已经出嫁了。男朋友是211大学毕业的，他告诉我家里供他读大学已经很好了，根本没有存款。我说：可是如果只靠我们两个，我们估计三四十岁才可以买得起城里的房子。他说：是这样的。我告诉他：那太久了，我可能等不了，我想要一个家。我说：难道要分手吗？他说：都听你的。让我选择留还是不留。

连叔，我现在犹豫的原因就是：如果他爸妈真的没办法支持，那估计我年轻的时候就是跟着男朋友一起租房子，然后结婚生孩子，照顾孩子，这样的生活必是曲折艰苦的。我只是希望能在年轻时可以有个房子，房贷一起还没关系，甚至可以不要彩礼，房子对于我来说就是一个安身的家。朋友告诉我说：太苦了，不要继续了，趁现在年轻找一个合适结婚的。但是我跟男朋友之间的感情说不尽，他本身是一个挺努力的男孩子，只是起点比较低，他也很辛苦。我每次想离开的时候就会想他爸妈支持不了他，他也很难过，但是他没办法，他得继续。

我不知道现在该去还是留。

一个迷茫的等候者

* * *

一个迷茫的等候者：

听你寥寥数语描述你男朋友，以我现在的阅人能力来看，他

有大好前程:

他毕业于好大学,这个起点少数人才有。

他体谅父母的难处,理解父母的能力边界,不逼迫父母,让他们陷入“无能感”的内疚与伤心,这是一个有情有义、善于体谅他人的孩子。

他尊重你的选择,多年的感情,去留都由你定,不给你画饼,不害怕,不纠缠,更没有道德绑架,指责你太物质,没远见。他冷静克制。

面对你的要求,他必是伤心痛苦的,这可能是他人生第一次艰难选择,但他体现得很有尊严,只愿自己面对一切,不把压力转嫁给他人。这是个勇士。

有胆,有识,有爱,没情绪,25岁的他,已然到了这种高境界,大概率,他的人生应有尽有,有房,有钱,有地位,时间问题。这也可以理解他为何不怕你离去,他有自信肯定有个好姑娘在等他——对这点,我比他更有信心。我是真喜欢这样的年轻人,他们是世界与未来真正的主人。

万事万物,终究是个概率问题,这是量子物理学揭示的真理。恋爱也是这样,年轻人的恋爱更是这样,他们的未来并没有展开。恋爱需要你做概率判断,他大概率有好未来,你们这就是成功的恋爱。当然，大概率不是100%，只是90%，95%，99%，再好的人与事，都有变坏的可能性，1%的意外，有时也会掉在自己头上。这是我们生存的风险，逃脱不了，任何恋爱都有这种风险，没有无风险的恋爱，没有零风险的人生。

过几年，二十万、房子，大概率不再是你男友的难题，但也有极小概率永远是他的难题，就看你愿不愿意接受这个风险了。其实，只要有房子就嫁，其他不管，未来一样有风险。可能理念不合，婚姻痛苦，可能人生经营不善，得卖房抵债。

恋爱与婚姻最有意思的，不是你到了连叔这个年纪，不再为任何物质发愁，而是一起白手起家，一起经历风雨，一起战胜磨难。这种共同经历把两个人揉碎了，和在一起，又分成两个。你中有我，我中有你，这才是爱。爱不只有轻快，也有汗水，不只有笑容，也有泪水，靠这汗水与泪水，两人才揉成幸福的一团，才能理解真正的爱。

你不想要这汗水与泪水，很简单，那就不配有爱，不配有好一点的人生。想不清这点，有再大的房子，也斩不断痛苦；想清楚这点，就不会怕压力与烦恼，住个小房子，也很幸福。

你认为榨一榨男友那当工人的、尽力抚育了孩子的父母，他们就凑得出二十万买房子。为什么不想一想，你们两人正年轻，压一压自己也不难挣这二十万？老人家榨了一辈子，油可比你们少得多。

祝开心。

连岳

有爱的一生基本有物质

连叔：

您好！

写这封信主要是为答谢您，让我在迷茫的深渊中看到前进的方向。

今天注定是不平凡的：

早晨醒来像往常一样打开手机准备吸收来自互联网的各种信息，本来睡眼蒙眬的我却被连叔的文章标题给惊醒了。我知道，一直等待的答案来了，心是颤抖的。打开文章，因不敢直视连叔的真言，选择先一字一句咀嚼自己的去信以勇敢面对接下来的"答案"。当读到连叔的回信时，心被一字一句敲打着，从前竟不知语言有如此大的力量。

我爱极了您的一句话："不想要这汗水与泪水，很简单，那就不配有爱，不配有好一点的人生。"让我清晰地认识到自己的无知与自私。在这之前我毫不怀疑我是善良的人，我爱我的家人，爱我的男友，也爱我的朋友。今天才知道我的爱是狭隘的，在这点上我完全不如我男友，他爱自己家人的同时也深深爱着我的家人，他会时刻提醒我给他们打电话送温暖。

我想我不该犹豫是否要继续走下去。作为实实在在的90后，身边围绕着我这个年纪却一结婚就有车有房的朋友，她们很幸福，这让我觉得放弃爱情换来钱财的选择应该是对的。我承认我慌了、乱了，竟忘记当初相恋也是因为他身上那些可贵的品质。大学的时候，周围也不乏反对之声，理由也不过是两人外表和家境的高低，那时不曾有一刻动摇，甚至对他们的反对嗤之以鼻，告诉他们：你们不懂他的好。写到这里我是哽咽的，不忘初心说来容易，做来极难。

文章下的留言让我真实地感受到，如果我选择离开将是多么不明智，看到很多人都与我相似，却依然过得美满自足，我那颗浮躁的心被安抚了下来。生活的“苟且”我和他一起面对，梦中的“诗与远方”我愿与他一起实现。

想清楚了这些，我把您的文章发给了他，也并未告诉他文中主角是他自己。当他看到标题的时候，就惊叹问：我就值二十万？我能感觉得出，看文章时他是有所触动的，其间反复问是不是我写的。我想知道作为一个旁观者他会有什么反应，我说不是的时候，他惊喜又惊叹并称那篇推文为“及时雨”。

男友看完文章之后，发了一长段话给我，以下是其中几句：

我仔细地看这篇推送，并给留言祝福的默默点赞；对于房子车子的问题，我内心十分清楚并早有计划；你更优先买房安定，我无意反驳，但你不清楚之后发展状况会是什么样，举家负债买来的房子不会有浪漫；表达这些，还是想让我们处于同一战线，基于我们的实际情况，做出最优选择。

今天，是我和他划时代的一天，与过去的纠结说再见，与未来的困难说你好。

谢连叔，谢各位。

一个拾得金子的人

* * *

一个拾得金子的人：

恭喜你做对了一个重要选择。人一生的重要选择不多，就那么三五次，选错其中一两次，人生就很难纠正回来了。有什么遗憾大得过浪费一生？

年轻恋人，普遍面临的一大选择挑战就是：要物质，还是要爱情？大多数恋爱中的年轻人毕竟出身于普通家庭，家里给的物质资助有限。他们的父母此时也到了养老压力与医疗支出增加的年龄，自身物质压力更大。在有限的物质里，如何给孩子一点资助并给自己一点保障，左右为难。完全不相干的人，也能体会到他们的辛酸。自己爱的孩子没有同理心，一味逼迫，那会让他们觉得人生太苦，世界太冷。

任何一个正常的孩子，都不会做这种事。如果用恋爱与婚姻的名义让一个正常的孩子反常，竟然去做这种事，那就让他异化成为一个不会爱的冷酷者，相当于亲手毁掉了你爱的人。更为悲剧的是，付出的成本这么大，并不能从父母身上榨出多少油水，解决不了年轻人的物质渴望。一念地狱，将所有人都拖入地狱，这就是选择的威力。

并不是说物质不重要，上面的挑战恰恰说明物质重要。十天没饭吃，再美的爱情都会饿死。但两个相爱的孩子，经常没有好的物质基础，这时候，要学会延迟满足，要学会往前看。你还年轻，还不知道品格与能力的雪球效应。让我教你一个简单的公式，你现在的物质压力，乘以十倍，你十年后都不是压力。穷没有关系，年轻人基本都穷，给爱情一点时间，它一定能战胜穷。爱神与财神是同一尊神，两个相爱的人，最后都不会穷。

物质重要，在极度渴望物质时，这条常识容易被曲解为“唯有物质重要”：只要有房有车，甚至只要给我二十万，人生从此再无烦恼。但其实即使日后你有了两个亿，也会有烦恼。物质只是人生价值的多个维度之一，含着金汤匙的人，身家亿万的人，能继承大笔遗产的人，如果得不到别人的尊重和爱，烦恼更大。物质满足是短暂的，尊重与爱才是长久的。

有些人发了财，言语猥琐，行为失德，甚至用些小物质去毁掉年轻人的爱情与一生，你会尊重这种人吗？你想成为这种人吗？这种人在年轻时，或许也单纯，也有爱情，只是在一次次重大选择中，他选择了满足自己的欲望胜过一切价值，毫无顾忌地伤害爱他的人，慢慢长成有钱的浑蛋。

只有物质的一生是廉价的，有爱的一生才是高贵的。只追求物质的一生必然无爱，有爱的一生却基本有物质。穷，不是年轻人的缺点，只是年轻人的特征，没有爱才是致命缺点。一个人放弃爱的信仰，等于宣布自己的死亡。年轻时放弃爱的信仰，那不过是死得早一点。我们的一生不该是这样，我们值得过高贵的一生。

祝开心。

连岳

遇见坏人不可怕，要学会及时止损

叔：

早上好，我的终身大事遇到困难，希望能得到您的意见。

我和我男朋友都是农村出来的，没有高学历，他今年接近30岁，我今年25。前年的12月，我们通过亲戚介绍见面认识，双方都觉得还不错，就相处了一段时间。他在苏州工作，想着在去年5月20日这个好日子订婚，可是在订婚前我知道了他没有房。认识之前了解他说是有房的，并且为了让我父母相信，还做了一张假的购房合同，通过微信发给我家长看。知道这件事后，我家人都觉得他在做人的原则上出现了问题，希望我跟他断了联系。但我一直到现在还在和他保持联系，并且瞒着家人和他同居了半年时间。选择和他在一起是为了看看他的生活上的样子，毕竟同居就是过日子的状态了，他还为此给我缴纳了一年的社保（为了买房）。他的个人征信有问题，贷不了款，买不了房，只能以我的名义买。他的车子目前在法律上也不是他的，以朋友名义买的，但首付和贷款都是他本人出的。

本月6日，他说要来我家，跟我父母道歉并商量我们的事。我父母还是不建议我跟他结婚，说以后的日子会很苦。我男朋友现在买不起房，以后车贷房贷各种压力，假如结婚了，还面临生孩子、养孩子，生活上的各种开销。父母只希望我嫁人以后不要那么累，另外对他的品格我父母十分怀疑。但看我还想跟他继续，父母让我想清楚了，真的想清楚了就同意让他来我家谈这个事情，否则就不要来了，不见，就此了断。

说得有些复杂，希望叔在百忙之中能看到此信，感恩！

FD

* * *

FD:

这事不复杂。若我是你父母，明天你这个男朋友一进村，就捉起来打一顿。他的人生只配这个。娶良人家姑娘这种美好而高贵的事情，被这种货色想一想都是猥亵，他竟还敢上门提亲？当然，“捉起来打”只是比喻，表达对他的不屑，不是真打，打坏了也犯法。

至于你，今天就和他分手，同居时发生的经济账理一理，两不相欠，这没什么可犹豫的。一个男人到了近30岁，没有基本是非观，丧失信用，靠骗人过日子，他一生也就只能当骗子。谁碰上他谁倒霉，他的老婆孩子最倒霉，你怎么可以成为他的老婆？知道他欺骗时就该分手，家人也及时提了醒，你还要瞒着家人和他同居，以至于同居到习惯了一个骗子，想嫁给他。我建议你父母打你一顿。这不是比喻，是真打，养你这么大，你以糟蹋自己作为回报，不打这口气怎么出？不打你醒不了。

人在恋爱中，难免遇到坏人，在人的一生中，必然遇到坏人。坏人的杀伤力很大，因为人的时间有限，你每遇见一个坏人纠缠几年，不知不觉一生就没了。坏人不会因为你对他好而回报你好，坏人只会觉得你蠢、可寄生，对你尤其坏，坏人负责告诉你暗黑人性没有下限。遇见坏人，不要想去挽救他，感化他，爱他，而是要像对病毒一样，隔绝、远离，越快越好。稍稍迟疑，就会被感染，变成一个同情坏人的人，甚至想要嫁给他——这样的人，也相当于坏人。

遇见坏人，不是你的错。连叔我对人性足够了解，人生经验也丰富，但还是定期会遇见坏人。你给他信任，给他利益，他忽然就咬你一口，坑你一把。坏人基本就是这种无厘头的模式，你无法用正常的人性与逻辑去推演他，农夫想破头，也搞不懂蛇的逻辑。这难题让我郁闷了很久，怎么老避不开坏人？难道我其实是个笨蛋？

可是每一次遭遇坏人，都让我能力长一点，视野开阔一点，境界提升一点。有些新业务，新的利润增长点，不遇见坏人，还不会出现。这得归功于我不同情坏人，一旦发现坏人，那就迅速远离。我是农夫，从来不用怀抱温暖毒蛇，毒蛇的逻辑再怪异，也伤不了我。

两件事串起来，有一天恍然大悟：一个人再聪明，也必然遇见坏人，这是个概率问题。人，有1%的圣人，20%的好人，这些人从来不伤害他人。50%是不好不坏的普通人，不大好，也不大坏，这件事小好，那件事小坏，好坏随缘。20%是坏多于好的人，但没有太大的破坏性，你只是不喜欢他，不可能尊重他。剩下的9%属于蛇——其中的极少数又是绝对的恶魔。人类只是整体上好略多于坏，无穷多的时空，无穷多的人，这点“略多”就可进化出无穷的美好。但是任何一段时空，每个人遇见坏人坏事的概率却是大的。

我们要尽量避免遇见坏人，但概率决定了怎么避免也会遇见坏人。所以，遇见坏人怎么办？这才是美好爱情与幸福生活的关键问题。只有一个好办法：切割、止损、补强。像你这样，明知他是一个骗子，却如胶似漆，扩大损失，沆瀣一气。不仅背着父母与其同居，现在还领回家求婚。今天不分手的话，可以宣布你的死亡，接下来的漫长人生，只是看如何死，死得有多惨而已。

祝开心。

连岳

你嫁得太好了！

连叔：

您好！我是一个98年的小女孩，我跟我老公认识半年就登记结婚了，半年后摆了酒席。在这期间我们有过开心也有过不愉快，不愉快是在摆酒前筹备的日子里出现了一些矛盾，但是最后解决了。我是一个总会把坏脾气留给亲近的人，好脾气留给外人的人。我是这样认为的，我奶奶，我弟弟也这样认为我。我老公比我大五岁，但是他在家里是最小的，所以很多事情都是公公婆婆那边帮他安顿好。但他也是一个很能吃苦的人，工作再累，也从来没说过。以前他也很少做家务，自从我们在一起后，我要他承担家务，他现在就把家务打理得很好。我跟他在一起这一年多，都是他洗衣服，包括我的贴身衣物。甚至工资每个月都是上交，只留自己需要花费的。平时更是随叫随到，对我宠爱有加。在一起期间，我做过两次手术，但是他都把我照顾得好好的。

说真的，他真的很爱我。虽然我也爱他，但是我觉得他爱我更多一点。

在一起期间我们吵过很多次架，每次都是他哄回我。第二次手术后，我情绪很难控制，一点小事我都会闹得很大，很容易失控。甚至如果在车上吵架，我会抓他方向盘。我写到这里，自己都觉得自己很不对。但是每次大吵后，我老公还是会哄回我，对我千依百顺。有时候我在想是不是被他惯的，所以我每次都那么放肆。我家人都很喜欢他，觉得他是一个脾气很好，对我很有耐心，很老实很踏实的人。但是最近我们吵架的次数逐渐增加，很多时候因为一些小事我就发脾气，把事情弄得很大。比如，有一次，我跟他很开心地去喝喜酒，在路上看到有工人施工弄牌子，我就说："老公，这里施工以后车子就又少了位置停了。"他就笑着说："我的车就停在施工位置旁边。"然后走到快到停车位置的时候，他松开我的手，掏车钥匙开车，走在我前面。那一瞬间我就会不开心，我会觉得：难道车都比我重要吗？觉得他是在担心车被施工的不小心弄到，只想赶紧把车开出来。我不开心，开始发脾气说他。他说："并不是的，我只是想走快一点给你开车门。"我觉得这是个借口，就坐在车上不说话。然后他就开车，在去我娘家的路上看到我姑姑了，就停下来。我打开窗户问候了一下姑姑，姑姑说:“奶奶今天中午头晕,刚刚去看病,打完针回来了。”然后他就把车开到我家门前(因为我们是同村的,所以家离得很近),我当时还在生气,他也没说话,我就下车了走回娘家,问候了奶奶一下。奶奶就说你要去喝喜酒啊?我说是的。然后我就出来了,看到他在车上撑着头玩手机,我就很生气。我上车后,说:“我自己过去喝喜酒就好,不用你去。”他就淡淡地说:“我送你过去。”然后就开车走了。在路上,我就开始发脾气说他:“你一点都不关心我家人,我进去你也不进去,真的一点人情味都没有。就算我跟你生气,你也不必这样吧?”然后他说:“我没有不关心你家人,第一,你刚刚说我担心车被划到,我并不是这样想的,我只是想走快点给你开车门。第二,我刚刚也在生气,因为你无缘无故这样说我,我没有这样想你却这样说我,我也会难受不开心,所以我就想让你先进去,我先缓一下再进去,看手机分散注意力。但是我没想到你那么快就上车了,你上车就气呼呼的。”但是最后我们还是和好了。

可是,这几天我一直对这件事很难释怀,觉得为什么他这样,明知道我会多想,但是又不会好好表现。我现在很不信任他,感觉他对我的解释都是骗我的,包括他说并不是不想进去。连叔,我该怎么办呢,我该怎么样走下去?我最近变得很敏感,一点小事都会发脾气，我要怎么做？我真的嫁错人了吗？

98年的小女孩

*　*　*

98年的小女孩：

你没有嫁错人。你嫁得太好了。你老公简直是为了拯救你而生的。他是一个难得的好人，好到什么程度呢？如果他写了这封邮件，我会说他娶错了人。一个脾气上来抢方向盘的女人，明天可能就会把两人都害死，车祸还会害死另外一些不相关的无辜者。

但你运气很好，是你写了邮件，所以我们讨论的重点变成如何保住这个好男人，如何保住这次婚姻。好运气会用完，这或许是你的最后一次了。人不能只靠运气过日子，运气只是给你更好的机会，最终还是要靠一个人的努力、上进、克制，将机会转化成实实在在的获得，不再失去。

你当然是一个坏脾气的人。这点你奶奶、弟弟火眼金睛，一点没说错。坏脾气的人也分等级，有好的坏脾气的人，有坏的坏脾气的人。好的坏脾气的人，他们生气，还建立在事实的基础上，别人确实说错了话，做错了事，只是他们无法用平和高效的方式纠正这些错，生起气来，结果错上加错。这种人容易得到原谅，毕竟他们行事有客观标准，熟悉以后还是能够对话的。而坏的坏脾气的人，只要他们想发脾气，就可以发脾气，纯主观行为。在这个时候，别人无论做什么，都是错的，对他好都是错的。他们的家人倒霉，只有让着他们，其他人凭什么无缘无故受这个气？对等报复一下，他们也很难受。所以这些家伙欺负家人很狠，出门都是好脾气，知道外人惹不得。

你当然属于坏的坏脾气的人。你描述的这件事，认为自己委屈得不得了，以至于怀疑自己嫁错了人。看下来，纯属你脑补过度，无事生非，像个女流氓一样寻衅滋事。可见你的自我认知多么离谱。可以负责任地说，你向老公发脾气，99%是你的错。你的老公很可怜，他要么被你欺负得失去正常人该有的情绪反应，陷入抑郁黑暗之界；要么忍无可忍，最后离开你这个疯狂的迫害者。为避免这两种不愉快的事情发生，你得真心悔改。一是忍住，忍得把牙咬碎都要忍，忍一百次就不会那么辛苦了；二是批评他之前，先检讨自己，想批评他一句，先检讨自己九句，这个比例关系符合你坏的程度。只有这样，你的婚姻才保得住，才不会失去这个如此包容你的男人。他是你把脾气变好，变成一个好人的最后机会。

祝开心。

连岳

你押上一生，我当然拼尽一切要赢

连老师：

您好！

我是您的新读者，近三个月才关注您的微信公众号。从您与粉丝们的邮件、留言互动中收获不少感悟。我早就想哪一天把我的情况跟您也说说，就今天吧。

我和我老婆2012年5月结婚，至今八年多了。结婚前几年跟普通的新婚夫妻一样，相处融洽，工作生活，一起外出旅游，人生美好，偶尔有磕磕碰碰也很快重归于好。去年，她提出让我找一个提供住宿的工作，周末再回来。我自然不愿意，于是她跟我提出了离婚。理由是我不能给她安全感，对未来没有规划。我们不能生育孩子（原因在我）。我只是一个普通的公司职员，月入五千，没有存款。老婆自己开一个家庭养生馆，收入正常情况下是我的两到三倍。我除了月供一套老家的房子，家里大部分开销都是我老婆出（主要是房租和宠物开销）。扣除房贷和日常开销我的工资也没剩多少了，所以她经常说我不能承担养家的责任。另外老家县城的房子产权虽然是在我和老婆名下（父母为我们买的婚房，婚前产权就写在我们俩名下了），但目前是我父母在住。她觉得我每月还的房贷不算是我为小家庭做贡献，因为婚后我们没住在那里。

至今我已经搬到公司宿舍住九个月了。起初周末她还让我回去，后来让我把私人物品也搬出去。我找各种借口拖了几个月，现在物品也搬得差不多了，周末她也不让我回去了。前一段时间还说年后去办手续。我妈最近病危，没有多少时间了。我不想这个时候让家里人担心，就跟她商量推后这个事情。

事情差不多就是这样。我还是爱她的，不想跟她分开。事实上，一个人出来生活质量下降了很多，有时候觉得自己像个流浪汉，没有家的感觉。也许月入五千又没什么上进心和规划的我，配不上这么好的她吧。

说了这么多，我的问题是：如果她执意要离婚，我还要不要继续扛下去？我知道要么我改变现状，要么她回心转意，但都不是那么容易的事。我只是不甘心就这样失去我的婚姻，我们之间没有第三者。

如果这封信有幸被连叔选上，希望读者们不要喷她（她小时候父母离异，受过很多苦，希望长大不再那么辛苦）。如果没选上，就当是一次自我梳理。谢谢连叔！

狐狐

* * *

狐狐：

你放心，读者们不会喷她，至少绝大多数不会喷她。个把人喷，难免，那不算什么，圣人上网也有个把人喷。从你这点叮嘱倒可以看得出来，你是一个温暖的人，不过却搞不清楚状况。她怎么会被喷呢？我是理解她的。

只有温暖是不够的，成家的人，温暖是最低配置。而且这温暖不能只停留在嘴上，变成一句套话，一句口惠而实不至的假话。温暖应该是真实的，噼里啪啦火星四溅的，那个爱你的人感受得到的，她的皮肤感受得到，她酒红色的心感受得到，她的未来感受得到。

一个人为什么会爱上另一个人，她嫁给你，是为什么？为了未来更好，这个更好，她一个人完成不了，就像一个人完成不了拥抱。你抱她，你亲她，你和她共同拥有一间房子，再加上一个或几个孩子，这些都是两个人的完成。

大多数人在极其普通时就被爱上，这是幸运，也是责任。被爱的人有义务成长得不再普通，以证实挑中你的人并没有看走眼。这宇宙最大的一局，她用青春赌，后来又押上一生，你当然拼尽一切要赢。才能、财富、地位、尊重、智慧，它们都是过眼云烟，一死成空，你为何要努力拥有？因为你被她爱，活着，就要让最美的云烟过她的眼。

话又说回来了，大多数人的一生，以普通开始，以普通终结，能有什么最美的过眼云烟？有，不放弃，保持希望，就是。像艰难的竞赛，第一名得到金牌，顽强的最后一名却有更多喝彩。除了少数人主动选择丁克，为什么多数婚姻渴望孩子？因为孩子代表希望。而万物之中，希望最美。有希望，再普通的人的爱情也有无尽的美。

你没有能力生育孩子，让你的婚姻彻底失去希望。如果性生活正常，即使不能生育，也可能有孩子挽救婚姻，收养孩子即可。渴望孩子的人，应打破血缘的执念。真正把人联结在一起的，是爱，是共同成长的温暖记忆，是相同的高贵价值观。收养的孩子，能够完成这一切任务。就怕你本身没有能力生育，又没有任何解决问题的规划，听之任之，让她在婚姻里看不到一点希望。

最后争取一次，和她谈一谈收养的计划。她若不同意，放她走，让她寻找希望。这是她爱你这么多年应有的最低回报，这是她赌错你该得的一点安慰。

祝开心。

连岳

满足之后的空虚，幸运后的不幸状态

连岳：

你好！

说说我的情况，大学毕业后与老公一起来北京工作十余年，在传统人生道路上顺水推舟地结婚生子（有一个娃在读小学），因为各种好运气加上一点努力，目前两人一起年入百万（我略高一点），有两套学区房，是我和我父母坚持要买的，他虽然不情不愿但也出了钱也在还贷。我有三个困惑，让我不停地反思自己的道德水准、人生意义，却始终无解，想请教连叔：

一、好像人生失去了奋斗目标。都说在大城市压力大，可是我好像失去了前进的动力。我俩的收入在北京不高但也算中等吧。两套房子其中一套还可以收租抵贷，我们基本没有了房贷等其他压力，另外虽在首都但我很少奢侈消费。我的收入和老板们相比相距甚远，可我深知创业的风险，我不想创业不想当老板，只想做个混吃等死的打工人。如果说在打工人的位置上继续向上爬，我也没有动力了。现在的工作状态已经很忙了，更高收入意味着要把更多的时间和精力投入到工作中，或者换一份更有挑战性的工作，同样意味着要花更多时间学习、跨界，但未来我只想留出更多时间陪伴孩子的学习和成长。目前只要保持现在的努力程度，保住目前的收入是没有问题的。第一个问题是，在工作上，我不想进步了，这正常吗？我应该怎么办？

二、你看到了，我一直在强调“我”，很少说“我们”。是的，我的婚姻出了问题。我们很多观念都不一样，比如全家出去吃顿大餐、出去旅行之类的消费他都反对。我们睡在不同的房间里，平时几乎没交流，偶尔的交流比如该交学费了、接孩子之类的都用微信沟通。在婚姻中我很要强，他也要强、要面子。目前是我父母在帮我们带孩子，他从不向我们敞开心扉。出问题不是他一个人的责任，我讲话太冲总在家骂人，不顾及他的感受，导致隔阂越来越深。但我真的不想改，我不知道怎么改。他生理方面不行，之前让他去看医生，他就是要面子不肯去，这种情况他应该很难有外遇吧。前几年我天天喊离婚他不同意，现在是房子、车子、孩子等等都捆在了一起，我已经无力再提离婚。这种鸡肋婚姻连叔肯定是不支持的，可是我也不想主动寻求改变了，而且自我麻醉：很多人的婚姻到后来都这样，我没有被家暴、没有被骗钱已经不错了。我知道我们这种婚姻不正常，可是我该怎么办？

三、我出轨了。前段时间看到连叔回复一位想要被包养的大学生，萌生了写邮件给你的想法。我因为工作关系认识了一位年长者，很有钱也很有精力，我们经常在一起。他性欲很强，他的婚姻和我一样有名无实。目前观察他只有我这一个性伴侣，他说只要我愿意可以和我结婚。可我并不想和一个大我18岁的有钱人结婚，别人会怎么看我啊！他大概率也是看中了我这点才说可以结婚的。金钱方面，找他要钱他肯定会给，但我并不想花他的钱。他会给我一些隐形的支持，但如果没有他的这些支持我的工作也并不受影响，而他偶尔的帮助却让我心里很暖。他只不过小小地动用了一点权力帮助我，我是不是很贱。和他在一起很有乐趣，他也时刻表露需要我的感觉。我也想狠心断了和他的联系，可关键是，我也需要性生活，从这个层面说我都想给他付费了。犀利的连叔可能会说我只是当了一个免费的妓女，或者说我在白嫖他。怎么办？跟他在一起很快乐，我的身体需要他，我们也没有妨碍任何其他人，目前看我们也并不会各自离婚后结婚。我知道我们这种关系很变态，可是我该怎么办？

三大问题，加班匆忙整理完。如果连叔看到，请不吝赐教。

真的有很相爱很般配很契合的两个同龄人吗？人生的意义是什么？（我就是个恶魔，又来了两个附加题。）

祝开心。

彩虹的恶魔

* * *

彩虹的恶魔：

你的状态是“幸运的不幸”，有一类人会遇到这个问题。

说幸运，是由于能力加上一点运气，物质上基本得到满足，高高地超过了平均线。而且无论处于什么行业，对既有模式烂熟于胸，人脉、资源，基本稳固，不需更多努力，就能维护且产生利益。为官的，位置是稳的，不升也不降；为商的，利润是稳的，不多也不少。

在他们之上，有段位更高的人，他们却不想升段了，或是自觉能力不够，或是在这个舒适区太舒服，不想再承担风险与压力。此时就产生了大量的精力剩余，最乱的一群人，就在他们中间产生了。由于他们有能力，有钱，或有权，得到即时满足已无障碍，酗酒、赌博、嫖娼、纵情声色，成为他们常见的生活形态；甚至为了更刺激，开始利用自己的优势，去引诱、败坏年轻人。

这种即时满足一开启，迅速产生成瘾性，让你延迟等候更有价值的快乐，你没有耐心了，也做不到了。你知道明晨将酒后抑郁，今晚还是把自己灌吐；你理解获得家人和朋友的尊重与爱是高贵的情感满足，但你将再三再四嘲弄他们，让他们心碎，乃至鄙视你。于是有些人带着遗憾远离你，你身边只剩同类，让你以为世上没什么美好人物。有些好人由于沉没成本过高，为你付出太多导致丧失能力（主要是你的配偶），而又不得不继续忍受你。由于人天然追求意义，你将不停追问，我这样生活的意义是什么？这种生活只是感官满足，及满足后的自怨自恨，不可能找出意义，追问的后果就是空虚、懊悔与恐惧。进入这种毁人且自毁的状态，就不幸了。

你虽然无法一一对应，你可能不喝不赌不嫖，但本质上是进入了这种不幸状态。就像你自己说的，过完婚外性生活，你恨不得给他钱。你认为自己的婚外性生活有一定的正当性，丈夫没有性能力且不愿意解决，这点辩解有成立的部分。有些人甚至认为，你的丈夫可能是个同性恋，他也在骗你，而且可能不在意你也骗他——真是这样，你不会更好受，只会更痛苦，原来自己一直被利用。

你还有性需求，无性婚姻这个难题一定要解决，但解决方式不是在婚外成为一个权力者的情人。为了表示主动性，你认为自己在嫖他，但在第三方看来，是他用权力嫖你。不过谁嫖谁不重要，通过制造一个更大的问题去解决问题，是解决不了问题的，只会产生更多的问题。满足了性，却自觉变态，灵魂痛苦。这种交换不合理，也不持久，更见不了光。

还是要解决主要问题，婚内无性使婚姻无法持续，那就好合好散，有什么不能分的？房子刚好一人一套，好分得很。不要怕麻烦，真想解决也不麻烦。你不解决麻烦，麻烦就要解决你。解决完大家都光明正大，他不再被骂，你可追求有正常性能力的新配偶，孩子的成长也没有阴影。孩子看得出父母的关系不正常，知道你们互相嫌弃、欺骗、仇恨，却又将就。人生的意义是一个开放的问题，你现阶段的意义，就是直面问题，解决问题，给孩子一个好的成长空间与样板，让他不至于早早觉得人生没有意义。

祝开心。

连岳

爱一个残疾人,他勾三搭四,我却想原谅

连叔:

你好!

我是一个关注了你多年的读者,最近看到你回复了很多关于感情的来信。看时,豁然开朗,静时,一团乱麻。说说我的情况。

他30岁,我也30岁。他是大厂程序员,年薪四十万出头,我是中小公司管理层,年薪三十多万。之前我创业四年失败,积蓄较少,这个年薪也是去年刚开始。

我们在一起的时候经历了很多别人没有经历过的,因为他右手天生残疾,是正常手臂的二分之一大小,且不能伸直,但不影响打字。虽天生有缺陷,但是他上进、努力、目标清晰,让我很欣赏。所以我熬过了家人跟朋友的反对,也熬过内心的纠结,选择跟他在一起,至今两年了。

2020年他买房了,6月我搬到他新房子去住,同居了。一个

月后，我发现他跟别的女生调情的聊天记录。我大怒，搬走了。他动员我身边所有的人来劝我，并且立下各种誓言，甚至找律师写了要分一半房子给我的协议。看在过去种种，加上自己反思，对他不够温柔，不敢在朋友圈大方承认他的存在，让他没有安全感等原因，最终我跟他和好了。

三个月后，我再次发现他企业微信跟公司女同事有超过正常同事关系的聊天内容，我再次对他失望，搬离了他家，并撕毁了他的那份协议，且发誓此生不再给他机会。

但是女人啊，始终心软，加上他的死缠烂打，我还跟他保持联系，但是内心也一直在告诫自己，不要跟他有结果。

给连叔写信是因为自己还有纠结，还对他抱有幻想：

1. 对他有感情，放弃他，心会疼。

2. 自身年龄大了之后不再有重新谈对象的冲动，且家里催婚催得紧。

3. 除了手臂残疾跟爱勾三搭四的问题，他整体是我喜欢并欣赏的类型。我们组建家庭，能快速过上稳定且小康的生活。这些年我一个人打拼真的累了。

4. 婚姻是什么？其实我并不清楚，金牛座的我会狭隘地理解为，只要婚后我掌握家庭财务，他必不会做什么出格的行为。

放弃的理由很简单：

1. 我发现，两年了，我依旧介意他的缺陷。跟他出去的时候，尤其是夏天，我会介意别人看他的目光，看我的目光。有时候也会不甘心，因为自己明明可以不用承受这些，找个正常点的普通人。

2. 对于勾三搭四这件事，他应该有瘾，改不掉且经常越轨而不自知。

给连叔写信纠结了很久，因为我身边有29位朋友关注了连叔，不太想让大家知道我的情况。虽然自己觉得什么都明白，但是还是希望能得到连叔及连叔粉丝们的批评、建议，或者鼓励。

MZM

* * *

MZM：

人间温暖的地方在于，一个人的不幸、痛苦，还有疾病，从来不是成功与爱的障碍。美国著名心理学家与心理医生埃瑞克森是残疾人，他很敏锐地发现，残疾使自己显得没有攻击性，需要同情，有利于病人放下心防，更容易信任他，因此治疗效果也更好。

不过，这不能理解为残疾的心理医生一定更好。埃瑞克森本身是意志顽强、品格高尚、专业出色、家庭成功的人，在这些特质的衬托下，他的残疾才从障碍变成了资源。正如一位战斗英雄残损的手更让人敬佩他的功绩，但无法推断出残损的手的主人一定有功绩。这是个简单的逻辑问题，但人的同情心，尤其是女性的同情心，却会因此而泛滥，在这个简单的逻辑问题上犯灾难性的错误。只要别人展示出不幸、痛苦与残疾，就克制不住地想拯救他，在他身上倾注所有的爱，哪怕他不值得爱。这就是所谓的圣母心。不幸、痛苦与残疾的人，有些同时是意志软弱、品格低劣、毫无诚信的坏人，这些坏品质放在正常人身上，你马上就会放弃。但正因为他们有"可怜"的表象，圣母却会选择自我欺骗，一次又一次原谅他们，把爱与牺牲倾注进这个无底洞。

恕我直言，他就是一个品格低劣的残疾人，你就是一个无知无畏的圣母。他当然不会放弃你，每次你想要离开，他都会拼命拉住你，因为你就是他的命，正像宿主是寄生虫的命。他本能地嗅出你的弱点，以及一些圣母的弱点（其中一些可能正是他勾搭的对象），只要多拉回你几次，他继续欺骗你，伤害你，侮辱你，你也会原谅他，接纳他，供养他。久而久之，你甚至感动了自己，以至于觉得可以感动中国：他是这么坏的一个残疾人，只有我一个人愿意爱他！

你的当务之急是要有知有畏。知是知道一个人选择终身伴侣，他一定得是个好人，这是爱情与幸福的基础。如果他有残疾，他需要用更好的素质去弥补，而不是因为他有残疾你就要降低标准。当一个残疾人决定做坏人，他就有了双重残疾，日益加深你的恐惧。畏是你要知道类似于你男友这样不知感恩的人，他显得多可怜，他就有多冷酷。知道了他的低劣而不尽快离开，他就将视你为女奴：你对他的奉献是应该的，你任何一丝不满与试图离开都是背叛，将会受到他的严厉惩罚。

早点离开这种人吧，不然你以后多惨，都无人同情。他尤其不会同情，将在你痛哭，甚至惨死时，放声大笑，享受变态的快感。

祝开心。

连岳

我的女友是一根鱼刺

连叔：

首先向您致以最高的敬意。

我是一名95后，毕业已经两年了，目前在一座二线城市做软件开发，月薪九千，虽比不上北上广，但在这座小城市以我的工作年限，薪资也算中等偏上了。我对象是99年的，大四处的对象，我上学晚她上学早，因为是专科，所以我们一起毕业。

最初在一起也是稀里糊涂的，那时我跟我前女友刚分手，觉得谁也不爱了。而她一直请我吃饭啊，陪我聊天啥的，过了半年左右就在一起了。后来我觉得对她并不是那种爱，提过分手。但她的心理承受能力极差，我担心她会做出什么过激的事，我不想背负愧疚活着，所以就没分成。既然没分成，也就认了，接下来的几年里，我就一直对她很好，什么我都依着她。父母也见了，虽然她父母对我不满意，希望她找一个有钱人，但也拗不过她。虽然我在她家受了点委屈,但也算顺利吧,接下来就是准备结婚了。

其实结婚的事在刚毕业的时候我就做了准备。我们双方的家庭条件都一般,在这座城市买房是比较困难的,刚工作的时候工资也不高,她没找到工作,我赚的钱勉强够两个人生活。后来我跳槽了一次,到现在这个工资水平,她也找到了一份赚得不多但还算清闲的工作。未来要买房,结婚,生宝宝,为父母养老,花钱的地方超多,所以工作之后我一件衣服一双鞋都没舍得买,甚至秋裤破洞了我都舍不得换。但是不知道她父母是从哪个世外高人那里得到的理论:女儿要富养,导致现在她一点都不知道省钱,化妆品都是几千几千地买,衣服多到两个衣柜都装不下。我也尝试过劝她,说要为未来打算之类的,她答应不买了。我把她的花呗都还上给关了,她又偷偷办信用卡分期买。她的衣服太多,我分不清哪件是新买的哪件是以前的,化妆品我更是不认识。偶然间我发现她的信用卡账单欠了将近三万。我后来给她还了,但也真的气坏了,好不容易现在攒下了不到四万块,一下子就空了。我不是不给她买东西,但是这种偷偷的行为,我心里实在接受不了。我在为我们的未来添砖加瓦,而她却在一点一点地拆。

其实软件这行真的不好做,有的时候一加班加到很晚,还要被客户折磨。而我就更苦了，不管多晚下班了，还要回家做饭。我想省钱，不让她订外卖。她倒是听话，每天都等我做饭。由于她父亲的优秀富养理论，导致她什么家务都不会做，教她也不学，一让她干活就吵架。除了她的贴身小件的衣服，其他的都是我来洗，周末放假我还要大扫除，而她每天打王者、刷抖音，不亦乐乎。

直到上个月，我偶然发现，都快睡觉了，她在跟她们公司的一个男同事聊天，还下意识地躲着我。我也没说什么，也许是有急事呢。可是半个月来，每天如此。后来我终于忍不住了，我跟她挑明说："跟同事聊天聊半个月怎么样。"她还跟我吵，说：不就是聊个天吗？我说你问问你爸爸，你这样过不过分。在她爸爸爷爷的开导下，她不生气了，处理得倒是痛快："他找我聊的，虽然他很有钱，他家是做什么什么的，有几千万啥的，但是我不会跟他怎么样的。"随后她就把他删了。我跟她讲：我不会耽误你的幸福，你要是觉得那人好，随意。我从来没偷看过她的手机，到现在也没有。我内心对偷窥别人隐私是排斥的，所以他们聊的什么我也不知道。话虽然说了，但是我心里过不去，排解不出来。每天那么累那么苦，白天在公司被客户折磨，晚上还要伺候她，还要承受这种心理压力，已经失眠好久了。她说她爱我，而且对我特别依赖，只要她没做对不起我的事，我是真忍不下心分手。现在觉得生活一点乐趣都没有,有的时候真想一觉醒不过来算了。

一个26岁的老男人

* * *

一个26岁的男人:

我就不叫你老男人了。26岁, 人生才开始, 正年轻。你觉得自己老, 可能是因为又累又看不到希望。

你什么都好, 工作勤奋, 生活节俭, 会做家务, 目光长远; 积累十年左右, 什么都会有的。但你唯一的缺点会将这些优点全部消耗掉, 这缺点不改, 十年二十年以后, 你还是一无所有, 甚至负债累累。那样就太可惜了, 你值得更好的人生。

这唯一的缺点就是你太能忍了。这是很多好人共同的弱点, 只要别人多纠缠一会儿, 示示弱, 掉几滴眼泪, 再不甘愿, 再看不惯, 也自己忍着。导致生活很像喉咙里卡着一根鱼刺, 不致命, 但无比难受。这种日子, 过一天两天可以, 时间久了, 肯定了无生趣。不要太能忍, 生活中一些鱼刺型的人与事, 一发现就要拔掉, 鱼刺你忍多久都无法忍成舒服的。

有些人要陪我们一辈子, 那是不能将就, 不能忍的。人为什么需要恋爱? 有时候, 要多次、要长时间地谈恋爱? 是因为挑一个共度一生的人, 他原则性的问题不能有差错。这些差错, 有时候需要时间才能发现。这就是恋爱的难题。能用原则性问题把你生活毁掉的，绝大多数也并非大奸大恶之人，一起过久了，你反而倾向于原谅他，像你这样太能忍的人，就更不可能离开。这样恋爱的甄别作用就发挥不出来了，这样的恋爱不仅白谈了，还有害。

你的女朋友就是一个好吃懒做的财务黑洞。任何一个这样的人，无论男女，都是没有资格结婚的。谁不幸和他们结了婚，和他们待的时间都算是陪葬时间。我们可能救不了全世界，但一定要能够救自己。

没错，好吃懒做可以改，财商也能提高。但我在这姑娘身上看不到这个苗头，她及其家庭，还把这些当成富养的标志呢。富养真是一个被玩坏了的词，寅吃卯粮、挥霍无度、举债高消费，这些自杀式的恶习都可以用富养来洗白了。真正的富养是什么？是给孩子充足的爱与关心，让她长成自我充盈的一个人。品德与心灵没有缺口，这样她不会依赖别人，乞求别人，寄生于别人，不会为了一点小利益、小甜头而出卖自己的人生。独立的人生就是最富足的人生。你的女友，与富养标准南辕北辙，是穷得不能再穷的穷养。你们婚后的生活，是这样的：她在享受你的付出与照顾时，还会嫌你挣不了大钱，损害你还要侮辱你。与此同时，只要有人装出有钱人的样子撩拨一下她，她就要动心，变心。她理解不了你的爱，她回应不了你的爱，她配不上你的爱，这是她观念与思维的低层次决定的。你爱她爱得越多，下场就越惨。

你现在要做两件事，一是坚决与她分手，不能拿自己的人生去忍。你不坚决的话，一个又能上班挣钱又能干家务的男人，就是她最好的宿主，她是绝不会主动放过你的。分了对她也有好处，让她有机会寻找有钱人富养她。二是去买条新秋裤。节俭是好的，节俭过头却是坏的。秋裤破了就要换，现在花一点小钱就能把自己收拾得整洁精神，这不能省。

祝开心。

连岳

如果爱像长胖那么简单就好了

连叔：

您好！

我有一个喜欢了十年的男孩。他高三复读来到我的班级，我们成了好朋友。我暗恋他一年，2012年高考结束告白被他拒绝。他说觉得我们做朋友很好啊。直到今天，当年表白的事情我们都只字不提，虽然心里喜欢，但我也没再提过。

大学四年我们联系不多，他在沈阳，我在哈尔滨。我没谈恋爱，他交过两个女朋友。毕业后我考进运营商回家做一名国企小职员，他顺利进入上海某航空公司成为一名飞行员。

2016年毕业到2018年，我们渐渐多了些联系，每两个月就会打次电话，一聊就是几个小时。2018年11月我休假去上海找朋友玩，中间约他一起去了迪士尼，从那之后，我们大概每周都会聊天，还会彼此分享生活里的小事。

2020年初疫情暴发，隔离在家的大概两个月里，我们开始每天语音聊天、玩游戏、居家运动，相互鼓励陪伴着，连着麦各自做各自的事情，休息睡觉也不例外，第二天早上醒来才会挂断。恢复正常工作生活后，也几乎每天打电话，和他一起聊会儿天。

毕业工作这四年多里，有同事、朋友的朋友追过我，还有亲戚朋友介绍的人，但只和一个喜欢的男生谈了四个月。恋爱时我们没联系，分手那天我很伤心，给他打了电话。他安慰我，还帮我“骂”前男友。至于他，可能谈过两个吧，也是后来才和我讲的，他谈恋爱的时候完全没有迹象，也从不发朋友圈。

我俩生日很近，会为彼此准备礼物。平日里我也会寄东西给他，日常他吃到什么好吃的也会给我买。前几天他买了双球鞋，也送了双同款给我，还说是情侣鞋。虽不迷信“送女生鞋她就会离开”的说法，但他还是问我要了一块钱，这样就不算送了。我还笑他是不是害怕把我送走。

他每次回家我们都会见面，一起吃个饭，再去万达玩一会儿，有时候他非要去我家做客（我一个人住，没和爸妈住在一起）。年前这次回来，白天逛完在我家一直待到凌晨才回家，我们靠着彼此坐在沙发上聊天，吃烧烤。没有亲吻没有别的，只有临别时简单的拥抱，但却让我有一种谈了两天恋爱的错觉。

回上海后有天他突然问我：你觉得咱俩合适吗？我本能地说不合适。他说："你别说因为咱俩太熟了，我觉得还好吧。"其实我是觉得他喜欢身材好又漂亮的，可我只是个太普通的女孩。也许他只是随口一问，但却让我一直平静的内心又起了波澜。昨天聊天，他问我今年休假想去哪里玩，还说："要不然我陪你去吧，我们一起。"我说"好啊"。可是如果我们单独去旅行，我怕途中会发生些什么，是我想多了吗，我该如何面对呢？

因为我一直深深地认为我们两个不可能，所以几乎不主动联系他，一边觉得反正大家都单身，聊天就聊天嘛，都是朋友；一边又觉得谁家正常朋友每天都聊天好几个小时的。想着到此为止吧，该结束了，然后又总是不争气地舍不得拒绝。只要他打电话，我就会接，就算有事，也会先回应他一下。

其实如果我们在一起，我可以辞掉工作去上海找一份。我从没问过他是否也喜欢我，也许是骗自己吧，害怕听到否定的答案，觉得自己连备胎都算不上。日子一天一天过去，我如今也不是17岁的小女孩了，不能一直这样下去了啊，所以家里安排的相亲，我会乖乖去看，努力试着去相处，但总是觉得差点什么，最后都无疾而终。别人觉得我眼光高，告诉我别太挑，其实我好像是懒得重复那些认识一个人的过程，觉得很累。

说了好多呀，真希望所有事情都能像发胖一样简单，希望连叔能给不争气的我一些建议，或者批评也好。不管能不能得到您的回复，都祝您快乐！

没故事的女同学

* * *

没故事的女同学：

快点答应他。你爱他，他也爱你。你们其实已经在恋爱了。

你担心自己身材不够好，也不够漂亮。托尔斯泰说过，人是因为可爱才漂亮，不是因为漂亮才可爱。这个老同学，这个飞行员小伙子这么小心翼翼地隐藏起妒忌，既怕离你太远，让你走掉，又怕动作太大，把你吓走，费尽心思，又自然而然地追求你。在他眼里，你是无限漂亮的。

一个人与自己爱的人在一起，是会变美的。女为悦己者容。这个“容”，多数人只理解为化妆，把自己收拾得漂漂亮亮的。其实这个“容”更应理解为见到心爱的人，人突然明亮起来的感觉。你自拍时，照镜子时，像是看着静物，你看不到这种爱的互动与加持功能。不是女为悦己者容，是汝为悦己者容，是人为悦己者容。一个沐浴在爱中的人，他的眼神是清澈而温柔的，单纯而又丰富；

他脸上永远带着一点笑意，就是担心也隐藏不住快乐；他的身体是干净的，他的灵魂是飞翔的。这种美不是物理层面的漂亮，是强烈的，但又无形的，是爱独有的。两个相爱的人，往往蓬头垢面相见，但每天第一眼睁开看到他，就看得到这种美，觉得今天踏实，今生也很踏实。

就像你写的故事，不过是一些吃饭、聊天、送礼之类的日常生活，但为什么读完觉得特别美，心情特别好？一个大作家未必写得出来，如果没经历过这种爱，他是写不出来的。虽然每个人都会吃饭、聊天、送礼，可是缺了爱的关照，不过是无聊的琐事，一点也不美。

爱确实无法像发胖一样简单，爱往往像减肥那么辛苦。这么好的东西，是让我们人生明亮的未知因素，让我们这琐碎一生变美的魔法，当然要辛苦得到。有时候，越爱就会越怕，怕拒绝，怕否定，怕失去，怕风险。不要怕，或者说，应该去承受这些怕，这是爱应有的勇气与担当。人与事，小到一粒原子，大到多重宇宙，时时在变化，不确定性确定存在。两个相爱一生的人，必然有一些怀疑的时刻、痛苦的时刻、难熬的时刻、危险的时刻。最后，老了，死了，分别的时刻到来。只有预见到这些时刻，接受这些时刻，你才不那么怕，你才不会怕。爱，包括爱这些怕，包括爱这些辛苦。

爱在这些怕与辛苦中成长，长得更可爱，长得无法摧毁。

快点答应他，不惧一切地去爱。爱能让你不惧一切。

祝开心。

连岳

一个完美自卑的女人，引诱坏人对她更坏

连叔：

您好！

关注您三年了，您的文章就像每天要吃的饭一样不敢落下，怕饿肚子。以前都是看别人的故事，现在“终于”轮到自己了。我是在极度痛苦、情绪崩溃的状态下给您写的这封信，不知道您是否会查阅到，但我还是想碰碰运气。我不想诉苦，只希望连叔能指点我。我其实思绪挺乱的，希望连叔能够将就着看，谢谢您！

发生了很多事，我简单描述下情况。造成我现在糟糕状态的根源是两年前刚怀孕时，老公赌博。我们相爱十多年异地了八年，感情一直稳定，以前的他很好。刚发现赌博那会儿，他只欠了十多万。我在他的苦苦哀求下选择隐瞒各自的家人，然后鼓励他还清账好好做人。他答应了，我也单纯地相信了。后来的情况无

须多说，也许每个碰过赌博的人都会走这一条路，一发不可收拾，前途、钱财尽毁，家人实在受不住不再让他进家门。

他走了，把我们全家都拉黑了。走了差不多一个月后开始给我汇钱，我心里还暗自高兴，以为他悔过自新了，还惦记着我跟孩子，能感受到以前的他似乎又回来了。那半年我要求离婚，什么都不要他也不肯离。

前段时间他回来了。看到他的状态，我明显感觉到不对劲，他出轨了。按时间推算应该有半年了。他死活不肯承认，后来我拿到了证据，他不但没有愧疚感，反而还跟对待赌博债务一样逃避问题，不肯沟通，把我凶得跟条狗一样，把责任推给了我。不知道他这是守着最后一点尊严，还是理亏的表现。

这次他居然逼着我离婚。我苦笑，前一天还死活不肯离，第二天却逼着我离。当我问他：你是打心底里真的想离吗？他哭着说：不想。我也知道，能感觉到他对我的感情。然后到第二天又逼着我离。我不知道他有什么苦衷，我也猜不透现在的他。还说不离就什么都不给我，离掉每个月给孩子生活费，债务他承担，其实对我来说是件好事。

被背叛了，一下走不出来，很不甘心，很痛苦，很颓废。虽然他现在跟小三在另一座小城市，但我所在的是他的小城市，我想离开却没有勇气。两个问题想请教连叔：

一、是否离婚？

我知道问这个问题连叔您肯定会说：关注了我三年还问那么无脑的话，不配当我的读者。我们一起十多年经历过很多，互相深爱。发现他赌博两年，我熬了两年，总算从赌博的坏情绪中走了出来。虽然一直“唱”离婚但我心里知道他不会跟我离，所以我“唱”得很“安心”。最让我受不了的是他出轨，假如是以前的我无法原谅这种事，但是现在真正遇上了，反而特别没有出息，想牺牲原则去原谅他。一是出于我自己的感情，二是宝宝不能没有爸爸（虽然他一直没有参与过宝宝的成长，但是宝宝知道有这么个人）。离，对我来说实在接受不了，想到我们一家三口一辈子就这样分开，我就觉得生不如死；不离，我心里又有疙瘩，因为他这两年所做的种种事情让我失望透了。特别纠结。

二、逃离？

非全日制大专学历在基层事业单位上班的我其实很自卑，考进来也不容易，一直以为能在单位长期做下去。但是现在现实逼迫我重新选择一份职业，远离这个地方，让他再也找不到我。想去一线城市打拼，希望能给宝宝更好的生活，这个地方因为他令我窒息，且单位也不会有什么上升空间了，收入也低，我想出去的意愿特别强烈。但深知自己条件有限，要放弃得心应手的职业去尝试新的挑战，不一定真能混得好，辞职后就再也回不来了，不太敢踏出这一步。也怕离开宝宝太远，少了对她的陪伴（目前宝宝由姥姥带，我每周都能陪她），怕自己在另一座城市牵挂孩子无法安心工作。目前姥姥姥爷的教育方式也令我担忧，使我一直纠结着不敢做出最后的决定。

希望连叔能骂骂我。打扰您了！

一个自卑的人

* * *

一个自卑的人：

为什么要骂你？你喜事临门，得恭喜你。

你确实是一个自卑的人，你的邮件诠释了什么叫作完美的自卑。

人都有不如人的地方，也就是说，人生开始多少都会有自卑。自卑自己不够美，自卑自己不够聪明，自卑自己不够能干。人的成长，有一部分归功于战胜了这些自卑。或因为能力加强，自食其力，独当一面，你不再为能力自卑；或因为见识提升，比如人的相貌身高无法改变，但你终于意识到你内在的善良温柔靠谱能赢得他人的喜爱与尊重，你不再为外形自卑。自卑并不可怕，自卑是认识自己的一个手段，有认识，有行动，卑可升高，自卑者变得自信、自重、自爱。

可怕的是完美的自卑者。他们害怕任何一声否定，无论这否定是不是合理，只要他们听到，反应必然是自我攻击，自我作贱。似乎嫌别人否定得不够，非在心里把自己骂得一钱不值，骂得耗尽最后一分力气，方才罢休。而听到肯定，甚至是赞美，他们内心希望的火苗燃烧几分钟就会熄灭于自我否定：他的赞美一定不是真实的，我哪有那么好！

完美的自卑者，必然陷入悲惨的关系，无论是爱情、亲情，还是友情。正常人无法忍受完美自卑者对肯定的无穷索取，最后被迫远离你。离不开你的人（比如你的孩子），他被迫变得不耐烦，体现出冷漠、嫌弃与厌恶，被你塑造成一个否定你的人。而一些冷酷的人，你正是他需要的养料，他将利用你的完美自卑。只要无成本地否定你，就可以控制你，越否定你，你越要讨好他。这样一个零成本的奴隶，任何冷酷者都不会放手，他将成为你最完美的否定者。完美的自卑者，靠自己的能力走不出自卑，他的人生必然悲惨。

你这个完美的自卑者，本来是丈夫一生的奴隶，无论他有多坏，他都是你的主人。幸运的是，命运还是垂怜你，他主动要离婚了。离了，你的人生还有希望，你的孩子也不会被你毁掉。

他用滥赌否定你，你提过离婚，只是想吓一吓他，其实还是把他当成宝。

他滥赌完养个小三，双倍坏，他提离婚，你却不愿意了。他用离婚否定你，你就觉得自己离不开他，配不上他，要找理由发现他的价值，甚至要牺牲自己的原则成全他。侮辱你，你会生气，觉得他不爱你。加重侮辱你，你却会原谅他，觉得自己还是爱他的。你这是引诱他对你更坏。

他努力地变得这么坏，不能期待他更坏了。赶紧把婚离了，认真做好现在这份工作，你才有机会走出完美自卑。你的人生还有一线生机，珍惜这个最后的机会。

祝开心。

连岳

夫妻不得不两地分居，怎么办？

连叔：

您的文章《幸福家庭的三大基础》鼓励我写下了这封信，说出我的疑惑，也请您给我一些建议。

很感恩我们现在拥有这三大基础，但却马上就要进入我们人生的另一段未知。

我和丈夫是大学同班同学，如今在新二线城市不同企业，相爱十三年，昨天还去迪士尼庆祝了结婚纪念日。有一个女儿，下半年上小学。

转折点是丈夫业绩和能力较为出色，要被公司派往意大利驻点五年。他们公司询问我的意见，是否愿意和他一同前往。我和丈夫考虑再三，决定让他一个人去。我在国内陪孩子接受国内教育，而且我也舍不得现在的工作。他每年将会有一到两次回国的机会，家属有探亲补贴，孩子可以去国外感受不同的文化和语言环境。一同前去的还有他的一个男同事，生活工作上会彼此照应。就是我会辛苦一点，带孩子和照顾双方父母。当然公婆家与我们家只隔一条马路，他们也会帮我。

从丈夫的言语中能感受得到他对此事较为期待，以后也不一定再有这样的机会。公婆一直以来都很开明，对他的决定也是支持态度。我虽有千般万般不舍，但也不想阻碍他的事业发展。

丈夫三观很正，家庭观念也很重，对我们很不舍，相信我能把孩子和父母照顾好，为了给孩子和父母创造更好一点的物质条件，想去拼一拼。

我的纠结点在于：

1. 他的健康问题。意大利疫情还很严重，虽然打了疫苗也不是百分之百保险。

2. 夫妻感情问题。虽然目前对我们这段感情很自信，但是长久分居肯定会有疏离。

3. 父女感情很好，少了父亲的陪伴，女儿的成长有所缺失。这代价值不值得？

4. 我能不能胜任一个人带孩子和照顾双亲的责任？

写得有点乱，因为我脑子也很乱。虽然此事暂时尘埃落定，他下个月就将前往意大利，但是未来还有很多不确定因素，希望连叔为我指点一二。

盼回复。

一个中年少女

* * *

一个中年少女:

为了生活, 为了事业, 有些夫妻不得不暂时或比较长久地两地分居, 就像你们一样。这是不是意味着他们就将失去幸福? 显然不是, 只是他们争取幸福、维护幸福的难度更高而已。在决定两地分居前, 不要低估这个难度。决定以后, 我觉得, 应该做好以下几点:

一、绝对有信心。对自己有信心, 对他有信心, 对孩子有信心。人是观念动物, 做同一件难事, 有无信心, 结果天差地远。有信心, 则你会吸引生活中的一切正能量; 无信心, 则你会吸引生活中的一切负能量。人垮掉, 是从失去信心那一刻开始的。没信心, 还要活得好, 你只能指望遇到的每一件事、每一个人都是正确的, 永远没有挑战, 没有风险。这个概率为零。所以, 你若珍惜某人某事, 就永远不要失去信心。

二、克制。克制自己的怨气与怒气。两地分居, 尤其是负责照顾家庭的女性, 生活困难将数倍放大, 生出不满与软弱。这是人之常情。若不加克制，陷于互相指责，怨怒就如火上浇油，越烧越旺，难以平息。这也会导致感情危机，觉得自己爱的人不再可爱，脆弱、愤怒、寂寞、需要依靠，这些情绪合并发作，而自己对它们又无意识，那可能会误入一段错的感情，忘了爱的初心。不克制的人，无论是否分居，都容易失去可爱之处，失去爱。而分居将加剧这个危险。所以，不要抱怨，克制住。

三、珍惜沟通的时光。感谢现代科技，现在分居的人每天可以低成本通话、视频。两人要有纪律与默契。纪律是得固定通话，最好每天，没话说了，报个流水账也行。默契是以互相赞美、互相鼓励为主。若某一个人发脾气了，另一个人不要杠，但一个人不能够连续两次发脾气，发脾气的次数得大致对等。我这次发了脾气，则意味着必须接受对方发一次脾气。有这纪律与默契，则情绪可以宣泄，但危害又可控，不至于恶化为不可收拾的冷战。每年见面时，要像新婚旅行一样，要像去游乐园玩一样，用快乐的事情把行程填满，这比让事情随机发生更好，随机则可能发生更多不愉快的事。好不容易见面了，若有些时间浪费在争吵上，那太可惜了。

四、努力。为什么选择两地分居？那是为了更光明的未来，为了更好的生活、更高的收入、更大的实现。如果分居时懈怠了，堕落了，或者败掉这段时间攒下的财富与人品，那将是自己陷害自己，将得到无数倍的沮丧，甚至会一蹶不振，浪费此生。

五、接受。世界总会有意外。你怎么健康生活，都可能生病；你怎么努力，都不是一定成功。尽力了，就接受一切后果。

夫妻两地分居，是一条更难走的路。你们既然有勇气选择这条路，那就用更大的力量去修行。多年后，你们结束两地分居，生活与事业上一层次，将自豪，将更相爱。

祝开心。

连岳

人生怎样都要辛苦二十年，不如认真一点

连叔您好，我现在面临着一个抉择：有两个男生。一个很优秀，喜欢看书，思路清晰，性格开朗坚毅又自信；但家里条件差，用别人的话说，需要奋斗十到二十年才会达到小康。另一个条件好点，现在已经是小康水平，但人我不了解，感觉不太开朗，没有梦想，每天浑浑噩噩的。我自身条件不太好，已经30岁了，想与第一个一起奋斗，但是没有那个信心；想跟着第二个，但是不了解，有点赌的成分。想请教连叔，这种情况我该怎么办？

* * *

上面这个问题简化一下，就是人人都会面对的：我要不要走捷径？

这位姑娘如果走捷径，选择第二个。她以后的人生大概是这样：无法得到平等地位，更多得按丈夫的要求生活。丈夫的资质不好，未必能保住现有财富与地位，一二十年后，即使不穷，也非

常普通。普通到所有白手起家,踏实做事的人都能赢过他。

走捷径的人, 往往得到一个尴尬的结果, 以为自己卖了个好价钱, 最后却是赔本生意。人生不像生意, 可以一次次重来, 人生只有一次, 贱卖了就没了。

《诗经》里有句了不起的人生指南:“不忮不求, 何用不臧?”不忮就是不恨人有, 不起嫉妒之心, 不求就是不耻自己无, 不起贪婪之心; 只要不嫉妒不贪婪, 事事不会错。不嫉妒, 你能向身边的强者学习, 自己本事长得快; 不贪婪, 你能克制自己的弱点, 不掉入花样百出的骗局。这样稳健地一步步前进, 该有你都会有, 从技能、财富到地位。

常有读者朋友感叹, 自己似乎没做什么大决定, 但人生就开挂了。不外乎结婚需要房子, 买了房子; 孩子需要学位, 又买了学区房; 为了还房贷, 踏踏实实工作。转眼二十年, 本事也有了, 身家也厚了。这其实就是在实践不忮不求, 想要的都自己努力。你最后富足平安的人生, 是你人品与才能的体现。

而二十年前那些走捷径的人, 当时凭着巧言令色, 无底线得到一些好处, 似乎领先, 时间一拉长, 全打回原形。人生有因果, 只是这因果的时间跨度大, 不是今天有因, 明天有果, 而是因在今天, 果在二十年后。想走捷径的人, 都必然违背这条因果律。

无论穷与富，人生至少要辛苦二十年。想走捷径的人，可能理解不了。穷当然要辛苦，可是我傍上一个富人，怎么会辛苦？真有品行的富人，不会占你便宜，你也傍不上。你能傍上的，要么品行有亏，要么智商不足（所以看不穿你的意图），这样的富人，守不住财富。财富的流动性最强，品行衬不上，它就会流走。投资失败几次，上当几次，嫖赌损耗几次，小富中富快则几年就会返贫。就是像李嘉诚这样富可敌国的大富，若是格局见识下滑，大是大非糊涂，照样有风险。没有人的人生可以轻松走捷径。

人生反正都要辛苦二十年，那就不如认认真真吃它二十年苦，这才是最快的正道。

爱情不被巨富家长祝福，怎么办？

连岳老师：

您好！多年前我还没谈恋爱的时候就看过您的“我爱问连岳”系列，没想到今天自己也有了很想不通需要求助的事情。

给您发这封邮件，是实在想不明白了，很希望您能指点迷津。

我的难题是和男友交往两年，他父母坚决反对，我现在进退两难。

我俩的情况是：我31岁，来自上海周边二线城市，美国硕士毕业后来沪工作，从事互联网工作，家境小康；男友34岁，上海本地人，欧洲英德硕士，从事金融行业，家境非常殷实。我们是经同学介绍相识相恋的，交往两年感情非常好，认定彼此是非常好的人生伙伴。初期只大概了解他应该家境还算不错，后面遭到他父母反对后才逐渐了解可能比我以为的要好很多。也是这样的家境差距，造成了他父母在还没有见过我的情况下就强烈反对，拒绝见面，拒绝接受。

我现在很为难，一方面舍不得我男友，他在父母反对阻挠的情况下一直很坚定，从家里搬出来自己在外租住，在我面前从未流露过任何的优越感，从不嫌麻烦或者动摇，一直对我很好很支持，打算明年和我结婚。但另一方面，他父母也非常坚决，对我的工作、学历、家境都不满意，表示要结婚的话就和我男友断绝关系，不会有任何精神或经济的支持。并且这样的情况我也还不敢告诉我父母，不想他们为我担心，也怕伤了他们的自尊心。我觉得感情难能可贵，能遇到彼此坚定选择并且相处和谐快乐的人实属不易，我不忍放弃。但也觉得父母无法割舍，并不希望我男友因此失去亲情，留下遗憾。

连岳老师怎么看呢？此刻的我内心非常迷茫，不知道要怎么做才是正确的选择。

是应该遵从内心，克服万难，走一条哪怕艰难但属于自己的人生道路；还是应该接受孩子生命由父母给予，顺从父母以表孝道？

很希望得到您的回复，感谢！

忠实读者W

*　*　*

W：

你的工作学历家境，配得上任何人，这点要自信。

你们未被祝福，是男友的父母没有用好自己的财富，错在他们，不在你们。

拥有很多财富，这自然是件好事，但用不好，就变成了坏事。拥有财富的家庭，孩子选择配偶时，本来选择面可以更宽，可能性更多，因为不缺钱，可以更专注于人品。婚姻这种长达一生的关系，没有人品为基础，走不完，就算勉强走完，也太痛苦。

自己有钱，则更有条件不在乎对方有没有钱。财富这样用，让人更慷慨，更从容，更有同情心，财富起了提升与丰富人格的作用。自己有钱，却瞧不起更穷困的人，以为谁都在盯着自己的钱，变成守财奴，人格猥琐，更吝啬，更焦虑，更苛刻，那财富就化为诅咒。

财富的流动性很强，富不过三代是常有之事。有钱的家庭担心财富传承出问题，这可以理解。财富某种程度上，也是中国传统里的天命，人品格局配得上，它才保得住。培养挑选继承人，更应看重人品格局，没有的话，再有钱也会败光，只余悲剧或笑柄。你男友的父母，因为觉得你家不够阔，拒绝见你，了解你，也不尊重儿子的选择，就是还没有理解财富是天命，做不好传承。

教育他们的工作，落在你和男友的身上。切断一切联系，更能证明自己，你们受过好教育，又有好工作与好感情，开始创造自己的财富，多年以后，你们的生活应有尽有。事实证明，你并不贪图他们的钱财，你的人格一点不低于他们。他们接纳儿子与你，也就水到渠成。

在这段比较辛苦的时间里，有几点要注意：

一是你不要逃避，尽快和父母沟通，他们当然会伤自尊，有情绪。但你和男友感情好，有志气，对自己的生活展现出勇气，这才能安慰他们，并得到祝福。

二是不要记他父母的仇。若起了“将来我发达了定得出气”或者“你们老了还是要来求我们”之类的心思，那格局就和他们一样窄，爱情与人生降格为小肚鸡肠。从现在开始就要定位自己为原谅者与教育者，用自己的高姿态与好生活转变他们的想法，最终迎来和解。男友不会失去父母，父母也不会失去儿子。

三是要加倍珍惜彼此，在日常生活的挑战中经营好爱情，忍得了低潮，耐得住烦琐。你们成为对方的福气，外部的祝福终究会来，而且会很多。你们若忘了爱的初心，爱情破产，浪费人生，那就坐实了所有的恶意。不管现在有无祝福，真正的幸福，最终是由你们两人决定的。

幸福是最高级的天命,要配得上它。

祝开心。

连岳

不要轻易放大招，不要轻易离婚

连叔：

你好！

我和老公五六年前毕业，一起来到一线城市。两人教育背景都不错，工作上也很努力，目前在工作所在的城市里买了两套房，工资收入能扛得住负债。

有一个孩子，目前在读幼儿园，日常是老人帮忙带。

乍看起来家庭整体向好，没什么问题，但我和老公从谈恋爱起，在精神交流上一直有隔阂，越到这一两年越发现两人之间就只剩下挣钱这个话题。双方都是聪明人，但性格都偏强势，谁也不愿意为对方服软，以致现在聊家庭聊其他话题都聊不到一起去，任何方面都在暗暗较劲。唯一明确的是两个人目前对婚姻都是忠诚的，没有出幺蛾子。

但是这样缺爱的家庭生活让我觉得难受，想过离婚分开，分开后两个人经济上都不会过得太差，但又纠结，这样做会不会太自私，对孩子太不公平（孩子大概率跟我）。

纠结的Yo

* * *

纠结的Yo：

你的邮件很多人看了可能生气：我们还在为房子烦恼时，有两套房的人却为一点小事闹离婚?

但我知道你的烦恼是真的。人生唯一可以确定的事情就是，我们永远有烦恼，一直到死为止。刚知道这点可能并不愉快，不想接受。没房时以为有房就没烦恼，结果还有，两套，三套，五套十套都有烦恼。没钱时以为有钱就没烦恼，富了还有烦恼，千万亿万买不断烦恼。

多想一步，其实会和烦恼愉快相处。烦恼是什么？是我们当下需要解决的问题。人是靠解决问题成长的，每解决一个问题就长一分功力。我们记着那么多人的好，孔子、老子、释迦牟尼、毛泽东、周恩来、邓小平……就是因为他们某种程度上解决了人类的大问题，当同样的问题出现时，借他们的智慧，我们获得提示。当然，我们不必成为这么大的人物，我们解决好自己生活中的小烦恼，就算了不起，那证明你活着，聪明地活着。

所以，知道人生总有烦恼，才是彻底去除烦恼的方法。就像释迦牟尼看到众生皆苦一样，既然人生来就苦，那就好好参透这苦，化为解脱之道。人生的每一步，每一层次，每一新境界，都有烦恼。一有烦恼，就以为自己的生活不值得过，撒腿就跑，那会把正常的生活变得不正常。比如现在的你。

聪明，又有行动力，没有无法离婚的苦，昨晚想离，今天就离了。这时候反而真需要冷静期。你离婚的理由，在我看来，成立不了。夫妻金钱观相同，合力挣钱，这是很难得的精神共鸣。金钱观相同，推导出人生观、世界观都不会有太大分歧。更难得的是，金钱观相同还真有了钱，这是多好的婚姻基础。

聪明人互相较劲，这本来就是聪明人的乐趣。为什么要换？换一个特别聪明的降维打击你，你毫无还手之力，你不会觉得幸福。换一个事事输你的，你觉得他愚蠢窝囊，急火攻心。你们旗鼓相当，挺美。

不过，还是要从聪明走到智慧，聪明是争输赢，智慧是看淡输赢。夫妻天天较劲，总要证明自己才是家里的老大，那是智商用错了地方。你们彻底放下胜负心，短则三五年，长则十来年。在这个过渡期，可以技术性解决冲突，挑明心结，然后制定“轮流服输”协议：有争议，这次我服输，下次你服输，一三五你服气，二四六我服气，周日休战。

实施过程或会变形，偶尔犯规，没有关系，重点是脑子里植入了“放你一马”的想法。好好珍惜这段时光，以后倒回来想，就像小朋友的游戏，是一种另类的恋爱。

祝开心。

连岳

一个坏男人变好，需要多长时间？

连叔：

您好！

鼓足勇气写信给您，希望得到您的指点。

我跟老公是一个省不同城市的，现在我在他的家乡。我30出头，大专毕业生，大宝10岁，小宝2岁，婚龄十年。我从小家里条件不好，父母都是省吃俭用，因此我一直以来也都是能省就省，从不乱花钱，没有买化妆品、没有买高档衣物。去年老公父母的房子拆迁，有优惠购买安置房的权利。我个人出了十一万，他没有一分钱，他父母出十万，付清了安置房的房款。现在我每月工资五千元，但十年了我的卡里只有一万元左右的存款，这样没有存款的日子不知道还要过多久。

结婚第一年我怀孕期间，老公把我们之前上班仅有的五万元存款赌彩票输掉。第二年，用结婚的一部分礼金和生宝宝的礼金加上贷款，买了第一辆轿车，车贷还了三年。因为他没有工作，有很多次还不上车贷。他求我，我拿工资给他还了很多个月的车贷。他开台球室，开棋牌室，他告诉我别人欠了他多少多少钱，他挣了多少多少；但每次问他要钱给我保管，他都以我破坏了他的手气，影响了他的心情为由凶我，几乎没有给过我什么钱。结婚第六年他要开饭店，找高利贷借了五万开起来，一年后我才知道借贷的事。后来饭店生意惨淡，亏损了很多钱。高利贷开始催债，每个月两千元的利息也付不出来。他求我帮他最后一次，我借了五万网贷帮他还上，要求他每月拿钱来还款。但他有很多月说没有钱还，我只好自己用工资还上。开饭店期间，因为看不得大宝太孤单要了二胎，有了二宝后的所有开销，都是我的。饭店倒闭后，他去京东送快递。临时工只能送偏远地方需要有车，家里的小轿车没法送快递，他先是借了朋友的面包车送。后来朋友要回车，他说要买一辆面包车送快递。我想让他花一两万买个二手的，这时周围刚好有一人的新车（比面包车大一点）嫌小要卖掉，要价十六万。他说他一定会坚持送快递做一份稳定的工作。我信了，我希望他安安稳稳地上班，不希望他再过着有今天没明天的日子。我同意帮他贷款买车，给了他三万首付，他凑了一些，自己还车贷。但所有手续办齐的一周后我发现他不送快递了，他说送快递不挣钱还贴油钱，他辞了，他要送货。我一点办法也没有。前段时间经常接到网贷的电话说联系不到他，让我转达该还款了。仔细一问，有两笔一共接近二十万的贷款，之前一直问他到底外面欠了多少钱，他从来不肯说。到现在的一年多时间里他努力跑着货拉拉，他答应他妈妈不再赌钱。

老公一年到头都不回家，就算他在本地也不回来，基本见不到他人。我跟婆婆不住一起，白天上班时二宝交给婆婆照看，下班接回家。我接送大宝放学上学，辅导功课，照顾生活起居，每次看到孩子的进步和笑脸，心里都得到治愈。前几天因大宝拖拉作业，常常做到半夜困到哭，我实在生气了，冲她喊，喊过之后孩子也哭我也哭。我哭着打电话要跟老公离婚，他问我发生什么事他立即回来，十几分钟后他回来了。我嘶吼着控诉他这么多年对孩子的不关心不负责，对家庭没有责任感，他默默流眼泪，一句话不说任我发疯。

连叔，我不知道我的这段婚姻坚持下去是为什么，是为了两个孩子有一个完整的家？我反复劝自己等他，等他还清钱我们就好了，等他自己能主动来到孩子身边陪伴她们长大。但什么时候才能等到呢？他没有固定工作，没有一技之长，还有一口吃成胖子的心理，什么时候才能把他欠下的钱还清，再十年吗？

连叔，我该怎么办？

爱哭的傻瓜

*　*　*

爱哭的傻瓜：

你还是挺能干的。我给你算了笔账，这十年，你除了带两个孩子，给老公还了那么多烂债，竟然还能拿出十一万元买房，而且卡里还有一万左右的存款。你为此悲叹，我却觉得是奇迹，佩服得不得了。

你勤奋、坚忍、节俭，具有这种品性的人，在中国这个和平、稳定的超大型市场经济体里，是自然而然就会过上好日子的。不需要多聪明，多有创新精神，按部就班，顺着人生的节奏，工作、存钱、买房、买车、培养孩子，你的生活就是不匮乏的，是可以快乐幸福的。

你现在的日不好过，那是因为遇上了一个坏男人。除了让你还债，和你生了两个孩子（这事对男性来说，难度不大），其余主要做的就是赌博、网贷、高利贷，连家都不回。你遇人不淑的个人悲剧，抵销了一切时代红利。你其实看到了症结：只要这个男人变好，你的苦日子就会结束。你认为再忍他十年总可以了吧？

一个三十多岁的坏男人变好，需要多长时间？负责任地告诉你，十年是不够的。保守估计，大概需要三十年。那时候也不是他变好了，只是折腾不动了，一身疾病，社会性死亡，是时候回归家庭，给你面子，让等了一辈子的你照顾照顾他，让成家立业的孩子们尽尽孝。当然，我也不能把话说死，现在人均寿命这么长，而且在不停地增加，他可能要折腾到70岁才回到你身边。不过这不重要，你都等了三十年了，不在乎再多等十年。这样的人生，你觉得幸福吗？不要问你老公的看法，这样的人生，他必然无比轻松快乐，关键是你自己的看法，你不会觉得幸福的。

或许，你觉得我对你老公太苛刻，认为人总是会犯错误的，改了就好。很多劝你继续忍受的人肯定这么说。

应该允许人犯错误，这是人成长的代价。但一个成年人，他在错误中成长的特征是他不犯同样的错误，不二过。你老公不符合这个条件。

有句话说得好：骗我一次，是你坏。骗我两次，是我蠢。骗我三次，是我们两个又坏又蠢。你老公骗了你多少次？算术差点的人，简直算不清楚，反正比三次多。你老公是二过，三过，无数多过的人，怎么还能信？再信他，只能证明你不配过好日子，糟蹋了你的好品性。姑娘，你的好日子掌握在你手上，你自己要先醒，不能再上当了。今天算一算家当，明天周一，民政局一开门，就去把婚离了。十年后，你的日子一定是幸福的。

祝开心。

连岳

3

家务·财务

一个男人，一个被爱的人该有的样子

连岳：

求助，我开门见山。

我家基本情况：我和我老婆都是二婚，各有一个孩子。她女儿跟我们住，10岁。婚后我们生了一个儿子。

从小孩出生到现在一岁半，我们一直请保姆和丈母娘一起带。丈母娘身体不好，有慢性病，家又在外地，所以基本上是一个月丈母娘带三个星期，坐车回老家休息一个星期。这时我就叫我妈来帮忙。

矛盾是这样产生的：在我妈来我家期间，有天下班回家，姐姐说弟弟碰到头，哭了很久。我老婆问了下保姆，确认没事后，一家人就开始吃饭。在饭桌上，我妈突然就爆发了，声泪俱下地诉说她这么辛苦，姐姐还要告她的黑状，怪她没带好弟弟，挑拨我老婆和她吵架……又说她对我老婆的女儿掏心掏肺，结果还要被报复。

当时我心情很复杂，一方面，我妈70岁了，确实辛苦；另一方面，的确又有点小题大做。不过，还好我老婆一直克制，好言相劝叫我妈不要多心。

事后，我老婆说她觉得我妈心理有问题，但是她不会计较，希望不要再发生第二次。

可是，第二次很快又发生了。

这次我妈来的第二天，要求我们把新请的保姆换掉。我老婆不同意，我夹在中间为难，说话就冲了。结果一下就把我妈点爆了，她劈头盖脸、暴跳如雷地骂了我们好一顿，然后就走掉了。我老婆只好给单位请假在家带小孩，又把丈母娘从老家叫回来。

说实话，我也觉得我妈不对。平心而论，我老婆不错，对我妈一直很尊重，在家给她倒茶水、削水果。逢年过节，包括三八节母亲节，都买礼物送红包。我妈在医院做理疗，她下班了就去探望，周末送饭。算是很懂事了。

所以我妈抱怨说她为了我们累死累活，得不到回报。说我们靠不住，从没管过她……不是事实，我也觉得我老婆委屈，但那毕竟是我妈，我能怎么办！

我父亲去世得早，我妈带大我和弟弟不容易，她再婚后，和继父关系也不好，她确实受过很多苦。

现在的问题是，我老婆把我妈的微信删了，她明确表示以后和我妈保持距离，不愿意再过多交往。我要求她加回我妈的微信，她拒绝，这让我很恼火。

为什么她就不能为了我再包容一次呢？回到以前那种和谐亲密的状态。

一个左右为难的男人

* * *

一个左右为难的男人：

恭喜你娶到一个好老婆。从你的描述来看，她有礼有节，先礼后兵，不是不懂事的人，也不是怕事的人，有智慧，有勇气。这样的女人要珍惜，你没那么好的运气，在第三次婚姻中仍然能遇上这样的女人。你一直触碰她的原则和底线，她可能并不会害怕放弃你。

假如她再"包容"你妈妈一次，你妈妈就从此变好，我想，别说是聪明的她，换成任何一个人，都会选择"包容"。你也知道，再"包容"一次，就是永远忍受下去。而你妈妈是不会改的，她将一再寻衅滋事，无理由爆炸，让你老婆受委屈。

你妈妈一生受过很多苦，作为儿子，你同情她，没有抛弃她，你也是好样的。就是全天下都嫌弃她，你也有继续包容她的责任与义务。可以想见，你老婆与你妈妈保持距离之后，你妈妈将更加狂暴，这怒火只能发泄给你。这让你烦躁、害怕、痛苦，于是你希望老婆继续忍让，即“回到以前那种和谐亲密的状态”。其实，这只是让你老婆忍受烦躁、害怕与痛苦，换取你的轻松。爱一个人，心疼她，应尽量让她避免这种状态，她想继续“包容”，你都得制止。

很多家庭，都有一个黑洞型人物，或心理变态，或愚蠢偏执，或投机无度，这些无底的大黑暗，有本事吸走其他人的快乐、幸福与财富，是标准的和谐杀手。若处理不好与其的关系，整个家庭，甚至整个家族的沦陷，都是必然，可能会毁掉几代人。你妈妈就是黑洞型人物，有一点心理变态，再加上很多愚蠢偏执。你老婆坚定的物理隔绝法，是唯一正确的应对方法。

你定期去看看妈妈，照顾她的生活，承受她的抱怨与怒火，你就是她与你的小家庭之间的边界。你受多少委屈，小家庭就得到多少和谐与未来。你做这件事，完成双重责任，既是对你妈妈负责，也是对你老婆负责。别逃避，别转嫁，承担起来，这才是一个男人该有样子，这样的男人才值得爱。

祝开心。

连岳

为了升级，喝到挂瓶，这坏风气怎么破？

连叔：

您好！

现在是凌晨两点半，我正在医院，陪护喝醉酒的老公打点滴。看着他打着点滴呼呼大睡，我真是一股闷气油然而生。想给您写邮件梳理下现状，当然如能获得您的指点，更是感谢万分。

我的家在深圳，目前关内关外各一套七十平米左右的小房。我是985硕士，最近刚换工作，变得很忙，加班很多，受领导重视，进步也大。老公985本科，毕业直接进了国企，工作不忙，但是因为工作离家六十公里左右，不能天天回家。有一个五岁的宝宝，家里父母帮忙带孩子。我从八年前到深圳就一直没有归属感，如今愈发强烈。仔细想来原因应该有三个：

一、小孩身体不是太好，陆陆续续生小病，家里照顾小孩的担子主要落在父母身上。因为工作忙，每当看到自己的母亲那么累时，内心非常愧疚。

二、目前我们住在关内，为了小孩上小学，学位房买在关外，离我上班的地方开车一个半小时。地铁短期内不通。意味着将来如果我加班，就不能每天回家，小孩没有父母每天的陪伴，真的可以吗？

三、老公单位体制内，虽然很努力地工作，但是论资排辈，升级较慢。但为了这个所谓的升级，酒局必不可少，身体条件却不允许。这也就是此刻我陪他在医院的原因。

其实我和我老公的感情蛮好的，他是一个善良的人，家庭责任感很强，但是在生活琐事中，我对他越来越不满，怕长此以往，感情也慢慢淡了。

我想在35岁前离开深圳，去离家近的地方，父母能习惯文化气候的地方，能住得上大房子的地方，小孩能上好学位的地方，自己没那么累，没那么心烦的地方。

我是在逃避吗？也许是吧。其实以我对自己的了解，我真的不是抗压能力很强的人，但在深圳的浪潮中，我不由自主地被推着往前走，毕竟不比别人努力就落后了。

谢谢叔，好希望您能回复我。

一棵开花的树

*　*　*

一棵开花的树：

你们在深圳过得不错，为什么要离开？一家三代团聚，年纪轻轻有两套房子。

现在的问题都是暂时的。孩子身体不好。会好起来的。现在不通地铁。迟早会通的。就算没法每天陪孩子，一周有那么几天见不着，父母就是失职？就会伤害孩子？不至于，孩子没那么脆弱，人也不能那么脆弱。在一起时认真陪伴就行了。陪伴并不意味着必须每天见面，偶尔分离是可以的。

再说了，孩子的父亲在国企工作，不忙，他可以更多地承担陪伴孩子的责任。对了，你刚说过，他为了升级，得在不少酒局里拼，喝到挂瓶，空闲时间也不多。确实像为某种潮流裹挟，不由自主。

酒，自古以来，无论中西，从来都是社交融合剂，这点不必否认。会喝一点酒的人，比起不会喝酒的，有那么一点优势。但这优势可有可无，事情做得好更重要。只会喝酒，那是酒蒙子，在哪里都没有前途。你老公多挂几次瓶，在单位就能赢得酒蒙子的名声。其实原来风气不好时，也很少劝酒劝到人挂瓶，那也扫兴。更别说现在风气好很多，国企也受八项规定限制，酒喝得少了。

像你老公单位这样依旧狂喝滥饮的，肯定还有，但它不是潮流了，只是偷偷摸摸的反潮流。把他必须喝酒，以至于不能陪伴孩子，甚至损害身体，当成是潮流所害，那是对社会不公平的指控。他真顺应潮流与价值，每天下班就应该回家陪孩子，父母可以轻松一点，孩子可以幸福一点，你的焦虑也少一点。

或许，他所处的这家国企是个特例，不拼酒就是难升级。那就不升吧，都有两套房子了，怕什么呢？一点维护自己价值观的勇气都没有，膝盖太软，只会下跪，走到哪里，在中国的任何一座城市与乡村，你都会觉得潮流很坏，裹挟着你。你无法责怪坏潮流，因为你本身就是坏潮流的一分子。

这个时代，深圳这座城市，待你们不薄。收起抱怨，常怀感恩，修正自己，这是一个受益者应有的修养。

祝开心。

连岳

供职互联网大厂，
未婚夫阻挠买房怎么办？

连叔：

你好！

我和男友今天因为买房的事闹得很不愉快。我俩都在深圳某互联网大厂工作，经朋友介绍认识，准备明年结婚，所以最近开始规划买房的事。由于之前投资理念落后，深圳几次“上车”的机会都没去抓，等到开始研究房子时，公司附近已经没有我们能买得起的婚房了。所以我们的打算是，男友买一套离公司较远但地铁直达的低总价三房，我买一套市区小户型学位房，即能兼顾自住，又有学位可用，还没浪费两张房票。将来把两套房都租出去，在学校附近租个全家能住的两房或三房也是可以的。

一开始我俩对这个计划都是认可的，但是就在他买完房后，他就对我买房的事不太乐意了。直到这两天我看中了一套市区待拆迁的名校学位房，我俩之间的矛盾爆发了：

他说我不为家庭着想。我说这样才是家庭利益的最大化。

他说我买房会花光两人的积蓄留不了一点闲钱。我说我用自己的钱买,不够的问朋友借,不动他的闲钱。

他说我们理念不合。我说我觉得股市不靠谱,你觉得楼市要崩,确实不合。

他说我俩都买房的话压力太大。我说以我俩的月收入供房没问题,而且我买的小房还可以出租抵部分月供。另外我俩每年还都有年终奖,即使工资全用来月供,年终奖也够生活,再不济三年限售期后我卖房。

他说我看上的那房子卖不出去。我说核心地段刚需名校小户型,怎么可能卖不出去。

他说为什么在他即将换工作的时候买房。我说没有刻意挑时间只是刚好元旦有空看房。

他说这婚不用结了自己过吧。我说你想清楚我明天再问你一次,他说已经想清楚了。

以上就是我俩的对话,之后我就很难受,想不通,睡不着,不知道怎么办。其实买房子对我来说也很有压力,毕竟要花出去自己全部存款,可能还要借一点钱,每月还要上交工资的很大一部分,原本无忧无虑的生活一下子没有了。但是又觉得如果现在不买，婚后再买算家庭第二套，首付变七成，利率也上涨，房子也比现在贵，更难买了。再一想又觉得他的担心也不是没道理，对于一个家庭来说一套三房也够用了，婚后生娃养娃养老人，都会有很大开销，而且过两年又到了担心被辞退的年纪，留足够的钱在手里备用确实更能抗风险，再买一套可能是有点贪心和自私了。

我觉得他今天说的有很多气话，所以并没有很生气，我在他职业压力最大的时候提买房，肯定会增加他的焦虑。而且他有考虑到很多未来的风险，也是因为觉得有照顾好家庭的责任。但是这个矛盾我确实不知道怎么解决，我准备过两天他冷静后再看看他是什么态度。请问连叔有什么建议吗？求指点迷津。

一只迷茫的羊

* * *

一只迷茫的羊：

这次争吵是好事。经过这次争吵，我觉得你买房的理由更充分了。

你原来的理由也很充分。你是理解了房产的人，又有幸处在深圳这样有房产投资价值的地方，仅凭这种理解，资产就能领先别人一个段位。理解了没钱，有时也是干着急，你又理解又有钱，自然是一个“买”字。实在是看不出有什么需要剧烈争吵的地方。

男友竟然与你剧烈争吵。暴露了三不对：一是违约，本来你买房也是双方同意的；二是对投资房产的无知。他连房产投资的逻辑都理解不了，也理解不了好股票；三是情绪容易失控，喜欢放狠话。我之所以说这次争吵是好事，就是因为把他这些弱点暴露出来了。

知道了这些弱点是不是得放弃他，不结婚了？也不是，毕竟他在婚前还愿意买房子，这点已经赢过中国很多男人。有能力买房却不愿意为家庭买房的男人，是不能嫁的，这点其实应该写进婚姻法。还好，他不是这种人。

这次争吵，也让你要做好两点，将来你们婚姻的幸福概率才大。一是你财商高，在重大投资中你得主导，至少得掌控自己的钱，不能由他说了算，否则，极可能败在他炒股或创业。二是得容忍他不是那么好的脾气。

这次争吵，以后在婚姻中将一再重现，这也是年轻人普遍的婚姻挑战，直到十年之后，火气少，温润足，婚姻才会进入更好的阶段。这是一个挑战过程，两个人都刚，针尖对麦芒，这过程就走不好，甚至走不完。要做好这两点，你还真得在婚前按计划把自己的房子买了，向他传递两个信号：一是我认定的事情我会坚定执行，尤其是在投资上；二是不会跟你的气话计较。

你买了房子，有两个结果：一是他真不想结婚了，那就不结吧，这证明他是不值得与之结婚的傻子；二是他愿意如约结婚，那就结，这证明你能掌控局势，他情绪化的损害可控。将来婚姻中他放狠话，若是住在他的房子里，不舒服就难排解。而若你有自己的婚前房产，底气十足，大可当他放屁。你自己这套房子，不仅利于婚姻的进化，也是你的安全保障。

祝开心。

连岳

被"炒股理财"骗光四年积蓄，承受不了怎么办？

连叔：

每天阅读你的公众号，已成为我的习惯，从中学到了很多。对人生，工作，生活的感悟，都得到了丰富。

可是最近我遇到了很大的挫折，我最近半个月被骗了三十二万五，是我全部的积蓄二十七万五，还有五万借款。我由于太相信陌生人加了QQ群，在其指定的手机软件上买卖股票，前面赚了一些，陆续投入全部身家还有五万借款，昨天软件登录不上了，我才意识到被骗。报警，说追回来的可能性几乎没有。我一下子崩溃，绝望了，想死的心都有了。可是不能死，有两个小孩还未成年，大的9岁，小的6岁，不舍得他们，可是又很绝望，脑子很乱，这两天想起来就哭。

我介绍下我的情况，我和我老公都是农村出来的，我们在上海工作，收入一般，省吃俭用，很节约。两个小孩一直留守老家，

2016年我们在青岛靠自己买了套房子。今年十一回家，发现大的读三年级学习成绩下降，我自己很焦虑，想改变目前的状况。我一直都很谨慎，存款只放银行的。我原本想着投资赚些，再加上积蓄，明年可以考虑置换到上海，这样假期两个小孩可以接到身边，我才有了投资股票的想法。没想到被骗了，本金都没了，还有五万负债，我整个人接受不了。我瞒着老公做的这些，我和他交流不多，他平时嫌弃我收入低，我擅自投入了，我原本是希望增加家庭收入。我头脑简单，经历得很少。这一切都是我造成的，连累了整个家庭，他现在知道了，也很生气心疼，因为钱是我俩一点点积攒的。这三十多万几乎是我们四年的积蓄，简直是要了我的命了。

目前的我很绝望，从来没遭受过这么大的损失，想一死了之，可是又考虑到两个小孩，如果那样，我就是个很不负责的妈妈。可是我承受不了了，不知道该怎么办？请连叔指点，谢谢！

Zong

* * *

Zong：

这事当然是你做错了，你每天看我的公众号，我多次说到防止上这些当。我估计当地的派出所也做了大量防诈骗的宣传。

你踩的坑是最老套的骗局。你有想死的心，警察可能也有：我们不是白忙了吗？

还好，损失不算大，就是欠了五万借款。若是你胆再肥一点，借了五十万，那真要卖房子还债了。这五万，按你们的积蓄能力，半年多可以还清。痛得很，但是可以复原。以后再也不上当，日子还是能过得好的。就像你们现在，除了供青岛的房子，每年还能存近七万块钱。按这样的速度再存几年，以后把青岛的房子置换到上海，这就是和平发展时代普通人最稳健的、最可操作的财富进阶之路。这条路并不需要一个人多有本事，多聪明，节俭、本分、诚实即可。

节俭你做到了，但缺陷是不够诚实。你描述上当的过程，着眼点还在自己是为了爱孩子，是为了早买上海的房子，是为了家庭好。这些怎么是你被骗的原因呢？难道坏人才有被骗的资格？如果是那样，就让他们黑吃黑，狗咬狗好了。被骗的人当中，多数是好人，而且是像你一样节俭的好人，被骗光了也像你一样自我感动：我都是为了家人好！家人责怪几句，就说“我去死好了”——还把家人吓得半死。这都是不诚实的体现。你诚实一点，就该承认被骗只要是因为自己愚蠢的贪婪，骗子的责任相对是小的，毕竟，他们用的骗术太老套了。只要你有愚蠢的贪婪，无论你是好人坏人，也不管你节俭或浪费，都要被骗子收割的，一次又一次，永无宁日。

只要你诚实起来，戒除愚蠢的贪婪，一个节俭的有工作的人，日子很快会好起来。现在刚好是学会诚实的好机会。诚实包括直面自己闯的祸，不是用各种办法美化它，逃避它。被骗了钱，那就多打一份工，尽快把这钱挣回来，这才是诚实的做法。这时候说"我承受不了，我想一死了之"，这也是欺骗。因为你一死了不了之，你所谓承受不了的事，不过扔给老公和孩子去承受。他们原来只要承受三十多万，变成要承受"三十多万+以死逃避的老婆（母亲）"。你给他们造成的伤害，比任何骗子都大，难道他们也要一死了之吗？

有什么承受不了的？你必须承受。被骗走的钱，警察很难找回来，连叔也给不了你，只能你自己一分分挣回来，没有别的路。被骗了，有这种痛感的惩罚，应该的；不然你就学不会诚实，还会被骗。

祝开心。

连岳

女人年薪百万却没有房子？

连叔：

你好！

前两天看到“一只迷茫的羊”关于未婚夫阻挠买房的提问，心中五味杂陈，挺难过的。

我跟我老公也为买房的事情吵架，我还为到底什么时候要孩子而心急如焚。

我的收入是他收入的十倍以上，我年薪有一百多万，他十来万。第一次买房买在另外一个城市，没有任何经验，我出七成他出三成，买了公寓出租，现在房贷是我在还。他觉得第一次的决定错得离谱，所以之后理财的决定要谨慎！

我们生活在广州，现在我手上有两百多万现金。这些钱都是我的收入，我下决心今年年底要买一套房子自住。但他总说要再等等，要看房两百套，不能被忽悠，要梳理财务状况。而且贷款买房很危险，要是还不上贷呢？我们现在租房的居住环境还不错，他觉得买房只能买去稍远一点的位置，没有现在的生活那么便利。

我们因为这件事情吵了很多次，最后我的决心也越来越动摇。

说实话，我看重我们的婚姻，这也是我摇摆的原因。我希望可以照顾他的意见和情绪，但我很想要有一个自己的住处，按自己的心愿布置房子，而且这份钱是花在房产上保值增值，还有学位挂钩。看房一直是我一个人在执行，要说很多好话才会邀请到他陪我去看个一两趟。

我们之前打算先别那么快生孩子，但去年意外怀孕了，他觉得自己没有做好准备，他想要先实现自己的价值。这点我理解，于是我放弃了那个生命。之后心情很沉重，觉得自己做了一个违心的选择，愧疚了很久，也对他不能在关键时刻负担起当爸爸的责任而充满怨气。

现在半年过去了，我们因为买房和什么时候生孩子这两件事情时不时闹得不开心。我有时候怀疑自己是不是在这个人面前，失去了掌握自己命运的权利，我到底是在努力经营婚姻，还是一味自我牺牲？我不知道书里教的那些经营婚姻的修身之道我是不是走偏了？

他觉得自己想法超前，买房是借债，要等财务自由才买，生孩子要等他实现自我（这点我尊重，但他33岁，我31岁，没有几年合适的生育年龄了）。他的确坚持定投一些标的，定投的钱基本都是我的，现在收益很不错。他认为这种投资方式优于房产，还希望我可以增加投入更多，可我只想先买房。

前两天听课听到伍尔芙的《一间自己的房间》，很有感触，我好想不参考他的意见直接买一套房！我之前生气的时候也说过这样的话，我说："你不参与进来，我就自己买了。"他斩钉截铁地说："如果是这样，那就别一起过了。"

现在广州的房价在一路狂飙，因为他的原因我一直也拖着下不了决心。我很难说服他，一聊到这些就会吵架，我很想自己去把房买了。连叔，年薪百万买刚需房，需要战战兢兢地任由老公阻挠吗？我现在应该怎么做呢？我该不该自己去买呢？如果他一直不想生孩子，我却想做母亲，我是不是应该选择离婚呢？

看到"一只迷茫的羊"得到连叔的回复，觉得她好幸运，希望也能得到连叔的回复。

也谢谢你给我们提供这个邮箱，虽然极有可能收不到你的回信，但是谢谢你让我们在这里倾诉。

祝好！

Guess

* * *

Guess：

你老公何时才能财务自由，实现自我？

财务自由的人，或者财务向好的人，两个特征少不了，一是乐观主义，二是具有行动力。乐观主义才能从风险中看到机遇，又用行动力把机遇变成有利的现实。

他这样老婆年收入百万，都担心还不起房贷的悲观主义者，刚好相反，在一切机遇里看到风险。他又只说不做，看房两百套有什么难的？几个月就看得完。

顺便说一声，你其实不必看这么多，一座城市再大，好地段、好楼盘就那么有限的一些，象征性地看看就行，一个星期就解决问题，尤其是年薪百万级别的人，选择余地比一般人大得多。说回你老公，这个33岁年薪十来万的、悲观的、没有行动力的人，他不可能有财务自由，保住现在水平不下滑都有难度。等他财务自由再有房子，那就一生没有房子。

他有没有可能实现自我价值呢？一个不愿意给老婆一间房子的男人，能实现什么价值？况且老婆自己买得起房子，被他阻挠掉了。最爱他的女人，他都要给她制造痛苦与不安全感。这样的男人缺乏怜悯与爱，人性都欠费，理解得了什么好的价值？这样毁灭价值的人不可能实现美好价值。等他自我实现价值才有孩子，这点我倒是不反对。只是孩子摊上这样的父亲，也太倒霉了，投胎别家更好。

你没房子，没孩子，主要责任倒不在他，因为他是一个那么明显的笨蛋。一个责怪笨蛋阻挠了自己实现目标的人，当然比这个笨蛋更笨。这个更笨的笨蛋就是你，年薪百万的女人。世界已经对你这么好，让你凭一己之力可以随便买房子，你却说“奴家的男人不让奴家买房子”，除了“活该”两个字，我还能说什么？

你今天就承担起一家之主的责任，对他说：“我决定买房子了，这不是讨论，是知会。你想要离婚，这就去办手续，办完我好买房子。”如果他服软，你就带他继续过，虽然这套房子以后离婚他要分一半。但你是年薪百万的人，收入是他的十倍，你们家的天是你顶的，软饭多的是，不怕他变心这种风险。不过，你们两个笨蛋最好不要分开，太般配了。

祝开心。

连岳

明知房子会贬值，买不买？

几天前，有位朋友的留言很有代表性：

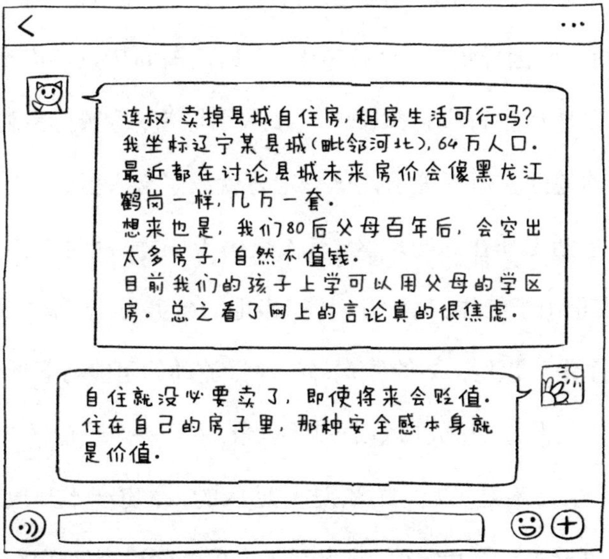

中国的房子现在分成两类：一是升值的，一是贬值的。

处于经济与人口增长地区的住宅，是升值的。这类房子不只局限于一二线的热点城市，即使县城级别的城市，符合这两个条件，住宅也会升值。这些数字都不是秘密，政府都会公布，你在政府网站或新闻查得到。当然，这些地方的房子，也不是所有的都值钱，大多数公寓、商铺、写字楼、配比过高的车位，也会让人亏本。买房之前，还是要做功课的，如果你连公寓与住宅的区别都搞不清楚，也不愿意去搞清楚，冲动起来一通瞎买，想不亏本也难。钱多的人无所谓，钱少就伤筋动骨了。

人口减少，经济萎缩的地区，所有房子一定是贬值的。这是规律，两个原因导致，一是城市化，人口逐渐向热点城市聚集，二是经济发达后生育率自然下降。多数小城市、县城与乡村，都属于这样的地区。但不等于说这些地方就成了无人区，不美了。总有些人生活工作在这些地区，有人是由于偏好，就是不喜欢大城市，有人是由于工作，离不开，比如当地的公务员、老师。还有，一个人到了中年以后，成家生子，有了根，流动的可能与意愿大幅下降。中国如此辽阔，人口基数如此巨量，在“房产贬值区”的人口绝对数，永远不是小数字。在这些地区的人，房产不升值就一套自住房也不买？那我觉得，这走到了为投资而投资的误区。

投资是为了什么？第一目标肯定是为了家人更幸福。自己家有一套房子住，连小朋友也更开心，这是人的本能。在人类历史上，是先有房子，过了很久，才有房产交易。一直到我们的父辈，绝大多数人努力一辈子盖几间房子，也是不交易的。房子更本质的价值，长期以来，不是它升值了多少，而是它代表着家庭、安全、温暖、责任感、尊重与社会地位。所以，一些必须买的东西，不能由于"它会贬值"，就不买了。绝大多数东西，买了就开始贬值，食物、美酒、鲜花、汽车，为什么买？因为让自己爱的人开心。这个道理放到房子上，为什么就理解不了？

事实上，大多数人对房产是没什么研究，没多少深刻体会的，无论在"房产升值区"还是在"房产贬值区"，那些把家庭经营得富足而幸福的普通人，都是抓住了更本质的需求——"我的家人需要一套自己的房子"。在"房产升值区"的人因此发现房产的投资价值，后来有了更多的购买，在"房产贬值区"的人即使没有升值，但为家庭创造的精神价值却不输给任何一套升值了几十倍的房子。而那些天天算计房子何时会贬值的，冷酷地忽视家人本质需求的人，无论在任何地方，都还可能是无房户，既没收获房产的升值，也无家庭幸福可言。人的一生，价值高低，更多与你的观念有关。经济实力如何，身处何地，倒是次要的。

想开一点，想长远一点，人这一生，连身体与性命都是在贬值的，最后归零。在这短短的一段时空，我们的主要目的是为了配得上爱自己的人，是为了让爱自己的人过得幸福，这个目的统摄所有投资。为了实现这个目的，有些投资似乎会亏本，比如买一套自住房，也得坚定地做。

致一位想悔改的赌徒：过几年人下人的低配生活

连叔：

您好！

我活下来了，又好像活不下去了，但是我想活着！

我是农村出来的，但打小就搬去县城里住了，没吃过什么苦。大专学历，今年就30岁了。如果2014年没有选择离职，我或许跟那些还留在国企当工人的同学一样，大富大贵谈不上，起码在佛山安居乐业了吧。不过我也清楚，我肯定还是会离开，因为我一直都不想过低配生活，一直想成为别人口中有钱的人上人。殊不知自己的认知和能力，跟所追求的完全匹配不上，以至于现在，我依然只是个巨婴。

其实从国企里出来不到一年，因为受不了外面社会的毒打，2015年我就选择了回头，去了另一家待遇稍差一点的国企干老本行。其实不追求什么的话，待遇也还行。然而由于一些所谓的派系斗争，很多升职的机会都与我无关，以至于2018年我又给自己找理由开溜了："我都忍气吞声一年多了，还要我怎么做，那个机会才能轮到我？"我又离职了。这期间，我犯了人生的第一次重大错误，沾染上了网络赌博。离职的时候，我已经有二十六万的负债了。当时的我肯定知道那是不对的，但是我还是去做了，我肯定知道会有套路，但是我没能控制住对金钱的欲望，被套得死死的。所以事情发生以后我后悔啊，流着真诚的眼泪向我哥求助，而我却没有向他完全坦白，我说只有十六万。我哥把他所有的积蓄给我，而我却欺骗他窟窿都填满了。事实上，窟窿的边缘一点都不扎实，随时可以再塌一次，我却浑然不觉。

终于，2020年这个疫情之年，在多重压力之下，我竟然再一次想通过赌博来翻身，犯了人生的第二次重大错误。这一次，负债变成五十六万了。我不知道当时怎么就控制不住，红了眼停不下来。等停下来以后，我第一想到的就是结束自己的生命，我接受不了这样的自己，我也无颜再面对家人和亲戚朋友。但是上到二十几楼的楼顶的时候，总觉得是不是得向谁交代些什么，于是就通知了我女朋友和我哥。在他们的劝说下，我没往下跳。好吧，我承认，我就是怕死。

接下来的半年，我来到了深圳，也换了新工作成了一名销售。

这半年，其实是我过得最轻松但也最痛苦的半年。轻松是因为我从未活得这么真实，当所有人知道我的事以后，我竟如释重负，终于再也不用去伪装什么了。痛苦是因为我要面对催收，然后有些催债的电话又转移到我的家人和女朋友那去了。我心里愧疚却又无能为力，家人也在压力之下对我说了有史以来最重的话，女朋友也终于说出一句“挨不下去了”。因为对家人的愧疚，我都不敢跟家人多说一句话，我也不知道该说什么才好。女朋友还在，我就把她当救命稻草，完全没在乎过她的感受，所以她成了我这半年里的情绪垃圾桶。在她终于说出要离开的那一天，我又说出不想活这种话来要挟，又爬上了上次那栋楼，然后又在一通通电话一条条短信中走下了楼梯。本来大家的生活就因为我变得够糟的了，我还让他们一次一次地失望，自那天以后，我决定再也不说要死这种话了。

我努力工作，终于到了第七个月，收入过万。这个销售工作是属于累积型的，谈一个客户，只要每个月都有合作，就每个月都有相应的提成。所以2021年再努努力，多开些客户，保持月收入过万，争取月入两万也是有可能的。但是最近又开始收到各个银行和网贷平台的短信说要起诉我，我的心态一下子又要崩了，不知道自己还有没有机会重新开始。我跟那些平台的人解释过很多次,会还,也在努力提升收入争取多还一点;但是每个平台都只有一句话:还钱。我说的停息挂账,没有一个平台接受。尽管我爸说过让我去死,我哥也说我是一个恶魔,但他们心里是想帮我的,我都知道的,事实上他们也已经帮了我不少。我不敢再主动要求他们帮我了,我怕说了,就真的失去他们了。

真的挺痛苦的!连叔!这两次同样的重大错误,我可能要花四五年才能有所好转。父母年过半百,为我操碎了心;我甚至还影响了我哥的人生轨迹,他本该在前两年就买房结婚生娃的。唉!我不想连累家人,但是我又想重新开始,想他们能帮我,所以事实就是我已经连累到他们了。两次想自杀,其实也是想着"人死债消"的,但是我又不想死,我想活着。

我的人生难题在等着去解决,我也知道要用行动让家人们再次相信我是件很难的事。我觉得这件事的发生跟我很多方面的认知存在盲区有很大关系,所以我没有能力处理好,人生也是一塌糊涂。

所以希望连叔可以给予一些意见,不胜感激!

盼复～

YCL

* * *

YCL：

当然要活着。你的债四五年可以还完的，甚至可能快一点。到时你35岁左右，还年轻，人生还有大把机会。

你的内心还是希望家人替你一把还清，让你迅速重新开始。这个心思有毒。赌徒之所以戒不了赌，往往就是因为有人替他买单。赌博的刺激他自己得了，还债的痛苦别人承担，他一定会越玩越疯，直到把买单的人玩死为止。你很聪明，非常善于利用人性的弱点。你脸皮也厚，会演戏，装真诚，扮痛苦，七分真，三分假。又聪明脸皮又厚，这次你想再坑一把家人，还是能成功的。成功之后的大失败剧本早就写好了，你会再玩一把大的，大到把家人的人生彻底毁掉。你不死，父母与哥哥可能都得去死。所以，要把毒心思彻底掐死，你才能成为新人，你以后才有机会弥补对家人的伤害。

建议你接下来抱着一个简单的信条生活：我一定要凭自己的能力还完债务。过程当然苦，被债主骂，被别人嫌，完全是一个标准的人下人。承受这个毒打，才叫赎罪，才算真诚，才能成长。

你要按一个人下人的低配过日子：

一、不要死，死只会让家人永远蒙羞，再无洗刷的可能。你要像狗一样活下去，像流浪狗一样，像癞皮狗一样。活着，像老鼠蟑螂一样活着。你要活得久一点，用变好后的你抚慰你曾经伤害过的人。

二、如果没有与女友分手，赶紧彻底分。分了就不要打扰她。你配不上她，让她更好地生活。也不要打扰任何一个姑娘，你配不上她们。

三、除了表达自己改正的决心以外，不要打扰父亲与哥哥，及一切家人。你努力半年一年，他们就会忍不住想帮你还债。到时你不能接受，告诉他们，若不是每一分钱都自己还完，赌瘾戒不掉。

四、不要动不动伤自尊，心态崩。要有自知之明，你现在是所有人心中的下贱之人，谁给你自尊？谁管你的心态？这些高贵的、正常人才能拥有的待遇，你现在配不上，你还需要很长的时间一点点挣回来。

五、认真工作，感激你的每一位雇主，善待你的每一个客户。工作越认真，悲伤越少，恢复得越快。你的耻辱，要用工作的泪水与汗水洗掉，流得越多，洗得越干净。

祝开心。

连岳

你这么爱孩子，不要放弃他

连叔：

您好，先给您拜个晚年。

经常从连叔这里寻找生活智慧，收获颇多。我坐标广州，夫妻俩都是外地人，本地政府机构工作。从除夕得知老婆怀了二胎，一家人就纠结起来。我35岁，老婆34岁，之前2014年自然怀孕一次，但是六个月时因为宫颈机能不全流产。后又因输卵管堵塞求子五年才得。现有一个一岁十个月的可爱健康男孩。孩子来之不易，做了三次人授两次试管才得到。其中老婆艰辛取卵吃药打针无数。生下来才三斤多，立刻住了保温箱。还好一路精心照顾，正常长大了。

说回我们目前纠结之处，我开始是不想要。因为只要一个，经济上、大人的精力上都好。老婆开始很想要，并不是想要二胎，而是心里有对第一个失去的小孩的愧疚；以及自己吃药打针求医受了太多辛苦，现在老天送来一个宝宝，不要，心理上过不去。而且从身体上来说，如果这一胎不要，后面基本也不可能再要了。后来去医院检查，医生说怀这一胎是幸运至极。但老婆是天生双子宫，中央前置胎盘，容易后期大出血，风险会比普通孕妇大得多；而且宝宝可能因子宫小，发育受限，偏瘦小。于是我们开始了反复纠结，生的话怕大人有风险，宝宝不健康。另外家里只有一个老人能帮忙带。家庭年收入三十五万，没有积蓄，房贷负担又重，加上投资佛山房产失败，目前亏钱严重。加上大宝也还小，这时候时机不那么合适。不生的话心里难受，另外我们只有一次二胎机会，老婆后面基本没有概率再怀，放弃的话以后就没有了。怕后面会后悔没有生，也怕失独。

很纠结，给连叔说了这么多都语无伦次了。每天晚上都睡不好，每天被相反的两个念头反复横跳折磨，一会儿想要一会儿不想要。老婆前天还想要，现在打算不要了，说怕身体吃不消，已经约了3月的计划生育门诊。

可能是我想要的太多，又瞻前顾后，心里也反复推翻好几次。有时白天不想要，觉得养好一个就好了；晚上睡觉时细想又觉得来了就是缘分，这么小概率的幸运来了，不要多可惜。两个孩子也一起有个伴。还有就是老婆的心情，生与不生，我能做些什么去帮助她呢？之前我想一胎主要是考虑了客观经济和人力上的问题，后来我觉得这不是最重要的问题，客观条件是会不断变化的。现在老婆做任何决定，我百分百支持她，但是不想她因为客观条件受限留下遗憾。

一个35岁苦恼男求助

* * *

一个35岁的苦恼男：

无论生几个，妈妈的安全始终是放第一位的，这点毋庸置疑。还好，这点可以靠医生，你们也经历过，自己也算是半个专家。在这个前提之下，我的意见是，还是要了这个孩子，因为你们那么爱孩子。

试想一下，如果现在你们怀的是第一个孩子，你们的心情只有一个：欣喜若狂。怎么可能会想到放弃他？一切让你辗转不安，左右为难的因素都不是阻力。为什么他等你们更有经验之后，第二个来到，就要放弃他呢？不是应该感谢他吗？

在城市里，尤其是广州这样的一线城市，财富间的等级非常之宽。无论多富的人，上面总有更富的人。这既是机会的展示，也是压力的来源。人很容易把成功与生活的标准提得很高，觉得最富贵的那个阶层过的，才是真的生活。完全没有必要，有自己的房子，有一份工作之后，收入与幸福就不再呈正比关系。爱，责任感，陪伴，才是真的生活的最重要构成要素。而这些，你们都做得到，做得好。抚养孩子，不是金钱上无尽的军备竞赛，并非砸钱就能赢得一切。所以工薪阶层的父母，不必过于焦虑，只要你爱孩子，好好陪他，多聊聊天，人生的黄金原则，人间的天理，就那么几条。将它们变成孩子的底层结构，从不动摇，他的人生将是美好的。我们的父母，他们就是这样抚育我们的，他们当时有几个钱？饭可能都吃不饱，面临的风险与压力，比我们现在大得多。纵向和他们比，就会发现，现在这些压力，都不叫压力。

你们还有一个优势，就是在政府机构工作。中国的生育政策、生育文化将由抑制变成鼓励，对生育更友好的软硬件建设，都将加速。这极可能首先体现在政府雇员上，起一个示范作用。你们生第二个孩子，会增加一些支出与劳动，但我想，这负担是可承受的，也会随着收入的增长逐渐变轻的。家里有两（多）个孩子，年龄差距不大，他们结伴游戏，不缠着大人，有时反而比只有一个孩子更轻松。就像我们小时候，都是兄弟姐妹一起玩。

前几天，我还在劝一位爱孩子但由于自身原因无法生育的好朋友，尽快去收养一个孩子。理由也只有简单的一条：你那么爱孩子，而且是那种非得通过抚养的方式爱孩子的人，那就不要犹豫，把收养列入计划，尽快实施。这对你，对那个将被收养的孩子，都是好事。人与人最美好的关系，是由爱连接在一起的。血缘很重要，但要看得破。大家三观正，血缘锦上添花，凝聚力强，效率高。但如果有人观念出问题，无情无义，无底限，迷信于血缘，无法切割，整个家庭就会被团灭。我的意思是，这个世界上，那些想用抚育孩子的方式爱孩子的人，都应该有孩子，不能生也不是障碍。不过，像你这样自己能生的，当然更好。

祝开心。

连岳

年轻人想发财是对的，但少打父母的主意

连叔：

你好！

我今年38岁，坐标长三角二线城市，离异，11岁的女儿跟我。离婚过程暂不赘述，总之心痛过、彷徨过，午夜梦回泪流满面过。痛苦的同时，我深深明白，爱过，体面地分手是成年人应有的姿态。好在前夫良心尚在，把我们共同的房子留给我和女儿。

我是本地人，前夫虽也是本地人，但来自离异家庭。女儿从出生到现在，都是我父母在帮忙带。十一年来，他们尽心尽意照顾外孙女，经济上也全力贴补我们，并且体谅前夫家庭情况，从不抱怨。离婚这个结局对我父母而言，也是他们最不愿意看到的，但是在我最难受的时候，他们依然支持我，给我力量。这种情况下，我暗下决心，余生，一心带好女儿，孝敬父母。

言归正传，眼前遇到一点小困惑，希望连叔指点。今年年底，

单位即将搬迁至新城，也是这座城市房价涨幅最大的地区。前几天，和同学聊天，同学劝我，如果想换房地区的房价涨幅大于现在居住地房价涨幅的，应该早换。因此我动了把父母的房子换到单位附近的心思。原因如下：一、女儿还有七年就上大学了，那个时候父母老了，如果他们能换在我单位附近，我中午晚上都能去照应；二、父母名下的另一套房产升值空间越来越有限（早些年因为他们手上有些积蓄，在我的建议下买了房），我想出售两套后重新组合最优化。看了一下打算换的小区，小区品质比现在的强一些，面积稍大的情况下大概会需要增加二百万。经过测算，一百万贷款（经济可以承受），另一百万可以用卖房款，完全在能力范围内，也可以操作。

提出这个想法后，父母都不同意。原因如下：爸爸反对的原因是，他们另一套房子要留给我女儿将来留学读书之类，并且提醒我往后孩子开销上只能指望我了；妈妈反对的原因是买房卖房太折腾。妈妈比较好说服，爸爸的原因我很了解，他儿女心重。如果我说要给女儿换学区房，他可能思考都不思考就立马愿意卖掉现在的房子。

有人可能会问，你和前夫的那套房子呢？那套房子是我和他奔着对未来美好生活的向往置换的新房，谁知房还未交付，却已物是人非。目前，不想碰也不想住（自己已经和女儿在学校门口租房）。我想等女儿18岁，过户给她亦可用于留学，但现在国内发展也很好，留学也不是必选之路。只是觉得未来换房成本越来越高，父母年纪越来越大，假如父母靠近我单位，每天都能回去探视和陪伴，多好。也许一叶障目了，连叔，你会觉得我很自私吗？这是第一次和父母提，如果我努力说服他们不知道可行否，还是应该尊重他们的想法？盼回复。

一位能力有限但想孝敬父母的女儿

* * *

一位能力有限但想孝敬父母的女儿：

恭喜你，有好父母。情感上支持你，经济上援助你，帮你带孩子，还把外孙女将来留学的花销都准备好了。这样有情有义有力有钱的父母，世上不多，遇上他们，人生少掉太多烦恼。你当然应该孝敬，不仅应该想，更应该做，而且必须做好。父母慈爱，则子女必须孝敬，这是神圣的契约。

你的父母，是最容易孝敬的。他们缺什么？什么也不缺。他们钱或许不算很多，但长三角二线城市的两套房子，也一点不少。他们需要的孝敬，就是你把孩子培养好，把自己的工作生活经营好，多陪陪他们，主要是情感依赖与支持。做这些，你能力足够，马上可做,住得远近不是障碍,况且同一座城市,能有多远?

你想说服他们置换房产,即使升值是百分百确定的事,他们不同意,你也应该马上放弃。因为你该意识到,他们对现有的旧房子有情感依赖,包括房子周边的社区、环境、圈子,都有记忆,血肉相连。这个置换,赚了钱,但增加父母的伤感,算算总账,未必划算。再说了,在同一座城市置换,哪有百分百必赚的事?几年河东,几年河西,你一置换完,过几年,父母现在的旧房子涨得更多,白忙一场,徒增烦恼。你自己的房子不愿碰,因为碰了伤心。推己及人,应该很容易理解父母不愿意置换他们的房子。旧房子也寄托了他们的情感,换了会伤心。

其实,你自己那套不愿碰不想住的房子,在我看来,才应该尽快置换掉,换成你喜欢的新房子。刚好把过去的"晦气"也换掉,神清气爽,还有新房子住,为什么不呢?

孝敬,家庭和睦,幸福的关系,往往不是靠物质,主要是靠理念与思维方式。富裕的家庭,计较、算计、自我中心,那也会鸡飞狗跳,人人烦躁,如坐针毡。而有边界感,各自努力负责,互相体谅的家庭,总是令人如沐春风;再加上物质上富足,那不就是人间小天堂吗?这小天堂需要我们去建设、去维护,所谓孝敬,就是多站在父母的角度考虑问题。他们老了,恋旧、怀旧、厌恶风险、在物质与情感上需要更多安全感，这是正当的，合理的，甚至是值得鼓励的。老年人投资激进、喜欢冒险，那才是很可怕的事。一项投资，若引发父母的忧虑、怀疑、不安，那就不是好投资，即为不孝敬。

年轻人想发财可以，也应该有这追求，但自己努力吧，少打父母的主意，让他们安度晚年，这才是真正的孝敬。你有本事，靠自己一定能发财的。

祝开心。

连岳

拥有两千万现金的互联网女工，人生之路怎么走？

连叔：

您好！

我是一名互联网女工，硕士毕业后进入一家知名互联网公司，已工作了十余年，职业发展中规中矩，绩效考评一直处于中等。由于互联网行业的工作强度比较大，在孩子较小的时候我还能勉强应付，孩子上小学之后，需要家长倾注的心力会更多，加上孩子的成绩在班中处于中游，作为家长我内心焦虑。

出于以上原因，最近我开始留意事业单位的招聘，过程中也遇到了取舍问题。一方面自己已经过了35岁的红线，去事业单位只能选择一些边缘性的岗位甚至无编制的岗位。一方面根据所在城市的平均工资，收入可能会降至目前的八分之一，甚至十分之一。家庭目前没有负担，无房贷车贷，也有两千万左右的流动资金，但工作的成就感预计会降低，内心还是有些担忧自己能否接受这个转变。

如果继续留在互联网公司，按照岗位的通用标准，因为家庭事务多，孩子也比较依恋妈妈，自己跟公司众多年轻的名校毕业生相比，加班和学习更多新知识的能力上无优势，职业的周期估计最多也就五年左右；并且可能因此错过了孩子的小学阶段。内心一直很纠结，自己不太能接受全职妈妈的身份，会觉得生活失去重心。

关注连叔很多年了，在连叔的娓娓道来中吸收到很多正能量，期盼您的答复，给焦虑的职场妈妈一些建议。

一个焦虑的互联网女工

* * *

一个焦虑的互联网女工：

我支持你换工作，理由有二：

一是高强度的工作无法持续，即使收入再高。我一直认为，工作最大的意义就是养活自己，对这饭碗应尊重。但人在工作之余，应该有足够的时间休息、健身、阅读、思考、照顾家庭。这样的人生才是完整的、丰富的、灵动的、可持续的。人只剩下工作，挣了钱，但失去了一切，那人生岂不是买椟还珠，本末倒置？但人一尝到高收入的甜头，就会成瘾，总想着更高，很难离开，最后被快节奏、高强度的工作耗尽。你能主动求退，不容易。这把主动权抓回自己手中。有了一定实力，人是可以离开“只有工作”的环境的。人应善于行使这种主动选择权，这样才不至于陷到既被环境绑架，又离不开环境的困境。

二是你有了一定实力。车房都有，还有两千万左右的流动资金，这在财务安全上处于非常有利的地位。身家千万级的人，比比皆是。好一点的城市，有套大点的房子，就千万级了。可许多这样的千万富翁，手头紧，没什么流动资金。你有两千万，就相当从容了。你甚至不必在乎下一份工作的收入，那已不是你在乎的要点。你需要这份工作，只是为了保持和社会的接触，能够更多地照顾家庭。两千万是什么概念？是年薪七十万的人，干满三十年的职业总收入。有这样的底气，你还计较什么薪水高低。

但你还是面临着一个大挑战，那就是怎么保住这两千万。

拥有千万级流动资金的人，在人群中，比例显然是极低的，但在中国这个人口与机会都这么多的地方，绝对数不少。成为这少数人，是幸运，但也可能不幸。只要有几次，甚至只要一次错误的投资，这些流动资金就真的流走了。那是巨大的心理打击，人可能一蹶不振，郁郁寡欢。千万富翁返贫，是一点难度都没有的事。人拥有千万级资金后，自信心容易爆棚，以为自己永远正确，贪欲也更盛，总想着钱生钱，再翻几番就上亿了。今天创业，明天投资，后天又赶另一个风口，甚至放起了高利贷。自大加贪婪，最后总是连底裤都要输掉的。

这两千万保卫战，原来最笨的，也是最保险的方法，当然是在好城市买房子收租。房价上涨战胜通货膨胀，租金收入（也会持续增长）补贴家用。房住不炒后，这条路没了。

只剩下持有好公司的股票了，持有那些基业长青的、经营稳健的、分红慷慨的公司股票。中国这样的好公司不少。股票本身内在价值的增长战胜通货膨胀，分红（也会持续增长）补贴家用。这条路很难走，要有眼光，火眼金睛；要有定力，八风不动。否则的话，千万市值，一天浮动几十万，有时回撤几百万市值，令人心浮气躁，喜怒无常。若走上盲从盲动、追涨杀跌之路，钱很快会败光。

也就是说，你接下来的人生重点，是如何转型成一个合格的投资者。拥有千万级流动资产的人，面临的都是同样的挑战。转型成功，人生上一台阶。转型不成，只要不折腾光，仍有一份工作，保有小康生活，也是好的。

祝开心。

连岳

什么是“第一次购房焦虑症”？如何战胜它？

连叔：

您好！

纠结了好些天，最终我还是鼓起勇气找您要答案来了。关注您已有三年，您的文章每篇必看，一日不看就难受。因此也被您的观念深深影响着，指引着，温暖着，陪伴着，让我在黑暗中有勇气前行，敢于坚定自我，走向光明。

我有三个孩子，一个带在身边（坐标省会城市），两个在老家我妈帮忙带，老三今年9月份上幼儿园，学费一万，我准备把她接来。

我32岁，男，是开面馆的，夫妻经营这一家小店。亲戚合伙人两个，我们夫妻占三成股份，亲戚一个占五成，另一个占两成。目前夫妻收入两万，家庭开支一万含月供。说起月供，我也是在您的影响下买的房。

我是2020年6月份在省会城市买的房，买房经过之艰辛，只有自己知道，当时差点和老婆离婚了，还好最后理性战胜了感性，婚姻保住了。现在还有最后三万首付就还完了，往后就好好还月供，也算在大城市里立足了。

有开心也有恐惧，开心是我这底层人也买得到房，孩子到时可以都接来读书，想想就幸福。恐惧是收入太低，目前没有积蓄，就在今年1月初把手里的四万元存款还了首付，因此手里没有钱了，这时又是过年，花钱地方太多，孩子学费也得提前安排好，因此也心生焦虑，纠结痛苦。

围绕以上问题有两点想请您指教：

一、对收入我不太满意。眼下至少月入三万才是安全的，所以我想和老婆分开来做。老婆继续保持原来的股份三成，工资六千。这样生活开支可以保障。我想去发展我喜欢的烘焙事业，到烘焙店打工，了解操作流程、成本控制，同时兼职骑手。我想收入不会太差，我对自己还是有信心的。但是这都是我主观上的，不够客观。

二、目前怕的就是现金流中断，我想去银行贷款五万作为流动资金。不知怎么选择，还请智慧的叔给我指条明路。

您说过人生重大选择只有几次，做错几次再无机会，所以望您能看到。当然您也不一定能看到，那我就尽人事，听天命吧。

祝连叔身体健康。

沉默是金

* * *

沉默是金：

恭喜你。一个人在自己喜欢的城市里买了房子，是自己和整个家庭彻底融入这座城市的象征。从此，就享有这座城市发展的红利。你的孩子将来也会以你为荣，你改变了他们的人生起点。

你们夫妻月收入两万，家庭开支一万含月供，这财务状况是很安全的。你们还很能存钱，付完首付半年多，就又有了四万元还债。

所以不必焦虑，财务安全时，最好的应对就是不要动它，保持原样运行，机器不坏不要修。经营稳定又能挣钱的小吃店是最好的生意模式之一，本钱不大，存货周转快，客源稳定，复购率高，营销费用为零。更重要的是，客人吃饱后满足与幸福的神情，给你带去多大的成就感！这就是佛陀所说的人生八正道之一的“正命”，谋生的手段正大光明，疗人饥渴，给人快乐。你怎么是底层人呢？人只分为正派与不正派，你履行正命，又有家庭责任感，当然是正派人。一切正派人，日子都会越来越好的，有房子也是天经地义之事。

你的焦虑，不是财务因素，主要是心理因素，我称之为“第一次购房焦虑症”。人的本能厌恶负债，第一次买房的人，往往财务并不宽裕，又背上少则几十万多则几百万的房贷，负债厌恶本能大发作，简直觉得活不下去了。很多人没房子不是财务支持不了，而是这个心理关过不了。

厌恶负债本能是好本能，这令人慎重。但好房子的房贷很特殊，是包装成负债的资产，理解这点就能战胜负债本能，不再恐惧。省会级别的城市，房子长期的升值幅度（短期或有波动），将远远大于你现在欠银行的房贷总数。理解不了其中的逻辑也不要紧，你咬牙还两年房贷就习惯了。两年后，一碗面可能涨价两成了，而月供还是一样，月供在你收入的占比中越来越小，最后毫无感觉。这事实会告诉你金融真相，能缓解你的焦虑。你买第二套房子时（如果政策与市场还有这个机会），心理压力就会小得多，甚至没有。人生的重大选择确实只有几次，选择承受并战胜“第一次购房焦虑症”，就是其中一次。

你的当务之急不是进入新行业，尤其还要靠贷款启动。失利了（这可能性不小），负债增加，财务焦虑叠加心理焦虑，那真会崩溃。财不入急门，越急越要有定力。要更专注于本业，夫妻俩把面馆经营得更好，在口味、分量、卫生上更上层次，这才是你增收的最佳途径。

我是南方人，却是面食控，祝你生意兴隆。人生很长，人生很巧，或许不知何时就旅行到你的城市，偶然走进你的面馆。虽然见面了也不相识，但想想这场景，就像吃了一碗好面一样舒服。

祝开心。

连岳

摇号几年买不到房，又怀了孩子，怎么办？

连叔：

你好！

我是一个90后，即将升级做母亲。最近好多情绪压得我喘不过气来，一想，我整个人就想原地爆炸。事情多到我都不知道该怎么办。

第一件事，家里的事。老公打算在二线城市买房，但是摇号摇了好几年，久摇不中。房价眼看越来越高，买二手房他又觉得性价比不高。买房的事，我在资金上无法帮助他，内心焦虑不已。我们俩就是整晚整晚都睡不着。目前靠他一个人买房可能只能买在比较偏的地方。但是他又想稍微往上再迈一步，虽然我们经济压力会很大。他怕房价涨了，到时候想换房子都换不起。我内心很自责，因为在这件大事上，我觉得我太无力。

第二件事，我个人的事情。虽然怀着孕，我要上班又要准备考试，脑子快要裂开。我在一家互联网公司上班，公司近年业绩不好，去年裁员一大批。今年好多同事都纷纷跳槽了，同事跳槽后跟我说薪资的事，听完我就觉得自己好没用，觉得自己工作了这么些年，工资却比刚出来的毕业生还要低。这再次给了我沉重的一击。对于目前的工作，我做得不太好，我觉得自己也不是很努力，甚至都觉得自己在混吃等死，好像完全不喜欢这份工作。最可怕的是，我好像没有特别喜欢做的事情，感觉人生了无生趣。不知道最近为何我有如此悲观的念头。

然而当我看见别人比我优秀比我努力时，我又在暗暗和别人比较，心里暗暗骂自己没用；一面讨厌看见这些人，一面脑海里、生活中都是这些优秀的人。我已经不知道该如何专注自己的生活了，好像每天上班看见他们我就会觉得自己没用。我想远离他们，但是却又离不开。我心乱如麻，每天就把精力和时间浪费在无谓的思想斗争当中，无法摆脱。

我一度怀疑自己有精神分裂症，事情做着做着就想到别的事情，然后一发不可收拾，一整天都处于忧心忡忡的状态。我看过心理医生，医生说我缺乏正念的积极思想，内心脆弱敏感。一点事情就会让我崩溃，有时候莫名其妙就会有些阴暗面，会对身边的朋友产生莫名的嫉妒情绪。我冷静下来想的时候，觉得自己很可怕,不明白自己为什么会这样。我希望能早日专注自己的生活,早日离开那些令人讨厌的阴暗面和负面情绪。希望连叔能给我一些方法,感激不尽。

一个90后

* * *

一个90后:

你是多重不安全感叠加,没房危机、工作危机,孩子快要降生,再加上夫妻俩愁得整夜睡不着。在这种情况下,还满脑子正念,那是缺心眼,不是人正常反应。这时候需要的是正解。

当下你的主要任务是什么?生孩子。不是换工作,也不是比技能。换工作估计没人敢要你,现公司暂时业绩不好,却没有因此把你这个孕妇裁员,还是有担当的。将心比心,就不宜再责怪雇主了。经营不易,市场凶险,每个公司都会有起伏,在"伏"的时候你留下共苦(虽然是不得不),我想,公司也会记着你的好,更能同享"起"的甜。

你忧愁的主要来源是什么?是人这种动物的本能。快要当妈妈了,又是第一次,茫然失措,惶恐不安,都是难免的。你看自然界的哺乳动物,此时,雌性也需要雄性的协助,还得有个窝。而你如今还在愧疚无法帮助雄性:"我在资金上无法帮助他,内心焦虑不已。”想有窝而不得。不安全感在你内心天天扔炸弹，你肯定得爆炸。

所以，有了自己的房子，你的忧愁就会消失大半；不然，忧愁还会持续增加。孩子并不等人，一天天长大，很快要上幼儿园，读小学。没有房子，实现这些基本需求都有难度。其实，你们本不该有这无房忧愁。有意愿，摇了几年号；有实力，即使房价越涨越高，按老公的实力也还能买“比较偏”的新房。你们没房，不是因为没钱，而是犯了新手买房容易犯的错：贪。

摇号买房，把新房的价格限制在市场价以下，越好的房子，差价越大。这诱惑着人非摇不可，以为不摇就是扔掉了这笔钱。事实证明，你可能摇几年也摇不到。而这几年时间，房价又涨一大截。你即使现在摇到了，对比几年前的市场价，还是要多掏不少钱。此时就会懊悔：早知道，当年市价买套二手房，现在房子住了几年，还升了值。

假如都“早知道”，就没穷人了。人犯错不要紧，犯错是变聪明的成本。人怕的是一再犯同样的错误，一边说“早知道”，一边做着同样的事，让当下成为多年后的“早知道”。

从你丈夫仍然觉得“二手房性价比不高”来看，他还在贪，还会一门心思摇号，再摇几年中不了，又有什么不可能？摇到孙子要出生时摇不到都有可能。懊悔加贪婪，两把欲火攻心，晚上睡得着才奇怪。

像你们待的房价一直涨的二线城市，二手房交易占比已经很高，而且将越来越高，成为主流。性价比高的二手房，多的是。某种程度上说，买家喜欢的、愿意接受的二手房，就是性价比高的。

二手房现在是你们的救星。二手房有很多好处：一是马上可住，原来基础好的，简单装修一下就行，又快又省；二是配套成熟，市场、各级学校、交通、公园，甚至包括医院，都在运行。若住在新区，还得为这些事发愁好几年。不要再摇遥遥无期的号了，赶紧去看看二手房，尽快买的话，孩子出生前就能搬进去。

买房是个系统工程，要做完美决定，对人的要求太高：要懂金融，要懂地产，要有抗压力，要有勇气，要对国家有信心，要对未来有信心，要对自己有信心，还得有点钱。这些要素具备的人，没几个。奇怪的是，为什么一座城市，无论多好的城市，多数人还是有房子？那得感谢他们履行了自己的职责，面临结婚生子，总得让家人有地方住，想不了那么多，无论多怕，也得把一套房子扛起来。而房产增值，家人觉得安全而幸福，就是回报。什么好处都想得，想得太多，太贪，最后反而两手空空，只收获千愁万绪。

怀了孩子，增加不安，但从另一个角度说，让你们等不起，必须马上行动去买套二手房。这就是烦恼变菩提，偏见变正见。

祝开心。

连岳

幸福家庭的三大基础

连老师：

你好！

我是一名两娃妈妈，小学文化。我和老公在三线小城一起做室内装修，两宝一直都带在身边读书，成绩优异。老公能吃苦很勤劳，我们供着老家县城的一套房子，手里还有几十万存款。现在面临儿子明年暑假小升初，不知道是送他回老家县城读书好，还是继续留在身边在打工地读书好。我们在工作的地方没有房子，如果留下，孩子也能在这读初中，但是这里的学校没有家里县城的学校好。

我们不知道是在这里买个学区房让孩子读更好一点的学校，还是回老家去读现成的学区。回老家我们面临着两地分居，我得独自带着两娃工作读书，老公继续在外打拼。若留下，就面临更大的房贷压力。

不知道怎么样选择更妥善一点。希望连老师百忙之中能看到我的留言,帮忙分析一下,万分感谢!!

备注下,我不会发邮件,这是我刚刚在手机新学会的一个软件,不知道连老师能不能看到。

感觉温暖的连老师就像是我的娘家人。

静

* * *

静:

你把家庭经营得这么好,学习能力又这么强。我这个娘家人,一定得给你找出万全之策。

幸福家庭有三大基础:

一是夫妻不要长期两地分居,否则的话,身心太苦,久了也影响感情。

二是孩子应该在父母身边长大,并在可能的情况下,接受最好的教育。否则的话,孩子思念父母太苦,缺少父母的管教,也容易学坏样,走歪路。当然,父母思念孩子也苦,不过相对来说,还是孩子苦一点,因为他们小时候,父母太重要。

三是家庭要有自己的房子,这是安全感与幸福感的最大物质保障。

在生活中，或因为能力，或因为职业，各种各样的原因，有些家庭这三大基础不全，总会缺其中一两样，三样全缺的也有。那样会辛苦一些，成长的代价大一些。就像你现在面临的选择难题一样，怎么选，似乎都与三基础的某一项冲突，要么教育质量受损，要么夫妻分居，孩子与父母之一分离。不然的话，就得夫妻再增强房贷负担，在三线城市买一套房子。

本来，孩子是财神。为了孩子买房子，孩子念了好学校，房子还升了值，一举两得。苦几年是值得的。但三线城市的房子，除了自住，投资价值不大。除了县城那套没有投资价值的，再供一套没有投资价值的房子，非常辛苦，又没有回报，不必过这样没有意义的苦日子。

不过，有意思的是，在你们这个具体事例上，三线城市及县城房产无投资价值的不利因素却可转变成有利因素。它们不限购，买卖方便，买与卖的空档期，不存在房价跳涨踏空的风险。你们可以如此操作：把老家县城的房子卖了（不好卖的话，开价就适当比市价低一点），然后在现在的三线城市买一套房子。这样，既不增加额外的经济负担，也符合幸福家庭三基础的全部要求。多年后，两个孩子读完书，他们上大学了，工作了，你们夫妻若还想叶落归根回到县城，到时可再把三线城市的房子卖了，回县城买套舒服的房子。

中国非常大，地域与城市的实力差距，决定了家庭财富的不同等级。但无论在哪里，财富都不是幸福的全部，它只是幸福的物质基础，你们不仅物质基础打得好，我这个娘家人还看到了强大的精神基础，你们会一直幸福下去的。

祝开心。

连岳

老婆想要个好一点的包包，高级一点的回应是什么？

连叔：

新年好。

我们夫妻俩一直是您的粉丝。

对我而言，您的观点就是我的指南针。最近有个问题一直在困扰着我，希望得到您的指点。年终了，我想买个一万多块的包包，但是老公觉得我有点疯狂，不同意。我俩一直都是很尊重彼此，他不同意，我也不会自己去买，免得买回来他也不开心。

我年薪十几万，在幼儿园工作，老公最近这一年年薪差不多四五十万。去年生了二胎，产假后我马上去上班了。上班后，每天中午来回跑，喂奶，上午还要吸奶一次，每天打车四次家里单位来回，就这样从8月底开始坚持了一学期。大宝3岁，也是今年9月份上幼儿园，早上爸爸送来，下午我带回去。

这一年，我觉得小小的我不容易，看见朋友们都买包奖励自己，年终我也没什么想买的，只想买一个包，也是第一次买这么贵的包，但是老公一直都觉得没有必要买这么贵的包，几千的就行。现在我们一直攒钱想换二手房，每个月我都把我工资转给他让他一起存起来，这两年存了五十万了。我觉得花个一万多其实也不影响什么。希望得到连叔的指点。谢谢。

小个子的二胎妈妈

* * *

小个子的二胎妈妈：

这个一万块的包包，毫无疑问，得买。

一、你是努力的好老婆。

二、你的要求符合比例原则。这包不过是老公的周薪，家里完全负担得起。

一个人财商高，体现为学会将两种矛盾的特质融为一体，他既是节俭的，又是慷慨的。只会慷慨，没有节俭的"傻大方"，挥霍无度，入不敷出，生活都成问题，很快丧失慷慨的能力。只会节俭，只入不出，花任何一分钱都像割肉，占点小便宜就眉开眼笑，那马上演变成吝啬，这将切断自己与他人、与世界、与机会的一切联系，眼光、格局与境界提升不了，一生只为蝇头小利奔忙，路越走越窄。

节俭难学。它违背人性的好逸恶劳，好生活的开始，资本的积累，都需要一个人从年轻时就开始学习量入为出，延迟满足。不肯学这苦功夫，没有后来的甜。就算继承了亿万遗产，也守不住。你们都学会了节俭，你们的未来是甜的。

接下来，要学更难学的慷慨。避免自己由节俭变成吝啬。吝啬有清零的功能，孔夫子说过，人一旦吝啬，即使像周公那么有才华，也不足观。

吝啬的一个症状是，听到家人有物质要求，想过更好日子时，他的第一反应都是负面的。轻者冷嘲热讽，重者勃然大怒，他本能想抑制家人的消费要求；即使这消费极其合理，极为必要。为什么越爱一个吝啬者的人越倒霉，受伤越深？因为爱需要回应，需要肯定，需要感谢，而这些多少都得花钱，所以吝啬者总会轻视、无视、伤害你的爱。或者，他们对爱的定义就是你得纯付出，别想从我这儿得到一丝回报——这当然不可持续，令人厌恶且痛苦。

吝啬是忘了节俭的初心，不知财富的意义。无论如何，钱最后都是用来花的，财富是为了改善生活。节俭是让我们更有钱花的一个手段而已，人的生命有限，不学会花钱，不懂慷慨，为节俭而节俭，手段成为目的，那不过是守财奴，浪费了这一生。自己浪费倒也罢了，迫使爱你的人也浪费一生，无异于谋财害命。

自己爱的人，勤奋工作了一年，想要个好一点的礼物，当然是秒速打钱，或飞奔着去买，开心都来不及，怎么能劝阻呢？钱在这么关键、这么高效的时候不用，什么时候用？珍惜老婆（老公）还有具体物质需求的岁月，现在买得有点“肉痛”，那正是买的时机，满足感特别强。将来你们很有钱了，包包可以随便买，那时反而没有多大兴趣。

我们要努力有钱，钱可以保护我们，可以让爱人生活舒适，钱让我们的爱、帮助与善良更有力量。但如果为了有钱，变得冷酷，克扣折磨自己爱的人，失去了温柔与正义，悲悯与爱意，那钱就成了诅咒。再有钱，一生也不足观。

祝开心。

连岳

50岁的难题：
我想投资，丈夫却不从，如何说服他？

连老师：

您好！

说来惭愧，我已近知天命之年，却还拎不清。

我家在中部地区四五线城市，自己在事业单位，五年后退休；老公在政府机构，十年后退休。孩子上高中。生活简单平静，虽不富贵，也算受人尊敬。我们目前在本地有两套房子，一套自住，一套出租。我总考虑孩子今后上大学问题和我们俩的养老问题，前不久一个合适机会，我申请了长三角二线城市人才落户，获得批准。想着我把户籍迁过去，取得那里购房资格，投资买套期房。我仍留在家里工作生活至退休，以后孩子考大学就报考这个城市，房子可自住可投资。和老公沟通时，他反对称：1. 买房需要贷款，不想有压力；2. 买房不见得能挣到钱；3. 如果孩子考不到那里大学怎么办？ 4. 尽管家乡不发达，亲戚朋友都在，退休养老不想去异乡。我很了解他求稳的心态，但也希望趁年纪不算大，规划一下今后生活，创造更好的条件。我们家没有贷过款，两人公积金账户上有二十多万，生活开销都是量力而行。如今有这个机会，我不想放弃，可也不想出现家庭矛盾。是我妥协放弃迁户，还是尽量说服老公？毕竟以后年龄大了，这样的机会不会多。该何去何从，连老师，请您解惑，谢谢您！

一位妈妈

* * *

一位妈妈：

身处高速发展的中国，现在处于人生后半场的人，心态是复杂的，既开心又惋惜。开心的是自己的孩子有光明的未来，同时又替自己惋惜，如果自己现在正年轻就好了。

我理解你珍惜这次落户长三角二线城市，投资房产的机会。房产投资的逻辑是异常简单的，在人口与经济持续增长的城市，再加上通货膨胀与房贷杠杆的双重助力，长期来看，房产不仅跑赢通胀，还有可观升值，买入并持有就是了。任何一个符合这标准的城市，房产都值得投资，只是升值的幅度不同而已。人的理智都能理解这点，它不是什么数理化难题。可你在现实中却会发现，许多人并不想理解它，甚至反感它。那是因为人除了理智，还有情感，有时理智战胜不了情感。好的投资者，都有不被情感左右的能力。

我建议你照常落户，这点你丈夫不反对。

接下来是不是说服他？不是的。从你的描述来看，在房产投资方面，他是不可说服的。你很珍惜家庭，不想引发矛盾。也看得出来，你们感情融洽，生活平静，受人尊敬，这是很大的成就。我们投资是为了什么？一大目的也是为了感情融洽，生活平静，受人尊敬。他接受不了你的房产投资计划，固然遗憾，但你们现在什么也不缺，包括房子。远离了匮乏贫穷，这遗憾也就不算什么了，只是锦上无法添花，美中有点不足。换言之，给你两百万，买你夫妻反目，你肯定不愿意。功名利禄很重要，也要努力争取，但为了感情放弃一点，也是值得的，因为感情更重要。两个相爱的人，他呆一点，笨一点，又尽力了，那你就不为难他，笑一笑，等他，陪他。就像他幽默感差一点，接不了你的话，除了自己偷笑，还能怎样。

那为什么要落户呢？因为你的投资活动并没有结束。

你们最大的投资是孩子。你那么爱长三角，孩子以后在上海读大学，或在上海工作，也是顺理成章的事。他在最高层级的城市里工作、生活、成家、立业，肯定得买房扎根。孩子的这个上进过程，你丈夫绝不会反对。你们慢慢也对上海有切身体会，待得越来越久，越来越舒服。不说别的，对老人家来说，上海最发达的医疗资源就让你离不开。突然有一天，你老公可能就对你说，我们是不是把房子置换到长三角？离孩子也近一点。

孩子的一大功能，就是带领父母往前走。你姑且等几年，孩子走出去了，一切问题就迎刃而解了。投资，有时需要超长的耐心。

祝开心。

连岳

一位被“逼”生男孩的华为女工程师

连叔：

你好！

我89年出生，是一名女IT工程师，目前就职于华为西安研究所，已经上班十年了。上次也看到一个西安华为的小姐姐给您发邮件了，说的是要不要逃离西安的雾霾。不同于她的苦恼，困扰我的问题是要不要生儿子。

结婚后就怀孕生了女儿。原计划是想要二胎的，并且计划的是2020年要。因为涉及八年换工号，想在换工号之前怀上。一是怕八年之内连续怀孕丢了工作。二是刚好2020年换工号，说不定那时候工作上有些积累，也没超过生育年龄。这个计划是跟另一半一起商量好的。

然而，我婆婆从2018年就开始吵，让我生儿子，还让我做试管婴儿，必须生儿子。对孙女也是不疼不爱的。爷爷挺爱孙女的。婚后也一直没有跟婆婆一起生活过，也就过年、国庆节之类的长假，一半在婆家，一半在娘家。说实在的，跟我婆婆真的处不到一块去。不过好在我老公站在我这边。

然而去年十一去他家的时候婆婆大吵大闹一场，指责为什么还不生二胎。真的就是到家坐定不到半小时就开始吵，甚至婆婆跟我老公两个人都跪地磕头。那种场面太吓人了，女儿吓得哇哇大哭。老公当即便收拾回西安。说实在的我很怕这样的场面，我的原生家庭是祥和的，是乐乐呵呵的。十一前一半在我家都是聚餐、逛街、唱KTV的。去他家就是这样，死气沉沉，要么吵个不停。真的头皮发麻。

我只得开始备孕。今天晚上突然问娃他爸："万一二胎又是女儿，你妈会不会又这样要死要活吵来吵去，不得安宁？逼着我生三胎？"他给我的回复是："跟我吵，不会跟你吵。三胎的事情得缓缓，身体也受不了啊。"他意思是还要生三胎，假如三胎还是女儿就继续要四胎。我说："三胎你别想了，二胎生完以后无论男女，我不会再生了。"他便很生气地说："生不生你自己一个人定了？"我说："怀胎十月是我，生也是我。这点主我都做不了？国家鼓励二胎，我生二胎。你意思不生出儿子不罢休了？"他说："你这么说很没意思。"

连叔，他家是城中村的，重男轻女思想特别严重。老年人我倒是还能理解，但是像他这样一个985的硕士研究生还这样想，我真的无法理解。家里有皇位要继承还是有家财万贯要继承？有时候我真的无法理解他的许多想法。

比如，他跟我说了好几次，他们家旁边一个老婆婆离婚了，带着女儿未再嫁。把女儿培养成人并且出国深造了，回国后女儿当了公务员，嫁了人。结果最后那个老婆婆生病在床没人照顾，女儿也不管，可怜巴巴之类的。他得出的结论是一定要生个儿子啊，生女儿就是这下场。听到这儿我其实特想飙脏话！是个人都会说是这个女儿白生了，或者说是这个老婆婆教育失败，辛辛苦苦把自己女儿培养成了白眼狼。

再比如，他常常跟我说，以后老了，坐了轮椅，或者瘫痪在床了，他希望我能好好照顾他，或者反过来。总之讲的都是我奶奶当年说的话。我奶奶在我小时候常说希望她老了不要害病，不拖累后人，她自己也不受罪之类的。我从他说的那些话里感觉我跟他隔了几代人。

一个985的理工科硕士男，我真的无法理解。

目前的生活已经一地鸡毛。万一我再生了个女儿，那还是一地鸡毛。听他意思，他跟我离婚，分分钟就能跟他家农村的妇女二婚了，他很抢手。他说不要求他结婚对象像我这么能挣钱，也不要求长相，就给他生孩子，在家把孩子带好，把他父母照顾好就行。

听到他说这些的时候我其实一阵恶心。

这样的婚姻别说生二胎，跟他一起过我都觉得自己不值钱；但是我不想让我女儿成为单亲家庭的孩子，很痛苦。虽然他思想封建守旧，但是对孩子是真心的，虽然是女儿。他对我也还好，就是说的话真不是人话。

连叔，其实我特想跟他分开，不用生孩子了，也不用面临这一堆婆媳矛盾鸡零狗碎了；虽然同样要面对离婚后的鸡零狗碎。但是我舍不得娃……她是我的命，是我怀胎十月，忍痛生了几天几夜才生出来的。她还那么小，才4岁。她没有爸爸或者没有妈妈，对她来说都太残忍了。

连叔，我该怎么办？我好想死。

迷茫的兰

* * *

迷茫的兰：

首先，不要想死，你又没问题，不该你想死。

两种解决办法。

第一种是：你本来也想生二胎，那就生，如果是男孩，难题就解决了。老公除了执着地要一个男孩，其他方面，看来你也接受。他重男，却对女儿真心。

二胎又是女孩呢？一切戏码肯定再演一遍，让你生三胎，直到生出儿子为止。为了生儿子，婆婆老公都到下跪的程度，这观念已经无法改变了。没儿子就非离不可，你想不想离，他都会离。那时你不会有选择困难。

这个解决办法的优点是，你在自己接受的范畴内，尽力挽救过婚姻，成功率也不低。缺点是，世上可能多一个无法享受完整家庭的孩子。这个缺点并不致命，单亲家庭的孩子，再婚家庭的孩子，只要有爱，一样幸福成长。

第二种是，马上离婚。不过，这对孩子来说，有点不公平。你在恋爱时，对男友并无足够的了解，体现在不知道他执意要生男孩。女儿承受了你恋爱不够认真的后果，从补偿、维护她的利益的角度，我倾向于选第一种解决办法。

祝开心。

连岳

长寿社会的新忧虑：如何保障下半生？

连叔：

我是一名三线小城的一家大型企业的中层管理人员，在这家企业已经工作了近二十年。近五六年来随着自己年龄增长，退休年龄的逼近，我非常想自己开个店，有一份属于自己的小事业，让自己能有质量地活到工作不动的时候。但现状却让我迟迟不敢走出这一步。五六年前，甚至十多年前就有这个想法，到现在还在犹豫，这让我对自己很失望。

我的基本情况是这样，父母是农民，没多少文化。我是独女，大专文凭，在企业从事的工作专业性不强。出于工作备胎的考虑，前几年考了心理咨询师证，今年准备再拿张中级经济师证，明年准备再考张健康管理师证。个人存款五十万，父母养老存了五十万，这是我个人的全部积蓄。爱人是我大专同学，他和我先前在一起工作，后出去创业，终以失败告终，近十多年没有进项。

公婆和我们一起住，老两口儿在本市的镇上有两小套拆迁房，价值约七十万，有社保。儿子是一个很明事理的孩子，在本市一所重点高中读书，成绩不拔尖，但也算优秀。几年前，我们家先是公公患癌，晚期。接着我父亲患脑瘤，去省院动了两次开颅手术。其间我爱人也是跑出跑进帮忙，给了我一定的心理支撑。婆婆和母亲分别有几十年的糖尿病和高压血，另外小毛小病也是不断。同时，随着年龄增长，我的身体也开始走下坡路，这两年内也做了两次小手术。

目前困扰我的问题是，我很想投资开店，让我的生命迎来新的生机，或者也可以说是给生活以转机。我一直有开绿植店、烘焙店的设想，也有做一名兼职心理咨询师的打算。但是，由于对现状的种种顾虑以及对转行行业圈的陌生，我一直在做一个观望者，要迈出第一步真的是太难。我买了几十种花草学着种植，也时不时地学习做一些烘焙，还会参加一些市里的公益心理咨询活动，但起步也仅仅局限于此。我想改变现状，我想利用手中的小部分钱和自己的努力来开拓生活新局面，但又害怕目标一旦定错，我有限的时间、有限的精力、有限的钱都将打水漂。四十多岁的女人，由于人生上半场活得迷惘，缺乏目标，不懂理财，导致行至中年，负累重重。行动上的矮子，在人生的下半场，如何才能努力改变与提升，如何才能成长为一个积极的行动者？

盼连叔复！

我知道联系上连叔的希望极其渺茫，但是我会静静地守候在连叔的公众号，就如静待我生命的另一场花开。

想长高的四十多岁女人

* * *

想长高的四十多岁女人：

其实你提出了一个普遍性的问题，也是普遍性的恐惧，那就是：我们活得更长了，但我们也不得不面临更多的挑战。当一个人退休后还有几十年的人生，而且还会加长——因为技术的进步越来越快，人的平均寿命每年都在增加——如果对这人生的后半段没有一个规划，那么，人生可能越来越难，尤其到了临终那几年，不太可能有挣钱能力，只有纯消耗，若无充足的储备，将是为难的、无奈的、悲凉的。把这点说出来，可能看了心情不好，但我们不能回避，这是长寿型社会每个人面临的新挑战，回避才会让人措手不及。

多数人想到的保障就是社保。其实，无论国家有多良好的愿望，政府有多高的执行力，社保的性质都是只保你基本的温饱与安全，再高一些的要求，舒适、体面、富足，那是社保提供不了的。

如果后半生安全只有社保一个来源，那得接受生活质量的逐渐下降。这可能不是太愉快。

还好，我们的人生有其他更有力的保障。

一是家庭保障。家庭是最古老、最基础、最高效的经济互助体，也是最强大的人生保障体系。一个人人勤奋、负责、谨慎的家庭，其实就是一个无敌的小型成长公司。它既有同一时间段的夫妻互助，一加一大于二，甚至大于二十；也有代际间的互助，我用爱抚育幼年的你成长，你用爱赡养老年的我离去。近年来，有些流行话语宣称成年孩子不必对父母负责，有些父母也以此为新潮，教育孩子不必赡养自己。这是动摇人类社会基础价值的，违背天理的。陌生人之间尚且讲究对等回报，你对我微笑，我还你微笑，你帮了我，我也会帮你。可是回到家里，父母从来爱我，我却回报他们冷酷，在他们需要帮助时，不管不顾？这还是人吗？我觉得人生最大的成就之一就是家人想起自己时，觉得什么也不会害怕，你有经济力量与情感力量成为后盾。当然，这不意味着你要天天对自己的孩子强调：你长大了要爱我，要对我好。你爱他，他自然就会爱你。（极少数异常者除外，碰上了算倒霉。）当然，你虐待他，想要他赡养你，那也是无耻的白日梦。从这点可以看出，中国传统价值观中的“父慈子孝”，是一个极好的社会保障体系,它战胜了时间。

对于这层保障你要着手做的是,与创业失败的老公好好谈一谈,让他复归正常的工作,增加家庭收入。他听上去也有责任感,把你的焦虑告诉他。同时,明事理的正在健康成长的孩子,多想想他带给你的希望与光明的未来,能让你更有意义感,更有信心。某种程度上,一个健康的家庭,代际间接力努力,抗风险能力是很强的。

最后一层保障,是退休后的新收入。你讲到的创业,100%慎重都不够,要1000%慎重。你迟迟没有开业,我倒觉得是好事。你的三个创业项目,绿植、烘焙与心理咨询师,在我看来,都大概率失败。因为近年来,几乎人人盯着这三个点,尤其是退休再创业的。大家都想干,门槛这么低,一定意味着高淘汰率与低利润率。创业失败一次,就是开个小店这种小规模创业,损失一二十万,也稀松平常。前半生的积蓄,两三次创业就可败光。一辈子工薪阶层,退休后再找个工作拿一份薪水,不算难。去创业,就太难了。你前半生没做过,没经验,没积累的一件高难度的事,退休后再去做,你的胆量更小了,你的试错成本更大了,你输不起了,为什么反而能成功?

人的年龄越大,风险承受能力越差,财务观要越保守。所以,比创业更有杀伤力的是退休后创业，一输后半生就没了。听到任何投资建议，有任何创业想法，第一个问题应该是：我输不输得起？输了怎么办？钱存在银行里，固然会贬值，但总比败光，甚至负债好得多。

祝开心。

连岳

人生持久战

连岳老师：

关注您几年了，您的观点与指导给了我莫大的启发和促进，很多重要的决定都是看了您的文章才拍板的。

在我写出了这个问题的时候，已经知道您的回答，那就是，选难的路，留在一线城市。

但仍然耽误您宝贵的时间，请您指点迷津，因为这个问题已经困扰我近一年了。

来帝都快十二年，一直缴社保没断。三年前，举全家之力加上借款凑够首付买了一个“老破小”房子，然后孩子出生，一家老小挤在一居室里。

起初两年收支勉强维持，今年年初赶上疫情，我们两口子收入锐减，房贷还得靠借，这时候我就动了离开的念头。

而刚刚公布积分落户的结果，更是给了我当头棒喝——排名九万名以外。按每年落户六千人算，得十五年，那时我已经超过了45岁的截止年纪，想到孩子以后中学还得辗转回户籍所在地十八线小县城，我就心疼不已，虽然我也是从那里打拼出来的。

这里房子小，房贷压力大等我都可以承受，但是户口一项，真是没办法，只能是抱着天上掉馅饼的心态。

真的还要留下来，继续做着收入勉强维持支出的工作，连累老人背井离乡水土不服地给我们带孩子吗？哪怕户口无望？

求您指点。

扬帆

* * *

扬帆：

我的答案果然和你猜的一样：留在一线城市。

就是在北京还没有房，一家人还没团聚，我也会劝你留在北京继续努力。何况，你没这些困扰。目前，你有一个小难题，一个大难题。

小难题是疫情导致收入下降。这个你展示了韧性，也应该如此。疫情是收入下降之因，那这原因在中国消失，收入的回升就可以期待了。中国经济恢复正增长，明年的增速还会加快，在其中的个人，水涨船高，小难题就不再是难题。

大难题是户口。到时还没解决，孩子读中学有麻烦。不过，有利的因素是离孩子读中学还有许多年。时间是我们人生最大的变量，也提供了难题的最好解决办法——等。

有些当下的难题，超过了我们的能力范畴，不是自己所能控制的。这不是你独有的困扰，这是所有人的困扰。在人生的某个阶段，尤其是年轻时，刚成家立业，压力一波接着一波，能力收入又还在爬坡，越爬越累，似乎无解，想躺倒了事。这时就得等，人生的持久战，进入了相持期。你的武器有三种：顾好健康，提升能力，和睦家庭。然后等着，政策或会改变，你或有大突破，现在的大难题成为将来的小难题，甚至不再是问题。

这个等，是大智慧，邓小平先生治国都用。暂时条件不成熟，实力跟不上，解决不了，那相信后人有智慧可以解决。这方法一是实事求是，不泄气也不冒进；二是在发展中解决问题，问题是坚冰，发展的阳光慢慢融化它。治大国若烹小鲜，治小家更像烹小鲜，道理是一样的。

人生有问题，天天有问题，没有问题就不是人生，我们的性情、见识与能力，都得依靠问题来打磨，解决小问题进步一小步，解决大问题进步一大步。你是一家之主，问题更多，不仅自己的气要打足，还得为家人鼓劲。这样从孩子到老人，才能在北京真正扎下根，迎来有利于自己的一切变化。

祝开心。

连岳

华为给的好牌，我们想随便打掉

连叔：

您好！

先来说说我的情况吧。我是一名八零年代末出生的IT女民工。九年了，一直在华为上班。九年华为生涯前五年在北京，后四年在西安。说到这里也要说一下，我结婚快七年了，娃还有一个月就六岁了。我的人生就是因我从北京来到西安而开始转变的。说到这里，又有些捶胸顿足，要是早点知道连叔的公众号就好了。

我跟老公是在公司论坛认识的，认识不到三个月就领证结婚了。当时我的想法就是都是研究生毕业，都在华为上班，人品不会太差，性格也不至于太差，所以就大胆领证结婚了。事实也证明我眼光还可以，家务带娃，他都能胜任，工作也认真努力。有时我还会感叹我这么草率地结婚像是在赌博，不过最后我赌赢了。那时我还挺庆幸没有遇到渣男。

按理说，我们收入还算可以，理应就留在北京。可是2015年的时候老公炒股把我们原本可以买房的钱全部赔光了，他心灰意冷，决定来西安。我当时没有因为这个责怪他一句，我总说钱都是身外之物，没有了可以再赚。他坚持来西安。我当时想去南京。他说他在西安念书的，再加上他姐姐也在西安，所以说来西安更好。因为那些年北京的空气污染指数经常爆表，所以我只问了他一句："西安有雾霾吗？没有就去。"他斩钉截铁地跟我说："西安没有雾霾。"由于当时我过分信任他，所以没有自己去调查，就答应来西安了。

他2015年公司内转到了西安。我2016年11月也内转到西安。当我到了西安，就发现被他骗了。这是我第三次到西安。2015夏天来过一次，当时是带着爸爸妈妈和娃过来玩的。然后第二次就是2015年10月份，那次来西安在下雨。然后就是2016年11月迁过来了。来了以后真的有种被欺骗的五雷轰顶的感觉。雾霾真的太太太严重了，真的就是整个月整个月的霾。这种霾同北京的雾霾不一样，北京顶多霾两三天，夜里一阵风一吹，第二天必定蓝天白云，霾不过一周。可是西安的霾刷新了我的认知。我到了新部门以后也会跟同事聊起雾霾，同事说，今年算好了，去年（2015年）的霾那才叫严重，能见度不到五米。听到这话，我更是感觉被他骗得太狠了。因为这事我不少埋怨他，最后逼急了，他甩给我一句："就你是人？人家西安八百万人怎么生活的，你领导同事怎么生活的？有霾怎么了？"因为这事不停争吵，再加上婆媳矛盾之类的琐事，我们之间的矛盾越来越多，甚至吵到要离婚。

后来我仔细研究了一下为什么西安的雾霾这么严重。通过调查资料发现，西安的霾不可能有解决办法，秦岭拦住了南方来的雨水，海拔三千多米，西安这地方少风少雨，很少像北京那样有大风流通空气，所以西安的霾不可能缓解。很多人说跟雾霾比，家庭和睦更重要啊！可是作为一个土生土长的南方人。我真的好难接受这样的生活环境。尤其是西安最近又霾了。我有点讨厌自己了。口口声声说着"不喜欢不喜欢，受不了这雾霾"，可这已经是来西安的第五个冬天了。想想有点可怕，我怎么是这样的人！今年我想离开的想法越发强烈了，可是我知道他不会离开的。说实在的，我真的很压抑自己，努力地去接受别人说的，家庭更重要，雾霾都是小事这种说法。毕竟身边人都这么说。而且除了这个，娃他爸其实还可以，做饭刷碗都是他，接送娃还有学习运动都是他管，对我父母也不错。我有时候会怀疑自己，真的就只有我这么介意雾霾吗？他们都麻木了，还是看不见？我在家里放了四台空气净化器，出门也捂得严严实实的，甚至不让孩子在外面说话，能不让她出去就不让她出去。我觉得我已经快要到崩溃的边缘了。这几年，一到冬天我就不断咳嗽，各大医院都去诊断过了，结论是雾霾过敏。他听说什么药能治疗咳嗽也让我吃。但他还是觉得别人都能生活我们也可以。我真的太痛苦了。

我们这几年在西安也买了四套房子了，按理把西安能卖的房子卖掉，去南京或者杭州或者合肥，随便哪个南方的二线城市都可以买房生存下去啊，为什么他就是不肯离开？我这么疯狂的抗霾行动，他应该能看见啊。所以归根结底，他并不爱我。对不对？他做饭、刷碗、管娃，努力工作只是做了他应该做的事情，对不对？

连叔，我真的要压抑自己就这么过一辈子吗？我要不要带娃离开？现在我名下有两套房子，卖掉一套全款的，去别的城市付首付，另外一套暂时出租收租金，这两套房子都在西安华为隔壁，出租不成问题，卖也不成问题。可是我有点舍不得他。真的很神奇，他只是做了他该做的事情，我就会舍不得，所以压抑了自己这么些年。可是我觉得再这样下去，我会崩溃的。最后会不会把自己憋出毛病来也不好说。

连叔，你能理解我的痛苦吗？我要离开吗？

我开始报名合肥的银行社招了。我不管了，等我考上了，我一定要离开。以此封信为证。加油,老阿姨!

云阿姨

敬上

* * *

云:

其实你已经做了离开的决定。

这个决定很大。不仅是改变居住城市和职业,更意味着家庭极大可能破裂。你负气到了合肥,他执拗留在西安,彼此怨恨,物理距离与心理距离都加大,修补关系难度太大。看得出来,你还是爱他的。我觉得,你们的关系还能挽救。

这不是说,你必须继续忍受雾霾,你的身体已经亮红灯,再忍下去并不人道。他让你继续忍也不合爱情应有之义,爱肯定要让对方过得更好。以你们现在的积累与能力,移居到中国任何一座空气好的好城市,都不是难事。好好决策,家庭现在的雾霾危机并不算大。

只是,你们两人都还没有从上次"离开北京到西安"的错误决策中走出来。那是一次经典的错误决策,他贡献了情绪化,你贡献了轻信。任何一方稍微科学一点、理性一点,原本都可避免犯错。他炒股失败,气得离开北京,关北京什么事?这就是情绪化的体现，就像有人盛怒之下砸掉自己心爱的物品一样，非得把事情搞得更糟。而你呢，只要花半小时查证，就知道西安空气的真实状况。

决策错误不要紧，犯错会暴露出我们人格与思维方式中的重大漏洞，把补丁打上，以后的正确决策获得的利益将弥补这些损失。不犯错误就不会进步。如果你老公当年没有炒股惨败，而是赚了点小钱，或只是小亏，我估计至今还在股市里疯疯癫癫，追涨杀跌。你们倒是还在北京，不过可能一套房子都还没有，更不堪。

可惜你们改得太少。他仍然情绪化，甚至更严重了。从骗你西安无雾霾到现在拒不承认雾霾对你有严重影响。再大的事实，房间里的大象那么大，他看不见，它就不存在。而你呢，合肥的空气固然比西安的好，可是，这些问题你想过吗：中国空气好的城市那么多，你为什么挑合肥？任何城市都有不适合你的因素，合肥不适合你的是什么？你能忍受吗，会不会是另一个雾霾级的不舒服？刚开始极小，后来变成极大。你对银行业了解吗？它的前景如何？从事业到家庭，类似问题还有很多，我就不一一列举了。如果只是为了逃离雾霾，没有考虑过其他关键因素，你这是又一次轻信后的盲动。

上一次错误决策的后果并不致命，你们还有好工作，也积攒了四套房子，这资产或许是其他人一生的天花板了。但一直错下去，再多积累也经不起消耗。你们接下来这次决策至少应该是理性的。你有离开西安的最后时限，并有权衡过利弊的理想目的地，这些都要告诉他，让他知道事情的严重性，并给他做决定的时间，避免他情绪化。好好谈，其实是小事，不过是两人带着资产去另一个城市生活而已，你们去哪个城市都可以过上好日子。连这个共识都做不成，连这个小决策都理性不了，那你们真是辜负华为，辜负自己的好运气。好牌打完了，当然还有烂牌可打。可是，好牌都打不好的人，能打好烂牌吗？

祝开心。

连岳

放下“正确偏执”，尤其是在家中

连叔：

您好！

提笔时，我又忍不住红了眼眶。

上周日我领到了房产证，周一刚将抵押材料送去银行，竟隔日就收到了银行放款。历经整整半年的置换终于尘埃落定，昨天我异常激动，不料一回家就经历了一场情绪风暴。

我是一位5岁孩子的母亲，坐标上海，平日先生和我都忙于工作，我爸妈挑起了家务的重担，所以同我们住在一起。我高度认同您购房方面的所有观点，考虑到提高房屋利用率和应对通货膨胀，我向父亲提议卖掉他几乎不住又无学区的老破小，由我或先生贷款再置换一套较高品质的住宅。由于涉及贷款，所以房产证上必须写我或者先生的名字；又考虑到后续还有可能用我父母名字买一套学区房，所以这次他们名字不上房产证。我想到了去公证处约定高于我父母售出房屋价格的房产比例归老两口儿，这样让他们安心。我父亲听后大为恼火，指责我不该为了发财倒腾他的老房子。我觉得憋屈，从没想着侵吞他们的财产，更不指望靠着置换房子一夜暴富，我的出发点是整合升级家庭资产，看着他们一边极度省吃俭用，一边放着不涨反跌的老破小空关，我很心痛，为他们深深不值得。

我父母亲是老上海人，年轻时工作勤恳，从没置换过房子，从未尝过“先上绿皮车，才有机会早日换乘动车高铁”的快乐。他们思想传统保守，特别是我的父亲，非常固执己见，辛辛苦苦积累的财富在上海房价的一轮轮涨幅中显得不堪一击。我很希望他们能理解“有时候，选择比努力更重要”，我很爱他们，但我可能不擅长表达。我的想法是不是太自私太不顾及老人家的情感了，很希望能得到您的指点开导，感谢您！

祝您和连太一切安好！

草雨田

* * *

草雨田：

首先恭喜你。

其次我想说，你不必沮丧。并不是家人就一定要接受我们更科学、更合理、更能保值增值的财务观念。我们当然要尽力，毕竟，有时一个观念的得到与实践，生活就能更幸福，财富产生数倍，甚至十数倍的差距，不接受太可惜。而接受观念，只不过是脑部的一些生化反应，成本极低，收益极大，这其实是人最大的优势，也是最大的乐趣。

一个真正的聪明人，体现在一辈子都在搜寻更好的观念，自己的旧有观念被证明不那么好，或是错的，被推翻，被置换，自己会很开心，因为最大获益者就是自己，还有自己的孩子。也要恭喜你现在5岁的孩子，耳濡目染，他将来的财富观几乎不可能出错。孩子的观念与方法，大概率像父母。从这点来看，你确实了不起，你原本该像你的父母，保守而不愿进化，只会拼命低头拉车，不知道抬头看看路有没走错。

为什么人能够影响自己的孩子，却很难影响自己的父母？因为在小朋友眼里，父母就是神，一切都对，他非常渴望和父母拥有同样的观念。而大多数父母认为自己比孩子更高明。你想来改变我一生的观念，想都别想，即使你用事实与逻辑证明我错了，我也可能用父母的优势地位（也就是倚老卖老）拒不接受，大发雷霆。我们的父母若是这样，当然遗憾，但也不用太意外。他们在这个年纪，只要不伤害他人与自己，能够在自己的小宇宙里自圆其说，自得其乐，其实也是一种幸福。你的父母，就在这种幸福中。孩子家庭圆满，自己又能为孩子做点事，而且还有套自己的小房子。

父亲这次强烈反对你的计划，不要怨他，他无法超越他的观念；更不要再次尝试劝说。他们虽然不可能发财，但宁静知足，也是无形财富。在明知他错我对时，我们的沟通要避免“正确偏执”，我正确你就非得听我的。这样传递不了正确，却增加对立与怨恨。无论是财富还是观念，一代更比一代强，这是中国向上走的证明之一。但更强的新一代在与上一代的沟通中，不能带有“正确偏执”，尽力而为，顺其自然即可。他们能接受新观念新方法，我们开心，他们不能接受，那我们就接受他们的不能接受，谁让我们现在是家里最强的人呢？就应该这样多努力，少冲突，无冲突。这样，才对得起自己的进步。

祝开心。

连岳

好人要有“坏”手段

连叔：

你好！

默默关注你好久了，在你的文章中学习到了很多独到的见解。远离家人，北漂在外，你的思想和观念在很多时刻给了我明确的指导。我是一个很普通的女生，工作中不会去搞小团体、勾心斗角；生活里与人相处会顾及他人的感受，力所能及地去帮助他人；虽然单身，也有自己的朋友圈和爱好；坚信踏踏实实做事，本本分分做人，无忧无悔地活在当下。

最近我父亲想买车，因为年龄太大，无法贷款，想以我的名义贷，然后父母使用并还车贷。这是件好事，而且我也想为他们做点什么，也算是自己的一份孝心。可是我爸不知从哪里打听到，买一辆八万多元的新车，首付仅需两万，然后人家每月帮着还一千四的车贷，前提条件是每天必须跑够十公里。我一听就觉得有猫腻，也怕他被骗，我多询问一点细节，我爸就不耐烦，最后对家人破口大骂，根本无法沟通。他经常去听那种直销甚至传销讲座，因为贪财，过度套现信用卡，已经是银行“黑户”了；后面欠了一屁股债，还总想着少花钱甚至不花钱就能得到什么。因为他已经是“黑户”了，很多事情办不了，就说用我的名义，说是为我做这个做那个，其实背后都有自己的私心。这样的家人，让我觉得又可怜又可恨，总是相信天上掉馅饼，因为贪图小便宜，已经栽了很多大跟头了，还是不长教训。现在我爸说发现了什么便宜优惠的事情，周围人都不信，他还是乐此不疲，自己信以为真，真的是走火入魔了。

希望连叔帮忙指点一下，如何对待身边这样的亲人？因为是自己的父亲，也不能完全不管，看着他越陷越深；但是去帮助，这样的人就像个无底洞。

咖喱

* * *

咖喱：

你父亲属于人类社会中最低级的一类人，特征是没能力、没信用、多贪欲。他们一生就是当个完美受骗者，不仅甘愿上当，还会热情维护骗子。没有任何人有能力改造他们、拯救他们，谁起这个念头，谁就要被他们拖垮，万劫不复。这点要牢牢记住，这类人中的某个人并不会因为恰好是你的父亲，而变得可以改造，可以拯救。反而因为是你父亲，对你的杀伤力更大。

他是你的父亲，确实不可能完全不管。这个管，局限在维持生命范畴；饿时给点食物，病时带去看医生。而且这个食物与医生的标准，由你定。由他定，他又会去找骗子。除此以外，要切断一切联系，尤其是金融上的联系，贷款给他消费、投资之类的事，那是增加你的不幸，也是增加他的不幸。

这个切断，就从这次买车开始。即使他最后方案调整成看起来靠谱，你也要切断。只要是要钱，他无论以任何形象出现，你都要切断。这是对付他唯一正确的方法。刚开始时，他会大发雷霆。用脾气勒索家人，这是他仅存的手段，但不理会几次，他自然没脾气。

自己的父亲如此不堪，但又有血缘关系。乱麻似的关联，可能导致你自卑、痛苦、无法与他人建立亲密关系，一生受其连累。父母无法选择，责怪他们对自己造成的伤害，意义不大。有意义的是对他们有清醒认识后，自己做出的选择。不堪的父亲逼出你快刀似的霹雳手段，可斩一切乱麻，那就给了你另类成长。

你温柔踏实。这是很好的品质，这还不够。温柔踏实的人很多，许多并没有好报，一直被欺负。坏人有天赋，可嗅出那些可欺负的好人。自己的温柔踏实，却成为最低级人的猎物，这温柔踏实就成了诅咒，成为牢笼。这样的好人，因为成就了坏人，并不能算是好人，甚至可以说是变形的坏人。温柔踏实一定要长出霹雳手段，坏人敢伸手，你就敢剁掉。有能力保护自己的好，这是好人的最重要责任。这样的好人，才是真好人，才有好报。

祝开心。

连岳

想有好房子，就像想有好人生

连叔：

您好！

关注您几年，您很多文章里的观点真是说到了我心里去，同时站在一个客观的角度，为人解惑。不知道是否能得到您的回复，但您也说，给您写邮件的主要功能是自我梳理。那么，我就借这个机会，做一做自我梳理吧。

我来自一个西北的小县城，从来没觉得自己的生活环境与穷苦有什么关联。也许是因为我本身对于物质的欲望没有那么强，也深知任何事情都是比上不足比下有余，而且与众多还在温饱线上挣扎的人相比，自己非常的富足。

2007年，我来到北京求学，顺理成章地继续在这里工作。十三年嗖的一下就过去了，可能这十三年里，我一直念念不忘的，就是拥有一套属于自己的房子。说到这儿，又有点愧疚，自己并没有为此付出持之以恒的努力，所以到现在还是单身无房大龄女青年。

综合年龄、社会价值导向，以及自身的焦虑状态，现在有两种方案不知道该如何抉择。方案一，继续在北京坚守，在现有积蓄的基础上，借或者继续积累10%，在偏远一点的位置买一个开间或者小一居，背负较大的贷款压力；方案二，离开北京，去离老家更近一点的西安重头来过，置业还贷相对比较轻松。

之所以一直犹豫，就是坚守北京不那么容易，但又并不太想离开已经算是第二故乡的城市，且西安的薪资水平与北京相比也是断崖式下降。可是考虑到父母以及生活压力，又觉得去西安也是一条出路。

综上，还是希望能得到连岳老师的指导，到底是坚守一线，还是退居二线呢？

Best wishes！

一个不愿承认在北漂的北漂女青年

* * *

一个不愿承认在北漂的北漂女青年：

有两个问题很容易回答，小学生都答得出来：

第一个是：你想有更好的未来吗？答案只有：想。

第二个是：更好的未来是否意味着需要更努力？答案也只有：是。

我们可以接着问：

更好的城市是否有更好的未来？是。

北京是不是更好的城市？是。北京永远是中国最好的几座城市之一，在中国北方显得尤其突出。

可以得出结论：你退出北京，相当于放弃更好的未来。这是小学生都不会做的选择。

当然，北京的房价高，买房有压力。这就对了，更好的城市，就是体现为其房价长期比别的城市高。如果全中国人都有北京的房票，北京的房价将比现在高得多，按你目前的实力，可能再吃苦，都买不起北京的房子。现在让你咬咬牙买得起，不是应该感到幸运吗？

万家灯火，九千九百家普通人，绝大多数在北京有房的人，都承受过压力，过了几年苦日子。买房本身就是一种筛选机制，说明这个人有工作、会积蓄、肯吃苦、负责任，愿意为更好的未来而努力。

想有房子，从来没有这么容易过。只要你肯退，总会退到房子足够便宜的地方，几万块一套的房子，有的是。想有好房子，就像想有好人生，不可能容易，从来只能走那条看起来更难的路。

祝开心。

连岳

4

亲子・教育

当一个幸福的普通人

连老师：

您好！在痛苦的煎熬中，一年终于过去，孩子的录取结果出来了。但我个人的情绪很糟糕，走不出来，茶饭不思。对老公的态度也很不好，指责他没有用心在孩子身上，也常不想搭理才几岁的二宝。

很难接受女儿十几年学习到现在的这个结果。从小学初中到高一，成绩一直都算是优秀的，上重点高中重点班，高二一年在持续退步中过来，高三直接就不愿意上学了。同学们奋斗的高三一年，她在家玩游戏。任我如何生气吵架软硬兼施，企图让她上学，没有丝毫作用。我以为她不会去高考了，却又去了。成绩差40分上本科线。可是专科的志愿也没报好，发生退档，第二次投到一个民办专科，录取了。她自己倒是接受，也想去读。但我的内心很难接受，从小都优秀聪明、多才多艺、一表人才的女儿，最后是这样的一个结果。这已是结果，无法改变，唯有接受。而现在让我更难过的是，我跟她说去专科的时候就认真学，到时候参加自考本科或者专插本升本科，孩子却想都不想地回复说："不考，我也不会怎么认真学的，我都说了不想学习！"总是反复和我强调说她不想学习。我说花钱去读2+2形式的出国留学本科，她也不愿意，仍然说："都说了不想学习，何必浪费那个钱！"总之就是不愿意学习。而我知道，她不笨哪——中学以来没有补习过，但成绩总能保持中上，现在这样太可惜了。

她和我说："我就想做一个好吃懒做的人，我什么都不想做，在家里打游戏，就是我最开心的事情。我从来就不喜欢学习，以前我也是为了你才学的，我现在不想为了你了，我听从我自己的想法。你为什么就不能让我做我自己想做的事呢？"

一直以来，她在我的期望中，都是一个有美好前程的女儿，现在成了这样，而我却不清楚问题出在哪里。她怎么就不想学习了，就想着好吃懒做，只想玩游戏了？该怎么去帮她改变？我无计可施。我真的好痛苦，好难接受。胸口犹如大石压着，喘不过气来，捶胸口，是我这一年来最多的动作。

连老师，您能告诉我，该如何让自己内心顺起来，真正接受这一切？

希望您能看到这封信。谢谢您！

小云

* * *

小云：

你现在需要的是耐心，告诉自己，过几年再说。在这段时间，对老公温柔一点，对二宝专注一点。

你女儿是个聪明孩子，但她还停留在高二竞争失败的愤怒当中。她无法接受自己的失败，但又无人可怪，毕竟知识上的竞争是公平的。

一般孩子，随着竞争将不停调整，即使掉到重点班的尾巴，也会根据自己的实力设定目标，不像你女儿回家打游戏了。你女儿不是一般孩子，她采取了掀桌子的方式。在你们的游戏规则中我输了，我索性不承认这个游戏规则，不要你们设定的美好前程；我就好吃懒做，在我自己的游戏规则中，我是赢家。这时候，你再不停唠叨原有的游戏规则，唯一的后果就是让她更愤怒，更逆反，强化她要“好吃懒做”的目标。

你说的游戏规则当然是对的，人在任何时候，在任何层次上开始学习，都有机会。人是学习动物，本该如此。人生是超级马拉松，跑几十上百年，有起有伏，再正常不过，花半辈子追赶别人，也很多见。任正非四十多岁时，还是一个没有方向的失败者。你女儿并非理解不了这些道理，而是你在错误的时间说正确的道理，这些道理也会变成错误。当一个人强烈排斥你的道理时，你就知道那是错误的时间，此时应该闭嘴，让他的强烈情绪得以释放。焦虑的教育者却在错误的时间说得更多，让强烈的情绪更加强烈，逆反更逆反，愤怒更愤怒，推其走上不归之路。

每一个孩子，在出发时，都享受了高期望，希望他百里挑一，希望他飞黄腾达，希望他救苦救难。多数高期望是要落空的，他就是一个普通人，百里挑九十九。有些孩子上了985、211，读完博士，也是普通人，只是谜底揭开的时间迟了几年而已。教育就是多数人注定失望的事。你还没有接受这个现实，你也处于愤怒之中。只有接受自己的孩子是个普通人，这愤怒才会慢慢消失。

你的孩子其实已经开始恢复，从她愿意参加高考就体现出来了。只想好吃懒做打游戏，她没必要重回竞争。上一个差点的专科，对她这个特例，并非坏事。按她的基础与资质，可以碾压同学，愤怒通过这个赢的感觉尽情释放，她也就顺势回到正路上了。这种展望并不是再次调高你的期望，以为孩子将要逆袭那些上了好大学的同学；而是说，你越不焦虑，越能接受她的普通，她调整得越快，更不可能好吃懒做。

当一个幸福的普通人，并不需要太聪明，也不必非受高等教育。有礼貌，诚信，自食其力，足矣。你的孩子做得到，每一个孩子都做得到。

祝开心。

连岳

有钱的爸爸，你希望孩子幸福吗？

连岳：

我家孩子今年大一，香港中文大学数学专业。他一心想纯数到底，将来读英美的研究生、博士，然后寻求教职。按目前发展趋势来看，我不怀疑他有机会进入一个世界排名前二十五的大学，甚至冲刺藤校。最近一段时间我了解了一下纯数博士的就业情况，发现很艰难。纯数这种基础学科将来留校做科研，太多东西不是个人努力可以决定的。

一想到孩子勤奋，成绩也不错，留学总成本要三百万，且读博甚至会影响结婚时间。工作地又不确定，因为是学校选择你，而你未必有能力选择学校。想到这儿生意人老父亲就有点焦虑，觉得性价比太低了。家里物质条件算好的，孩子将来的房子、车子甚至生活费，统统都可以提供。只是如果将来作为一个临时工，漂泊在各个学校，担心孩子心态不好，甚至被外人调侃。请老师指点。

老张

*　*　*

老张：

你是富爸爸。但我觉得，你没有用好财富增加自己和孩子的幸福度。自己的焦虑仍然和没钱时一样，甚至更多，那么辛苦挣钱做什么呢？

钱很重要，没钱，你支付不起孩子的高学费，孩子研究数学的梦想更难实现。但把钱当成唯一重要的东西，那钱就由我们的奴仆变成了我们的主人。能控制钱，“钱奴”越多，替我们做事的力量越大，幸福度更高。不能控制钱，钱越多，则“钱主子”越多，自己变成更辛苦的奴隶。

儿子学数学，假如就像你猜想的那样，将来工作不好，收入不高，那又有什么关系？他是富二代，他爹老张愿意资助他。有钱，就是可以为理想任性。

关键是，学数学收入不高，极有可能是偏见。我们知道，任正非先生求数理化人才若渴，也给他们开出了很高的薪水。当然，只有少数拔尖的数学人才能得到这种职位。不过，这是数学行业重要的最好证据，重要，收入就会水涨船高，行业中各类人才的机会、地位和收入，都会相应往上走。既然数学家不可或缺，甚至决定着中国能否突破技术封锁，那么对数学老师，对数学的启蒙者、普及者的需求，不也要增加吗？我认为，学数学不必过度担心工作的问题，没有哪个专业是一定会有好工作的，所有专业对工作的忧虑度相差不大。

有一点要恭喜你。小张在大一就决心献身给数学，这么早的坚定，对数学研究来说，相当重要。菲尔茨奖获得者（号称数学界的诺贝尔奖）蒂莫西·高尔斯教授，在其牛津大学通识读本《数学》中讲道，决定数学家成就的，往往不是天才，而是勇气、坚定和耐心。他认为在四十来岁时证明最著名的数学难题——费马大定理的安德鲁·怀尔斯就是这样的例子。

你要学会欣赏，并鼓励小张的数学理想与坚定意志。他才大一，刚刚开始数学长征，你就各种怀疑与看衰，显然大大增加他走完两万五千里的难度，甚至会扼杀一个将来的华罗庚。

老张，你现在的状态是最幸福的，老子有钱，儿子有理想。财富没有耽误孩子，而是保障孩子追求理想。如果不理解这幸福，你可能亲手毁掉你和孩子的幸福。

祝开心。

连岳

贪图安逸的人不能嫁

连岳：

您好！

春安，与您同庚，所以虽然连叔叫着很亲切，却是不方便叫了。每天阅读您的文章，看您用耐心、悲悯和智慧抚慰芸芸众生。从小很喜欢文字的我，越来越觉得写就这样平实、温暖的文章才是文字最美好的用途。

我和老公都是北京普通的中学教师。我们从二十多年前结婚时一无所有，到目前北京有两套住宅和一套小商住，其间买卖过一套房子用于女儿留学。另在舟山群岛有一套小房子，买时有点冲动，只因为喜欢那里有蓝天白云没有雾霾。目前尚有贷款和借款，但是基本不影响生活。教师工资不高，我们很努力地走到今天，也总想给孩子最好的。女儿今年22岁，已留学五年，本科四年，今年5月即将藤校研究生毕业，成绩很好，会计金融专业。原本一切挺顺利的，但是一场突来的疫情影响还是蛮大的。

我原本希望她能借着年龄小的优势，继续读完博士，但是感觉她现在有些强弩之末的感觉，不愿意再往上争取。尤其是疫情期间孤身一人在外，她开始恋爱。这对她影响很大，原本想考的一个证书感觉她也已放弃。我觉得自己还是比较开明的，她读与不读，留外还是回国，我觉得都能接受。但是目前她说回国不想回北京，想回南京。因为男孩家在南京，且家境较好，不愿意来北京。两人觉得一线城市压力太大，不如南京安逸。

我现在身边那些别人家的孩子，要么名校博士录取，要么五百强工作到手。对照她耽于恋情，总有些怀疑是不是自己的教育有某些缺陷，不太到位，总有点儿功亏一篑的小失意。另外挺不喜欢“安逸”这个词，在我的认知里，年轻时贪图的安逸，基本上都会明码标价，在之后的人生中还回去。

所以现在就内心各种小纠结，既心疼她一人在外学业压力大，还要担心疫情和反华，又总觉得她的人生不能更进一步有些遗憾；既希望她恋爱顺利，婚姻幸福，又隐忧各种意外；既碎碎念想提醒她各种情况，又担心自己干涉过度落入“父母皆祸害”的境地。

远在万里之外，交流也不是特别顺畅和及时。教师的生存环境相对单一，我自己也没有经历过读博和找工作的压力。时局动荡，中美关系前景不明朗，在想指导她的时候，自己也不能确认自己的想法百分之百正确。

如果换作是您此刻有这样一个女儿，您会对她说些什么呢？

无论如何，感谢有借信梳理自己的机会。我真的很想她回北京呀。

感谢。

一个操心纠结的老母亲

*　*　*

一个操心纠结的老母亲：

姑娘还小，这可能是她需要走的一个小小弯路。她是最不该觉得北京有压力的人，在北京长大，家境又好，自己还受了好教育。我理解你的失望，如果是我女儿，我会比你更失望。作为父母，如此努力，为女儿尽了一切责任，可她不想努力。这算是一种价值观的背叛，这是最深的伤害，很痛，很难忍。

这不是说南京不好，南京很好，是座伟大的城市。也不是说任何一个地方不好，孩子只要想清楚了，有自己的事业，任何一个地方都是好的。有些事业，还非得逆行，袁隆平的事业在田间，樊锦诗的事业在戈壁，两弹一星专家们的事业还要长时间隐姓埋名。现在的孩子当中，也一定会出现大英雄，不会只出现在北京，也会出现在南京，可能出现在中国的任何一切地方。他们待的地方不同，但品性却大致相同，有责任感、有感恩心，坚忍、精进。

我和你一样，不喜欢“安逸”这个词，这个词误导了太多年轻人。安逸是什么？相当于不思进取，得过且过，好吃懒做。以这种低等动物的状态过活怎么可能换来好人生？物质上或许不缺，反正父母挣了不少钱，够花的。但谁会尊重这种寄生虫呢？别说他人了，父母也不会尊重寄生虫孩子，孩子也不会尊重被寄生的父母。人若只追求当一只安逸的米虫，在这个物质富足的时代大米缸里，太容易了。相应地，人生也太无趣了，也太无责任感了。你的女儿及其男友，不是选择南京错了，而是错在选择所谓的安逸。一切选择安逸的人，都是不值得嫁的，不值得娶的，不值得期待的。他们没有韧性，没有硬度，在人生的挑战与难关出现时（必然会出现），过不了关的。当然，你更不能指望他们从自利飞跃到利他，能照亮其他人的人生。自己父母的良好期待都可以忽视，她还会在乎谁呢？

若是我的女儿，我会清晰地、严厉地说明自己的上述想法，并指出她的选择是错的。当然，她是成年人，可以坚持自己的错误选择。那，人生就此别过，不要再想得到我的任何帮助，无论是物质上的，还是精神上的。切断援助，她的安逸就要自己争取，也就无法安逸，反而可能最后帮她一把。父母的重大作用，就是在子女人生的关键选择上，即使被误解，被诬蔑为祸害，也要亮出观点。父母清醒，孩子走几年弯路可能回得来，每一代人的人生，难免自己付出一点成本。怕的是父母都不清醒，有些本身勤奋的父母，还觉得孩子追求安逸挺好，挺得意，那孩子就真回不到正道了。

祝开心。

连岳

不当“英国病人”

尊敬的连叔：

您好！

我是一名高中女生的妈妈，我的女儿目前就读普通高中美术班。孩子成绩一般，学校教学质量一般，学习氛围不好，学生普遍不太爱学习，早恋、打游戏的居多。我的女儿内向、胆小，但是心里有想法。她觉得目前以自己的学习成绩和学校的教学质量很难考上理想的大学（央美、北京服装学院、中国传媒等名牌大学）的艺术专业，离自己的梦想越来越远。她认为考个不入流的大学还不如不读，所以萌生了去英国留学的念头。

这想法遭到了她爸的强烈反对。理由一是，现在外国疫情这么严重，而且最近几年经济也不会好，势必影响社会稳定，教育也会受冲击，国外文凭的含金量已经不高了，还浪费钱（我们也只是工薪阶层）。二是，女儿选择的专业是时尚、造型。女孩子喜欢漂亮无可厚非，但是纯艺术的工作不好找。何况现在奢侈品市场风光逐减，有些都转型国内，不如选室内设计，包装设计等这些设计类实用。但是女儿坚决反对说不喜欢，没有灵感，一辈子做不喜欢的工作，做人还有啥意思。

我是两边都说服不了，其实我觉得她爸说的是对的；但是女儿坚持己见，所谓追梦，要为出国做准备，读雅思，做作品集。

艺术中介机构水很深，前期花费也要三十万，家里是天天大吵小吵，鸡飞狗跳的。实在没有办法，只能向博学的连叔您求教，怎样才能说服女儿打消出国念头，转变思想啊！还请您在百忙之中点拨！谢谢！

一个无助的母亲

* * *

一个无助的母亲：

在国内考不上好大学，只要肯花钱，就能拿到英美好大学的文凭。本质上，这就是买文凭。表面上皆大欢喜，英美的大学用一张纸赚到了一大笔钱，中国的一些孩子拿到了一张可供炫耀的文凭。

这种事之所以会发生，甚至形成产业，建立在一个基础上，就是中国人对英美教育的盲目迷信，凡有洋文凭的，就高看一眼。

同样是鸭子，拿了英美大学的天鹅证，中国人就得开出天鹅的待遇。

这个产业的基础已经开始崩塌，假的事情终究长久不了，即使暂时骗过了所有的中国人，但无法永远骗下去。领着洋天鹅的工资，本事不如一只土鸭子，甚至还有留洋的优越感；这种事情发生多了，反噬就会出现。有甄别能力的雇主，只会用有真本事的留学人才；有些雇主为了省麻烦，索性一刀切，歧视洋文凭——你不敢参加真刀真枪的高考，说明是没本事的逃兵，不招。

这种镀金产业的崩塌是好事，有利于回归到教育就是成长的本质。没有成长，收钱就给你一张文凭，那是骗你、误你、害你。不少家长还没看到这个潮流转变，还在读高中的孩子，尤其是那些成绩不好的，就更没有分辨能力了。这世上竟然有这么美的事，虽然我成绩不好，只要爸妈肯花钱，我就能去英美读好大学，将来从事自己喜欢的工作拿高薪。这一下击中人性两大弱点：一是好逸恶劳，二是虚荣。孩子怎能不如痴如醉？内向胆小的女儿敢和你们大吵小吵，那就是被洗脑成功了。

还好，你们作为父母有分辨力，否则，你们可能就是最后受害的那批人。对工薪阶层来说，这是一个无法填平的财务大坑，孩子去英国，几年成本大几百万。回国后，有没有工作都是问题，有工作也只是拿一份普通的薪水，一生收不回教育成本。而那时，父母准备退休了，收入下降，养老治病的支出又增加，整个家庭陷入贫困都有可能。这个几乎必输的赌注你们下不得。

这时候说服女儿的最好办法是什么？不是探讨她的爱好有无前途，这最后会变成一个主观问题，毕竟什么爱好都有机会，各持己见罢了，越争执她越坚定，父母还落一个没理想的市侩形象。只有诚实，诚实是最好的办法，告诉她，这种教育我们家买不起，没钱。没钱是客观问题，买不起的东西要不到，这是小学生都得接受的现实。没法做梦，她反而更可能踏实读书。

她还这么不懂事，将会怪你们穷，怨你们不给她更好未来。这情绪延续三五年、十来年都不意外。这是父母的心碎时刻，既自责无能力，又伤感孩子不努力。为了孩子的成长，父母只能做出最伟大的自我牺牲。如果她埋怨责怪父母能让她活得更真实，更健康，那就让她埋怨，由她责怪。时间将还你们公平。

祝开心。

连岳

如何正确地恨父母

连叔：

您好！

感谢您在百忙之中打开我的邮件，希望您能为我指点一下迷津。

先说说我的故事吧。我是家中幺女，最受宠，自小就很刻苦，成绩稳居年级前十，是长辈们口中的“尖子生”。然而我并不快乐，看重成绩的家族，让我逐渐陷入一种很抑郁的状态。父母常年外出工作，在我的青春期里几乎没有什么沟通和陪伴，我被寄养在外婆家，从小学四年级直到高一。之后我妈才回家，打算全职照顾我。可是我和她已经很陌生了。相隔五年没见，我权当没有了妈妈，对她的出现我只有愤怒。我开始不念书，好几次故意考了年级倒数。可他们就只知道骂，从来不会过问我的感受。每天家里都是骂和摔的声音，骂我是废物。每晚我含泪而睡，咬牙挨了三年，考上了一本，就读英语翻译专业。就这，家里办了好几桌酒席。可是我极度厌恶父母利用我在亲戚面前炫耀，他们没有看见我的痛苦，却要用我努力来的结果来自夸，气得我只想离开。

所以我解放了自己的天性。在大学里，我一发不可收拾，甚至借网贷，自己创业、谈恋爱、挂科，在外面租房子，欠了一屁股债，后来也都是父母出面还的。我彻底成了家族中的败类，名声很不好，但是我知道自己不差，我没做过伤天害理的事，唯一做得不好的就是没有继续当个乖孩子。可我真的不愿意了，我开始和他们唱反调。谈的男朋友是初中学历，我妈知道后，全家反对。我爸妈把我软禁在家里一个月，控制我，辱骂我，连窗户都不许我开。在某一天我出逃了。他们还说要报警抓我。

现在是离家出走的第六个月，正好是大学毕业第三个月。我正在自己创业中，能赚点但不稳定，每个月给父母打钱。虽然他们也都会接受，但还是在电话里骂了我好几个月，说我会后悔。他们希望我在老家当一名老师，嫁给他们给我物色的有高学历的相亲对象。

我辜负了他们的期望（却达到了我的预期效果），可是我也没有觉得很轻松，反而更累，这些年过得也折腾。我是不是就该活成父母喜欢的那样呢？当个老师或者上班族？找个稳定铁饭碗？嫁个高学历对象？迷茫的我看过很多很多很多心理学方面的书，看完豁然开朗，过后照样焦虑，无意义感越来越重。那么我人生的意义到底何在？我该怎么把握自己的人生，我的月亮真的不存在吗？寻找六便士是不是才符合人生常态呢？

小毛

* * *

小毛：

你还活在对父母的强烈仇恨之中。

先把这恨解决了，才能谈人生的其他问题。

恨会让一个人简陋，你生活在机械的否定当中：我恨之人希望我做的事，我偏不做，他们不希望我做之事，我偏去做。这里面只有激情，没有理智。但你又将之理解成他们是六便士，而你是月亮，美化这种恨，那可能一生都难以走出来。

他们可能是六便士，选择未必对，未必美，但这不能证明你是月亮，你或许只是五便士，更差一点，更丑一点。

走不出恨的人，人生没有希望，没有意义。你的能量都用在抱怨、诅咒、破坏、毁灭，你不可爱，你也不会爱人。我很同情你的男朋友，他被你利用了，你看中的就是他的初中学历，你知道这点可以激怒父母，让他们做出过激的举动。你其实很聪明，他们的反应都在你的预料之中，可是惩罚他们之后，你并不快乐。是时候走出恨了。

孩子在成长过程中，都有恨父母的时间，有的短，有的长。你属于长的。

这个恨的产生，有几种原因：

一是父母确实不称职，遗弃或虐待孩子。

二是有失误，在教育的过程中犯一些错误。人不是神，总会犯错误。任何父母，或见识有限，或能力不足，或局限于当时的环境，在抚育孩子的过程中，一定出现过不少错误。

三是教育必然有的严厉时刻。

二与三这种现象，几乎出现在所有父母的教育当中。也就是说，孩子都有恨父母的念头产生，并不是只有你受过这苦，这是成长的烦恼与成本。只是很多孩子，睡一觉起来，恨就消失了。再记仇的孩子，成长之后，生出同理心，知道人之不易，恨也不会长存。

你父母把你寄养在外婆家，甚至有五年没回来看你，你恨这点。那或许是他们的失误，或许是他们不得已。在心理医生看来，这可能对你的心灵造成一些创伤。可是，正常的心理医生都会说，这伤是小伤，可以愈合，不该不停地回忆、反刍、强化。就算他们有错，也受到了相应的惩罚。为你还债，忍受你的各种逆反，早就两清了。

从你妈妈的角度来看，她可能为生活所迫，不得不离开孩子几年，之后当全职照顾你，为你一直痛苦到现在，无法可想。她的人生，哪里有一丝月光？为那分离的五年没有得到宠爱，你报复到了这种程度，已经过度了。

你已大学毕业，也开始创业。把事业经营好，心情平静，同父母好好沟通。像正常人那样，像有爱的家庭那样，父母说得对的地方，就听；不对的地方，你就用事实证明你的想法对。爱也不是事事顺从，没有主见，爱是大家都可以追求自己的月亮，而只盯着自己的不开心，那不仅自己看不到月亮，也让别人没有月亮。

从今天开始，不要恨他们了。不恨，才有爱与意义生成的空间。

祝开心。

连岳

幸福的人，有一项独特的义务

连叔：

您好！

觉得自己心里一直有个结，不去想的时候倒也相安无事，但是想起来心里会很低落难过。

我出生在一个农村家庭，家里三个孩子，我是老大。小的时候就知道父母重男轻女，但是好像很多家庭都如此，也就没在意。后来慢慢发现我比较单纯，肯花心思在读书上，就一直有在升学。高考填志愿的时候，填错了（填了愿意调剂），后来就调到了私立大学去，需要花比公立大学多一倍的学费，但是当时父母咬牙送我去了。我一直都特别感激父母为我做的，读书时心无旁骛，为了尽快工作赚钱，从来没有考虑过继续读研，其实我专业学得不错，得过专业第一。

工作后，虽然没有每个月给我父母多少钱，但是年底肯定会把自己的积蓄取出来给他们，但我妈妈还是时不时会说类似谁家的女儿多会挣钱这样的话。我没有当回事，毕竟自己不是做生意的，赚钱没有那么快，那么多。

毕业十年，都和爸爸妈妈很亲密，几乎每天必打电话那种。

转折发生在我和先生结婚那年，我们俩都是农村的，按习俗是要彩礼的，具体多少其实我不记得，大概十几万吧，一般来说都会给一些当嫁妆让女儿带到婆家，到办酒那天，我妈妈没有把一毛钱彩礼给我。

我结婚后不到一个月，我弟弟也办了酒席。我明白了，他们是用彩礼给我弟弟办了结婚酒。

从那时起，我觉得我的心就死了。这之后我先生也有一些意见，不过他心态放得比较宽，他说培养一个受过高等教育的女儿，嫁给他，给点彩礼是应该的。但是我接受不了，我长达半年多都没有主动和他们打电话。后面几年虽然和父母关系慢慢好转，但是永远回不到我婚前和他们那种亲密程度了。

其实对白手起家的我们来说现在应该算是不错了，四百多万的房子，两个人的工作都不错。先生对我一直体贴，既是行业内的精英，在家也是带娃能手，我觉得自己很幸福了。但是每当有看到一些相关的文字，总让我想起自己的这段经历，就会特别低落难过，觉得自己没有可以依靠的父母，觉得自己被抛弃。他们根本没考虑过他们这么做，我在婆家面临的将是什么。

还有一点，我是公立学校的老师，班主任每学期都有一些班会的任务，如感恩父母什么的，我总觉得我没办法去说这个话题，我不知道该从何说起。

期待您的回复。这是昨晚写的，这会看的时候又觉得好像都是小事，犹豫了一下还是觉得想和您唠唠，听听您的想法。

Lin

* * *

Lin：

你心中的结，就是父母没按习俗回一部分彩礼当你的嫁妆。收到的彩礼十多万，他们的错价值数万元。即使100%回彩礼，错的最大值也就十多万。

如果你的婚姻不幸。那么，将原因归结于他们的这个错，我可以理解。其实按逻辑来说，也不成立，因为婚姻不幸的原因很多，主要是夫妻两人感情经营不好，嫁妆多少及有无，是次要的。甚至连原因都算不上，只是相关性。不过，不幸的人，有权利违反逻辑诉诉苦。

你并没有这个权利。因为你生活富足，夫妻和睦。换言之，你父母的错并没有引发任何严重后果。

没引发严重后果的错，就是不值得重视的错。一个人每天都会经历不少错，一些是由于人性的恶意，一些是由于教养的缺乏，一些是由于沟通的失效。它们造成的不愉快，我们很快会忘掉，这样最有利于自己，否则，我们的大脑就没有空间去享受每天经历的更多的对，它们产生于人性的善意，教养的充分，以及彼此的理解。

生活幸福的人，比他人过得更好的人，有一项独特的义务，即：要主动帮助提携他人，更多地同情原谅他人；若是变得嚣张、苛刻，那衬不上幸福，就是所谓的折福。你要学着开始履行这义务，养大养久自己的幸福。第一件事，就是原谅你父母在嫁妆上犯的错。

这世上，谁在我们身上犯的错最多？那多半是父母，孩子毕竟在他们身边待到成年。人非圣贤，这错那错，难免。你的父母，整体上非常有责任感，也尽了抚养你的义务，没犯什么伤天害理的错。揪住一些小错不放，那人人都得恨父母，人人也不敢当父母，我不信孔夫子当父亲时没犯过错。当然，如你所说，有些文字无限放大这些小错，让你要深挖，要牢记，要复仇。那简单，你不看这些文字就是了。如果我的文字让你看了生活更糟，我建议你也别看，那证明我没履行好提升读者幸福度的义务。

我们都要履行好自己的义务，去原谅，去爱。这是我们力量更大的标志。

祝开心。

连岳

5

人生・心理

妒火中烧

连老师：

您好！

心里藏着一个秘密，让我有点抓狂；我发现单位的某男领导和一位女下属作风有问题。面对这种事情，局外人一般都会选择看破不说破，可我一直有揭发他们的想法。因为在工作中看到他们眉目传情，心里特难受。

我在体制内单位工作，办公场所分为上下楼。这个男领导是去年年中到单位的（和女下属都在楼上办公，我们部门在楼下），分管我部门的工作。在闲聊中得知，他和我家人是同学。一开始，男领导会通过不同方式暗示我：炙热的眼神，工作中分配在一组，一起外出时让我替他保管小物件，打听我的家庭状况，等等。我都装傻糊弄过去了，这里就不赘述了。

在一次公务接待中，我察觉到了男领导和女下属的不正常。

一个上级检查组来我们这里考核，我和女下属及男领导负责接待（安排住宿、用餐等）。在酒店，我们也开了一间保障房，用于存放物品及休息。我们三人一同到房间。没一会儿，男领导非让我试试房卡有没拿错，我就拿着房卡关门开门。当时只是奇怪，没细想。在男领导外出时，女下属在房间里一系列的捯饬打扮，出门时会故意落下小物件（当时我不知情，是我发现她的小物件落下并拿给她。回想起她当时的眼神，一定是故意落下的）。在男领导回来时，女下属没有迎上去，而是站在酒店大厅，甜甜地、娇羞地笑着，看着满脸笑容的男领导缓缓朝她走去。那画面就像章子怡在《我的父亲母亲》里的经典镜头。有一句话说：人身上有三样东西是不能隐瞒的，穷困、咳嗽和爱。真的，当时的场景，我感受到的就是他们之间无处不在的爱意。之后，是午休时间，我和女下属又重新开了间房。到房间，我越想越生气，这不是把我当傻子嘛，这样肆无忌惮的。之后我微信向男领导请假，走了。当天，接待就餐到晚上十点多才结束。我们不同车回单位（男领导和女下属同一辆车，我和其他同事一辆车），他们单独在车上磨叽了好久才一起下车。当时因同车同事回单位拿东西，我们在车上等他。男领导和女下属那晚都没回去。我们单位是实行24小时值班制度，单位有男女宿舍，在同一楼层，那天男领导和别人换班了。女同志自愿值班，开始，女下属说不参加值班，后来又说，男领导建议她值班。第二天（周六）一早，我到单位加班，在电梯上碰见他们两人在一起，挨得很近，女下属一副小鸟依人状。从那次后，男领导就没有给我的朋友圈点过赞了，以前都是秒赞的。后来我在窗边看到，女下属上了男领导的车（她自己的车在旁边）。还有，那晚接待结束时，前台说还差一张房卡没还，账结过了。再后来，这两人经常换班，原本他们不在一组。还有很多细节都可以说明他们有问题。我是个细心的人，也爱观察。

连老师，这件事困扰我很久了，我也一直在调整自己的状态，平时在单位很少去八卦。我和女下属很少互动，都只是工作上的交流。但她会关注我的行动，比如我到男领导办公室，她会倚门观察。在单独两人时，她会说，男领导请她吃饭，她没去什么的。每次我都是一笑而过，但感觉很恶心，也有难过。

我现在的问题是：一、不知道如何面对他们。因工作调整，我们三人现在同一楼层办公，我是一个四十多岁的女人，不太会掩饰自己的情绪；自认为比较内向；二、看到他们时不时眉目传情，我心里真的很不舒服。不知道是因为女人的嫉妒心，还是因为也喜欢男领导。男领导比我大几岁，不算特别帅，身材保持得很好，情商高。女下属35岁以下，长得还可以，爱化妆，会说话。

两人都已婚；三、我很想去揭发他们，准确地说是想让女下属的老公知道。我真担心自己会做出伤人伤己的事情来。

连老师，我该怎么办？请骂醒我吧……

清

* * *

清：

你现在处于嫉妒当中，狂暴的嫉妒。

来梳理一下这嫉妒的产生途径：

男领导帅，身材好，情商高。他来撩你，或你以为被撩，你并不觉得恶心。作为一个四十出头且内向的女人，此情此景，可能是你几乎没有遇到过的，你被恭维到了。“想不到他这么帅也来撩我，看来我犹存风韵”，你心里有一种另类的甜蜜。

考虑到他已婚，你不愿意事态进一步发展。得为你的理智点赞。但是，你的贪念并没有消失，你希望他一直追求你，就像排他的爱情一样，保持在安全的暧昧里，不算出轨。没被蜂蜇，却能尝到甜。

但他停止了，有了更年轻、更漂亮的追求对象。当然，我得提醒你，他们之间可能什么事也没有，一切都只是你的幻觉。你盯着他的一举一动，脑补出了很多情节。从你的描述来看，无法确定他们有“奸情”。你无法接受自己被“抛弃”，他的行为，你认为就是对你不忠。你看女同事，也像“插足”你们关系的“小三”，你是愤怒的“原配”，渴望惩罚他们，摧毁他们。

即使他们真有“奸情”，这种关系是你厌恶的，避之唯恐不及。花花公子另有目标，不再纠缠你，你应该如释重负才对。怎会像福尔摩斯一样监视他们，猜测他们？你根本就不会关心他们在做什么。

嫉妒控制了你。此时如果能伪装成正义，杀伤力巨大，主要是杀伤你自己。事情闹大，调查起来，发现是你捕风捉影，所有人都看得出你在争风吃醋，对你和你的家庭，才是大丑闻。

嫉妒这样的负面情绪并不可怕，它是人人都有的情绪。察知自己生了嫉妒，体会它想告诉自己什么，是认识自己的过程。就怕不知自己在嫉妒，或知道了也任由激情燃烧，那就走上了自毁之路。

顺便说一声，纳税人付了你们工资，你们上班能不能做点正经事？

祝开心。

连岳

女性能力强了，胆子大点才像话

连岳老师：

您好！

期望您能读到我的来信，盼您能不吝赐教。

一直以来心思单纯，原动力较足的我，最近经常感觉压抑，心口像是堵着什么。原因是作为一名生于1987年的大龄单身女青年，在某一瞬间突然意识到无法忍受孤单安静的房间，仿佛打开了一个按钮，导致最近几个月心情压抑，而且这种压抑的状态已经影响到了日常工作。在公司职能部门做支持工作的我，之前一直心态平和，工作较认真效率较高，对待同事态度平和较好沟通，但最近发现自己经常无法维持原来温和的态度，说话语气莫名地就会较冲，办事效率也不如从前。每次态度不好之后往往又会自责，自责为什么会变成自己讨厌的样子。

和我同龄的大部分人已成家生子，而我依然独身，虽说人生应该按照自己的节奏，但从众心理不可避免地让自己和周围的人都觉得，我在应该完成某一任务的年龄没能完成任务。与周围同事相处时，不在同样的人生状态，导致我们之间欠缺了闲聊话题，因为我和大部分人的状态不一样，常会觉得自己格格不入。这种与周围人不一样带来的压力，应该就是我无法再维持平静的主要原因。不过，我觉得可以忍受独身，可以忍受孤单，但是，因为大龄单身带来的工作上的负面效应，让我觉得有点恐怖，害怕人生会全面崩溃。

我来自农村，普普通通的本科，从小家贫自卑，造就独立坚忍的性格，也造就独来独往不爱社交的习惯。北漂十年，去年在六环边买了个一居室，目前每年还完房贷能小存几万。原来我以为有了自己的房子，慢慢再积攒了积蓄，应该可以内心安定，不再慌张，可以有大把时间用来看书学习做自己喜欢的事，可以过得挺好。但其实并没有，之前租房的时候还能每年看二十多本书的我，有了独立的相对宽阔的空间后，反而不能定下心来看书了，觉得压抑空虚，心无定所。

关于结婚方面，刚毕业的几年认为自己还没弄清楚自己，没考虑过找对象结婚。再大一点，又觉得自己什么也没有，不足以负担一个家庭。蹉跎至今，虽然依然不能完全明白自我，所有也不多，但自认为心智成熟到可以成家了，年龄却又过了。到了这个年纪，我觉得不用强求物质，能有幸与一个人格独立、踏实稳重、人品过硬、身体健康的人组成家庭，已是相当不错的运气了。但是，按北京男少女多，以及自己年龄大了的情况，可能很难。而且，独立自主惯了，就算有这么一个人出现了，也不知道自己有没有能力去经营一段长期的与人相处的关系。

所以，连岳老师，我是因为正处于结婚和生育的末班车时段才会如此焦躁不安吗？若是过了这个时间段，到了四字头之后的年纪还独身，是不是就不会再是如此情形，能恢复到情绪平稳温和的状态了？如果一直独身，如何能让自己保持安静平和的内心，不因为不符合主流而影响心境，从而影响工作和生活呢？

以上，感谢您的阅读，祝您工作生活愉快。

L

* * *

L：

你现在是处于一种比较放松的状态，是终于获得“我有资格”的状态：我有资格发点脾气，我有资格不那么勤奋，少看几本书。这是一个漂泊在北京的姑娘拥有自己房子后获得的安全感。长安居，大不易。首都从来都是最不容易立足的城市之一，站稳了脚跟，这是普通人的大成就。有了房子以后，尤其你的房贷看来并不算累，生存的压力基本释放掉了，现在吃、穿与出行，花不了多少钱。

我们的有些好，比如温和，有些勤奋，比如阅读量大，有时候是自卑的体现。害怕被主流淘汰的不安全感，逼迫我们表现得用力一点。某种程度上说，这也是自卑给的礼物。自卑这种情绪听起来挺负面，可是使用得好，它也转换成强大的动力。人人都有点自卑的地方，换言之，这算是人人自带的动力源。在人超越自卑时，人就获得了成长。我想，你很快会回归温和与阅读，毕竟，你是靠体现在这些行为之中的克制与自律在北京立足的，只是下一个阶段段位更高，是更主动的选择：我的温和不是被迫的，是我觉得更好的人应该如此，这么做让我开心。我爱阅读不是为了完成什么任务，因为它就是最有趣的事，抑制不住。

婚姻与爱，当然可能有巨大收益。但世间万物，收益与风险总是呈正比的，有大收益的事就可能有大风险。我们会看到许多不幸的婚姻，破碎与悔恨的爱情。而婚姻与爱情的沉没成本又很大，除了心痛，还有不可倒流的时间。在女性没有选择权、工作权，没有经济实力时，只能蒙着眼接受婚姻的大风险，幸福与否，靠运气。那时的婚姻，第一位的追求是生存，是社会认同。现在你愿意接受低质量的婚姻，放弃自己的所有标准，也可马上就有婚姻。婚姻易得，好婚姻不易得。

如果只有低质量的婚姻，在其中你被伤害、被侮辱，那么，无论男女，我都觉得一个人过是更好的选择。逼迫一个人进入低质量的婚姻，那是不善良的，是奴隶式的。像你一样的女性，想要婚姻的，都在追求高质量的婚姻，宁缺毋滥。但很多人犯的错误就是空想空谈，只想着完美伴侣，爱情的理论一套一套，但从来不行动，思想上的巨人，行动上的植物人，不想承担任何一点风险，没有一点训练，怎么会有收益？怎么会有大收益？

有知识，有工作，有房子，这样的新女性，比起前辈，幸福得多，抗风险能力强得多，胆子比前辈更大才像话，大胆去认识人，去接受人，去追求人，去承受爱与婚姻的风险。别说你才33岁，就是43岁，66岁，谈谈恋爱有什么不行的？爱没有年纪太大这么一说。谈不成，你不照样有知识、有工作、有房子吗？有什么可怕的？行动起来。

祝开心。

连岳

奋斗的中年人，学会欣赏自己

连老师：

您好！

以一个有点迷茫的中年男人的身份给您写信，不管能不能得到回复，也算梳理一遍思路以及对自己的认识。

简单介绍一下我的情况：38岁，农村出生（人称凤凰男），211大学研究生学历，工科，国家注册工程师，建筑设计师。家庭幸福，凭我们自己的努力，深圳两套房，惠州一套房，有车，除了房贷没有别的负债。一儿一女，夫妻关系融洽，家庭到手年收入约六十万。

由于我出生在农村，家境贫寒，母亲也是以一种苦情的方式激励我，成长过程中整个家庭也是时常被人欺负，导致我对这个世界、对人性比较悲观。

从小学一年级开始，我就努力读书，可以总结为：咬牙切齿地读书，憋着一股飞出去的劲读书。心里暗想：等我读出去了，我不跟你们玩了，求我我都不理你们。这种心理肯定是错误的，可能就是这种心理，导致我确实对别人容易充满敌意，导致无法跟别人真正地成为朋友。

虽然我学历高，但我感觉我的阅读能力、自学能力很差。在学校受的是应试教育，读书时靠的是死攻攻下来的，基本没有读过什么课外书，觉得时间太宝贵，都得用在学校功课上。我一直都是在异常紧张的状态下学习生活，时常会感觉紧张，心跳飞快。

毕业后来到了深圳，老老实实上班、工作，结婚生子。

我现在遇到的问题是：

一、没有交际能力，事业无法突破

本人不善言辞，不会“来事”，性格内向，农村出生，甚为自卑，与同事朋友很难交心，特别是跟上司。导致目前事业遇到瓶颈，无法获得职位上的突破。周围在我眼里算“野鸡大学”毕业的，都成为中层领导了，我心里有点不平衡。

由于不善言辞，不会“来事”，不懂得“人情世故”，工作中无法跟同事搞好关系，甚至同公司不同部门的人认识的都很少，这样无法将自己的“个人品牌”打开，工作中无法获得各部门支持，所以事业上难有突破。

我觉得我的性格太害羞，害怕跟人交往，害怕目光跟别人交会。比如路上遇到认识的人，特别是不熟悉的大领导时，就是这样。来公司几年了，很多部门的同事和领导我都不认识，路上遇到，由于不知道人家是哪位，我就害怕打招呼。很多时候人家的目光过来了，我却回避，这样在别人眼里我可能太高傲了。还有一些时候，我不善于发现别人，别人看到我了，冲我微笑，我却没看到别人，别人以为我太拽，其实我是真的没看见。

二、孩子的教育

两个孩子像我，性格比较内向。带他们上培训班，都有点不敢去上。孩子妈妈觉得小孩有点害羞很正常，我却比较忧虑，怕他们像我一样。但性格随我，也不能怪孩子，孩子也是受害者。老大二年级，老二幼儿园中班，目前都没有上任何培训班。妈妈不太喜欢家庭事务，觉得孩子不要管太多，他们自己能搞定。我陪伴孩子较多。我的想法是，培训班不用上太多，但一点都不上也说不过去，起码体育学一样，文化学一样，培养孩子的兴趣和耐力。但孩子妈妈跟我想法不一样，她觉得孩子愿意去就去，不愿意去就不去。目前两个孩子就是放养，自己瞎玩。老大不愿意阅读，成绩中下，目前我们也盯着她每天读一点，但总体上我们大人费的心思还是太少。因为孩子确实不喜欢阅读，要费好大劲跟孩子周旋，还不能打骂发火，很多时候觉得力不从心。

三、没有朋友圈

没有交际能力，没有自己的朋友圈，没有兴趣爱好，这个也让我很痛苦。都说人到中年，混的是圈子，可是我一点圈子都没有，事业生活上都没有。

总结一下，我迷茫的地方就是没有交际能力，事业无法突破，混不进圈子，没有朋友，对一个中年人来说是不是很惨？

其实我也知道要提高已经很难了，从小到大，只知道埋头读书，读死书，从来没有也不会跟别人搞好交际。“情商”太低，说话容易伤人，这是我一直以来的死结。

不知连老师是否能理解性格、心理状态跟你完全不一样的人，是否可指点一二？万分感谢。

迷茫中年男

* * *

迷茫中年男：

你的邮件写得很工科男，问题很多，但一一开列，条理清晰。

我的答案很简单，你没有问题。

一个中年男人，阶层跃升，家庭幸福，夫妻融洽，优质房产数处，收入高且稳定，那就说明他没有问题。有问题的男人无法在38岁取得这样的情感成就和财富成就。

你这样的男人，你自以为的缺点，别人都可以解读为优点：没圈子？那是顾家；内向？那是稳重；不会“来事”？那是没有是非；个人辨识度不高？那是甘为人梯，有团队精神。

人的许多特质，内向与外向，开朗与害羞，健谈与寡语，合群与独狼，没有好坏高低之分。它们是好是坏，是对是错，人们往往以结果倒推，一个成功者，什么都好，不然他怎么成功？一个失败者，什么都错，不然他为什么失败？这么认识一个人，并非全然符合因果律，但也八九不离十。一个人能够成功，自然是他将自己所有特质的能量聚合得很好，大大战胜了自己缺点所产生的阻力。

成功者不可能完美，一生都得与缺点缠斗，借此不停提升自己。但成功者一定呈现出足够的自信，使他们能够坚持自己，激励自己，欣赏自己，这是成功的重要收获与意义。

你成长过程中过于自卑，总怕别人对自己有看法，小瞧自己，欺负自己。你现在是有了一切的成功者，是时候走出自卑了。不应再害怕和别人不一样，这些构成你的不一样，就是你的“个人品牌”，学会欣赏自己。

祝开心。

连岳

如果不能拉回这个姑娘，可能会有一点伤心吧

连叔：

关注您五年了，这是写给您的第一封邮件，事情有些难以启齿。

我是一位来自一线城市的普通女生，现于北京某211院校读大一。由于好奇使用了一款交友软件，我遇见了一系列奇怪的人，最初的心态与逛逛博物馆无异，然而之后，我遇见一个双商在线的32岁男人。在了解基本情况后，他对我提出包养，愿意以每月四万的价格换取一周三次左右随叫随到的“约会”。他有家室，但按他的说法是各过各的，已然是形式婚姻。

我谈过几次恋爱，受过伤后一度怀疑自己爱失能。爱情是奢侈的，很多人奋不顾身付出的爱只有一次，而我已经用掉了。上述行为明眼人都知，是不道德的。每月四万，虽不算高，但已足够说服很多人了。想想毕业后可以负担房子首付，平时的生活也能

宽裕不少，我也快要被说服。

价值观逐渐动摇、粉碎，我的内心生出许多怀疑：

所谓道德，究竟是什么，不伤害他人吗？既然如此，为何包养行为不道德呢？

为何人的生命权、健康权、性权等基本权利，本人并无处置的自由，擅自处置往往违法？比如安乐死、帮助自杀违法，再如买卖器官、身体交易……

生而为人，有没有什么必须坚守的东西，人为何要有底线？底线的存在对人的发展有何价值？还是说仅仅是如信仰般，没有由头却必须坚守的出厂设置？

我的理性告诉我，被包养是一个不错的选择，“利”大致有三：

一、生活宽裕，可以买过去不舍得或无法负担的东西。

二、为步入社会累积资产，减少父母负担，独自承担留京成本。

三、增长阅历。学习与年长者相处，自己更成熟，魅力提升。

四、人间几十年匆匆一行，总想体验不一样的人生，多尝试几种活着的方式。（曾经想去体验做三和大神、被关进精神病院、流浪街头、做AV演员等。）

当然，“弊”不胜枚举：

一、时间成本。他解释，所谓随叫随到可以提前规划，那么每周可能会占用十小时(路程较长)。大学课业并非很紧张，我有把握能平衡好学业，只是去参加社团活动的时间需要压缩。

二、心理负担。众所周知，这样的事极其不光彩。但后来上网了解到，这样的事并非个例，名校女大学生被包养的例子层出不穷、屡见不鲜。社会浮躁，早已是事实；从前慢，不过是美好的追忆。我能否承受这些压力？我想，在四万元前，我可以说服自己承受。我耳旁回荡着“永远不要考验人性”，我想只要我捐捐钱，献血捐髓捐器官，我总能抹掉心里的罪恶感，稀释对父母老师的歉疚，最终因不断弥补而达到沉重的平衡。多数人总能与自己和解，背上行囊向前走，毕竟还要生活。

三、爱情的机会成本。心灵蒙尘，我想这只能使我更难爱上他人或爱得更加不坦诚。但对于早已对单纯的爱情失望的我来说，这些可能都不算什么。在未来遇见终身之人时，我或许选择人格分裂，选择性遗忘这段经历。但不可否认，人的经历难以磨灭，可能成为终生的心病。

……

隐性的弊端仍然难以一一例举，毕竟我从未经历过。

在敲下这封邮件的同时，那个男人还在发送消息等我考虑，声称哪怕交个普通朋友，春节前见上一面聊聊。

我的价值观前所未有地动摇，理性告诉我，这将是一次新奇的体验，然而我的阅历不足以提供足够强大的理性来稳住我的决定；感性呐喊着：这是不对的，你可是个执着自强的女孩啊！可是所谓对与不对到底是如何划定的？执着、自强又有何现实价值呢？我感到我的赤子之心正在慢慢冷却，我却如此无力。或许所谓赤子之心只是从小接受的教育、普世价值观的内化，它只是特定时空的产物，在永恒的宇宙间，嚼不出半点价值。所谓价值又是什么？

到头来，我不过是想拥有快乐、确幸的人生，让父母家人过得更舒心，在此基础上帮助更多人。

“我们立于大雪弥漫、浓雾障眼的山口，我们只能偶尔瞥见未必正确的路径。我们待在那儿不动，就会被冻死；若是误入歧途，就会摔得粉身碎骨。我们无法确知是否有一条正确的道路。我们该怎么做呢？”

盼复。

无知者

* * *

无知者:

把你的问题简化一下,就是:要不要去当妓女?

你已经快要说服你自己了。嫖客也看到了这点,所谓见一面当个普通朋友聊一聊,是他在让自己有机会摆出现金,让你彻底放弃抵抗。

让我尝试劝你一下吧。

当然,最大的理由就是中国并没有当妓女的自由,这是违法犯罪。你也许以为自己聪明,可以欺骗法律与警察,用软件约一约,神不知鬼不觉。其实这才是危险所在,在一切皆有记录的网络时代,犯罪越来越难了,而且几乎不可能了。你卖一次淫,终生有爆雷风险。

法律可以探讨,法学家们干的就是这事,但用行动违反现行法律,却无须探讨,是愚蠢的找抽找死。

即使不违法,妓女也从来不是好职业。

一是人身风险大,你被强暴,被胁迫交易,被拍成色情影片全网传播,你喊冤无门。

二是人生风险大,冲动当一次妓女不像冲动抽一根烟假装坏女孩,是“好玩”的、可逆的行为,它像打碎精美的瓷器,是不可逆的。当了妓女,你的人生往往就锁死在妓女这个角色上,失去了其他可能性，以后任你怎么后悔，怎么洗白，妓女这个标签都会跟着你。有些人生是无法体验的，也不必去体验，体验了就无法体验其他美好事物，正如体验了死就无法体验生。

三是妓女的收入并不高。你被一个月四万的卖淫收入迷住了，脑子迅速做乘法，算出了首付、宽裕的生活及留京资产。这算法是错的，这一个月四万你拿不了多久，没什么嫖客固定给你发这种工资。玩腻了你的收入就停了，遇上不讲信用的，你未必收得到钱，还得亏本。高估嫖客的道德水准，对妓女是极其不利的。到最后你只好拼命招揽顾客以维持收入，然后越来越不值钱。妓女从来是一个高开低走的职业，四万就是你人生巅峰收入了。孩子，你还小，还不知道四万真不是多大的钱。你都是211的大学生了，光明正大挣大钱的机会，多的是，要有耐心等自己成长。

四是你当妓女是一种违约行为。你也知道，当妓女并不光彩，是无法对自己父母、老师、同学骄傲展示的行为。父母把你养育成一个211大学生，当然是指望你做光彩的事。211大学录取你，也是期待你做光彩的事。结果你一上大学就准备当妓女，钱你得了，屈辱是他们的。这是何等的不忠、不义、不孝。若你最终当了妓女，即使和你没有任何关系的善良者，可能听了心情都很灰暗，你也算是背叛了他们，背叛了人类的善良天性。你是爱他们的吧？爱他们就不要伤害他们。

你想保有赤子之心，你想执着自强，你想抚慰父母师长，你还想回馈社会，这都很好。可是，当妓女显然毁灭了这些目的。好好当一个健康努力的大学生，才有可能实现这些目的。

祝开心。

连岳

谢谢你，那个姑娘拉回来了

连叔：

我是那个傻女大学生，今天我明确且坚决地表示了拒绝，并删除社交软件以及他的联系方式。

感谢耐心温暖的连叔以及留言区读者，无论是否能收到我的感激，我从心底感谢你们的善良、劝诫、包容或者愤怒、批评。真的很抱歉，让大家伤心了。

18岁生日那天，我告诉自己，即日起没人有义务对你负责，所有事情你应当独自承担。曾阅读连叔痛批中年人的回信，读来酣畅淋漓，本做好了被痛批一顿的心理准备，可是一行行、一字字咀嚼回信、留言，竟觉得痛而温暖，凝视深渊太久，竟忘记了这个世界上还存在许多朴素而无价的情感：善良、同理心、慈悲、乐观……这些情感存在于具体的每个人身上，无关乎抽象的“人类”，无关乎永恒的时空，更无关乎高深的哲学。

一个无知且自以为是的女孩，走得太急、迷失了自己，幸好在许多善良陌生人的帮助下重回正道。我希望所有陌生人，包括连叔您，不要难过。

我不愿显得矫情，但感受到这些难过，我心都碎了。

写了一段幼稚的话，我希望我能在接下来的人生中修炼真正的勇气：

天下有大勇者，势单力薄，不惧强权威势；洞明世故，不弃善念操节。

初生牛犊，无知而无惧；天下大勇，固知难知险，有畏有惧，然执念往之，虽不能至，奋余力其无悔兮。

希望有朝一日，我能敢于正视平凡寡淡的人生，在历挫惨败后，有从头再来的信心；在凝视深渊后，有坚持本心的定力，必要之时，有挺身而出的勇气。

成为大勇者。

谢谢连叔。

无知者

* * *

无知者：

收到你这封邮件我如释重负，很多读者应该也是如此。谢谢你爱自己，谢谢你爱我们。

你的第一封邮件登出以后，留言有数千条，至今还在增加中，多到我几乎不可能看完，绝大多数是痛心、惋惜、劝诫，甚至是悲伤、绝望、愤怒，仿佛看到一个孩子溺水，自己却无力相救。如你所知，微信公众号留言最多显示一百条，许多留言者明知自己的留言无法向众人展示，他们为何还要做这种“无用功”呢？那就是人类的善良天性在起作用，只要是为了挽救一个人，哪怕自己的努力没人看得到，没有回报也愿意。

你一生要记住这些善良的人，你也要成为这种善良的人。在漫长的人生中，当别人需要你挽救时，你要想起今天这些挽救你的人，将你得到的善意传递给他人。人类是靠这种善的传递进化的。

你的文字水准远高于同龄人，体现了背后强大的阅读力与思维力。有人修炼了一辈子也达不到这个高度，这是老天爷的恩赐，这也是老天爷的考验，能力用错了地方，带来的就是痛苦。怎样才能用对能力呢？就是凡事从善良的角度出发，自己做的这件事，是否让他人及自己的处境提升，知识增加？是否带去了希望，而非绝望？是否让人微笑，而非悲苦？是否双赢，而非独食？是否生，而非死？

所以，一个善良者，一定是终生精进者。他不会放纵自己，放弃自己，他忍受得了寂寞、孤独、误解，也不怕敌视与攻击。因为他知道，能力越大，责任越大，他有义务扩大善的范围。他要善待自己，也要善待他人，他要给饥者饱，他要给冷者暖，他要让伤心者开心，他要让堕落者上升，他要让未来比现在更好。

愿你有善良者的壮丽一生，愿所有孩子都有这样的一生。

祝开心。

连岳

人人都得受伤，正确认识受伤，学会受伤后成长

连岳：

您好！

也许这封邮件会石沉大海，不奢求能得到你的回复，但是半夜又被噩梦吓醒的我，不知道该怎么克服这梦魇般的童年阴影。

我的妈妈在我小学二年级的时候就得了癌症，我爸爸不怎么在家，奶奶不喜欢女孩，以至于小学我都是中午在学校吃饭，下午放学去同学家做作业，晚上自己买个面包吃，然后到八九点才敢回奶奶家睡觉。

后来，在我小升初的时候，妈妈走了，没过两年爸爸又再婚了，后来又生了一个妹妹。如今我已经成年了，可是童年的几件小事却始终困扰着我。

一、小时候在大院里玩，不知谁家支了个帐篷，小孩子们都钻进去玩，空间有限。到我想玩的时候，旁边一个小孩家长却问：

“这是谁家的孩子?”她见没人回应就说:“没空了,你不能玩。”我怯生生地逃离了,那时七八岁的我还不知什么意思,只是委屈地边跑边哭。

二、邻居家的小男孩,逮住一只螳螂(一种绿色的昆虫)想用草梗从尾巴穿进去,也是6岁的时候。当时我觉得很残忍,或者是太害怕了,我就打了他的手一下,把那只绿色生物放跑了。他骂我,我就跑回家了。没过一会儿,小男孩带着他的妈妈上门告状了,说我打了他。我奶奶应的门,要我出来道歉,还说要狠狠打我。我吓得跑到厕所里锁起门,不敢出去。我至今都记得我当时发着抖蹲在厕所里哭得稀里哗啦,大口大口呼吸,那味道……

三、到了初中基本我自己在家,一个周末早上,同班同学的妈妈来敲门问我同学在哪?我说我不知道。她的妈妈对我说:“你没人管,不要把我家某某带坏了!”说完就走了,留下我自己哭了好久。那时候我妈妈去世也就一年,爸爸整日不着家,我家的情况同学都是知道的。所以她骗她妈说来我家住,其实是去网吧通宵了。对此我是毫不知情的……

这几件事情都已经过去十几二十年了,(请别笑话我)不知道为什么时不时会让我做噩梦,惊醒后发现自己满眼泪水止不住……

连老师，我知道我该坚强，平时也不会去想这些，可是噩梦却总是来找我……

祝您快乐！

Y

* * *

Y：

先说一句你可能会不开心的话，如果上面三件小事就是你痛苦的回忆、噩梦的来源，那么，你的成长过程是幸福的。估计没什么人敢这么跟你说，只要你说出“我妈妈在我小时候就生病去世了”，倾听者都会对你抱以同情，在害怕不小心伤害你的担忧中任由你放纵自己的情绪。这倾听者包括你自己，人的思考就是自我对话，分析自己所经历的一切。所以，为什么自怜一旦过度，就会变成自我吞噬的力量，你会一直暗示自己“我很痛苦”“我很悲伤”“我很不幸”。适当的自怜，或许能够让你爱自己，但过了度，却会让你恨自己，恨他人，恨社会，觉得其他人好冷酷，好残忍，都不关心我！

自怜若是利用“个人差异”这个借口，那更是天下无敌，一条路可以走到黑。被骂一句对你是小事，可对我就是大事，就是毁灭了我的人生，怎么样？这个态度一出来，还能怎么样，只能由你了。很多原本可以很幸福的，世界给了他足够多的人，就是这样一生不幸的。世界对他好，别人对他微笑，他都觉得是别人应该的，是在赎罪而已。这个套路多玩几次，他反而会不自觉地强化“我很可怜，受过伤”的自我认知，这样可以情感勒索他人。他慢慢失去了对等回报他人温暖与爱的能力，永不知足，也不懂感恩为何物。到了别人都不愿意搭理他时，他不会反省，反而会说：你看吧，果然大家都对我不好！人的命运，往往是这样自我设计、自我验证、自我强化的，好命是如此，歹命也是如此。不仅你应该警惕，人人都应警惕，不要把好命玩成歹命。

上面的话，如果你听不进去，我不会怪你。说实话，我在你这个年纪时，也听不进去。连叔我在童年的多数时光，比你苦一百倍，是极度孤独、压抑、无所适从的，也承受了不少肉体和情感上的暴力。我要参加童年比惨大赛，你绝对不是对手。在很长时间里，我绝口不提，不知怎么说，说了也没人可以解答。后来说过几次，但除了把大家搞得不开心，也没什么别的结果。而且我也真的认为，当时多数人是无意的，多数人是好的，有时候好心偏会产生一个坏结果。阴差阳错本来就是个人与历史发展的一部分，意外、失控、变异还是进化的要素。我们不仅无法万事如意，更得承认受伤是生活的组成部分。没有不受伤的人，没有不受伤的生活，过去要受伤，现在要受伤，将来也得受伤。强大的成年人就不受伤？也受的，世上总是有一部分不可理喻的坏人，左手接过你的面包，右手就给你一刀，你无法用正常的人性与逻辑推演他，这些人按概率总会碰上的。比起成年挨的刀，童年的那点委屈，算什么呢。

你可能想不到，时光流逝，连叔到了这个年纪，反倒喜欢自己的童年经历了。没有那些经历，我可能没有性格里的独立、韧性与要强，我对人性与世界也没那么深的了解，我也不会震惊于温柔、同情与爱的力量。更重要的是，没有一连串的误打误撞，我也不可能遇上连太啊，那样一生就太没意思了。现在让我再挑一次，我还会挑同样的童年，同样的人生，受同样的伤。是这些伤成就了我，让我遇到爱的人。

人的强大、成就与荣耀，建立在受伤后的成长之上，这点像战士，伤痕才是真正的勋章。你要早点这么想，作为命运的战士，受过伤，正受伤，将受伤，这才是我们的光荣之路，力量之路，幸福之路。

祝开心。

连岳

过年受奢靡之风刺激，有点动摇想当骗子

连岳叔：

您好！

我是一名来自某省县城的94年出生的年轻人，大学本科毕业后一直勤勤恳恳在广州做事。目前年薪十六万左右，在父母的帮助下，在广州三环供着一套七十多平方米房子。从小到大，我以及我家人坚信一个最基本价值观就是做人一定要善良，要努力，要走正道，不赚亏心钱。这是一个人最基本的品德。所以一直以来我也是坚信人只有走正道才会有好的未来。我身边很多发小从小就不读书，我努力读书考上大学；而我发小一直在尝试各种歪门邪道，几次都想拉我一起入伙，我每一次都拒绝。在这个春节前我还一直相信我是那个“走正道”的年轻人。

这几年以来，我村里一起长大的发小、兄弟，受到大环境的影响都跑到东南亚去做跨境赌博。每个人都赚了大钱，短短几年

个个身家几百万、上千万。起初我一点也不在意，但从疫情开始，我所处的行业受到严重打击，可以说去年一整年我真正感受到了社会的毒打，好几次房贷差点还不上。今年春节回到老家，村里也变了味了，祠堂开会、家族聚会、宗亲聚会，失去了以前那种亲密感，开始变得现实。无论是老人还是年轻人都以出去做跨境赌博的发小为中心，敬酒、聊天的话题永远围绕着这批人，甚至连祠堂管理岗位都极力推举这些人，很多女生也会以这些人为相亲标准。我开始陷入迷茫，感到难受。

我承认我会迷茫和难受是因为嫉妒心在作祟，年轻人都希望自己在某个群体里有光环。当你发现你坚信的价值观并没有给你带来多大的"回报"，而站在你价值观对立面的人却轻易地拥有你一直在努力追求的"光环"，我的嫉妒心开始骚动。他们年纪轻轻开着豪车，住着厦门一套七八百万的豪宅，一场饭局开几万块洋酒，带着女朋友游山玩水。而我自己每天早上挤着地铁、加班、挨骂，各种以前觉得是锻炼经历，现在看来都是自我麻醉。我的内心开始动摇了。

我很纠结，内心还是坚信人要走正道，但是又忍不住向往他们的生活。这是不是人性的缺点？还是我自己本身就不是个所谓"坚信正道"的人，那只不过是拿来欺骗自己的精神麻药罢了？也许是我自己不敢放弃年薪十六万的工作，不敢跟他们去艰苦的环境赚钱，既要安逸的环境又想奢靡的生活，到最后还要满口正义地说我是坚守“正道”，所以才不去从事他们那行。

连叔，我们县城这个“风气”已经弥漫，我相信不止我一个年轻人面临这种纠结，我身边还有好多同学已经动摇且付诸行动，奔赴东南亚从事跨境赌博行业。

我给连叔写这封信的同时，其实我也知道自己的选择，我还是会选择在职场里从事“正道”的行业，我会调整心态继续努力。并不是因为我道德多高尚，只不过是因我知道自己想要的未来是怎样的。我会慢慢远离这个圈子。

但还是很贪心地希望连岳叔能给我一点点力量，可能也不是给我一个人，因为这已经不是我个人问题，至少在我看来是我们县城很多年轻人都面临的共同问题。

祝连叔健康快乐。

一个被奢靡生活影响的90后

* * *

一个被奢靡生活影响的90后：

跨境赌博当然不是正当行业，鄙视这行才是人正常的情感反应。其实它更严重，根本就是违法犯罪，从3月份开始，刑法修正案（十一）正式实施，跨境赌博正式入刑。你的危险，是还不知道这是犯罪，以为他们在“吃苦挣钱”。

看来你所在的县城，风气很差，骗子间互相教唆、抱团、鼓劲，甚至以炫富的方式展示力量，招募新人。你决心远离这种环境是对的。看得出来，你动摇了，动心了。再不远离，就要被拉进去了。这点我很佩服你的父母，他们生活在那个环境，不为所动，教育你要善良走正道，供你读大学，资助你买房。他们但凡有一点动摇，在那个环境中，早就当骗子了。你若当骗子，不走正道，对他们的打击将是致命的，这点要牢牢记住。做决定的对错，最有效最直观的标准就是：最爱我的人，是否以我这个决定为荣？

走正道，是否永远比邪道舒服？不是。如果那样，就没人会走邪道了。骗，偷，抢，在得手之后到坐牢之前的这段时间里，似乎比正道风光。就是这个假象让有些没有定力，没有远见的人忍不住想走邪道。

你想追求更高的收入，更大的房子，这都没错。不仅没错，我还希望年轻人目标定得高一点，要相信自己将来住得起这座城市最好的房子，这样更能够把自己的潜能挖掘出来。骗子在厦门买七八百万的豪宅——其实这价位在厦门并不算豪宅——这让你沮丧。可你多想一步，厦门豪宅那么多，绝大多数，99.9%以上，都是走正道的正派人买的，这不该让你生出信心吗？是这99.9%的正派人更值得学习，还是那0.01%的骗子更值得追随？正道比邪道宽得多，不是明摆着的吗？

在一个和平的市场经济环境里，人应该追求财富，在这种追求过程中发展自己的品格、才能与韧性。邦有道，过上好生活是一个人的责任所在。但好生活不只有钱，不只有奢华，好生活更难的是要让人尊重。别人接触你再久，都不会失去对你的尊重，还会增加尊重。一个人有钱，别说他是诈骗所得，只要他表现得不负责任、骄横、粗暴、下流、丧失同情心，他都会让人无法尊重，令人轻视，远离。钱是人品放大镜，十倍百倍无数倍地放大你的优点与缺点。好生活，你要有钱，还要有道，就是孔夫子所说的“富而好礼”。礼是什么？就是不偏离一个人的正道。正道是什么？是“己所不欲勿施于人”。你不愿被骗走原来应该还房贷的钱，原本应该交父母医疗费的钱，原本应该交孩子学费的钱；你不愿被骗后无助地哭泣，撕心裂肺般地懊悔。这些“己所不欲”，永远不要施于他人。骗子有多嚣张，受害者就有多痛苦，知道这点，你就一点也不会动摇了。

当然，最重要的理由是，你一定要相信警察、刑法、社会主义的铁拳比你们家乡的骗子牛。收拾他们不是今天，就在明天。人生记住这条就不会犯错。

祝开心。

连岳

一切有价值的长久关系的基础

连叔：

您好！

耽误您宝贵的时间了，我是一名您的忠实读者。

我有一个事业合伙人，家在河南，人在浙江与我一起创业。他平时为人风趣，工作认真，肯吃苦，专业能力得到了大家一致认可！

2018年，他老婆二胎哺乳中，他出轨了。跟一个女的保持了约半年的联系。

2019年，他跟第一个情人断了四个月后，又有了第二个情人。然后他跟第二个情人过了长达一年多的同居生活，其间两人都有真情付出（第二个情人已离婚）。

2021年，也就是现在，他老婆打算来浙江与他一起生活，但是他第二个情人不肯放手了，以各种理由哭闹威逼。他第一个情人也说为了报复他，已经偷偷地生了一个女孩了，让他每年付五万元生活费给她，如果不给的话，也会让他老婆知道。现在的问题是他不敢让老婆知道。春节期间，我看他白发突然多出来了，虽然他只有34岁。

连叔，我想请教您，像他这样的情况该如何处理？以他的为人，我该继续与他事业合伙吗？

一个迷茫者

*　*　*

一个迷茫者：

他的生活很难处理，怎么处理，我也不关心。我想回答的是你的问题，这样的人，事业不该与之继续合伙。

配偶、好朋友、合伙人，这是一个人一生中最重要合作者，不可不认真挑选。大原则是相同的：他是值得尊重的、值得信任的，然后才是有才华。

绝大多数人，与我们的人生是一面之缘，不会了解他太多，也不可能了解，此时看的是他的才华。比如你坐出租车，司机开得平稳安全，车内整洁，你就满意了。他人品不至于坏到要谋财害命就行了，其他的，并不重要。

但一个人若经常在我们生活中出现，人品就要上升到最重要的位置了。和朋友见面，并不是为了得到他的服务，而是享受与他在一起的时光。在这方面，我的观念有一些改变，我原来的原则是，只看他对我，不看他其余。这人对我好，那就一起玩，不要求他其他。后来发现这不对，是小仁小义。一个人明显不忠不义，不学无术，胡作非为，口是心非，虚伪造作，搞三搞四，社会评论很差，我还和他把酒言欢，那我算什么呢？

一、别人以为我是他同类，玩得久了，百口莫辩，说你是同类一点不冤；二、你以为真不会受影响？三、我是不是不自觉地变成他做坏事的掩护？变成他的遮羞布？

交友还是要大仁大义，内心无法尊重一个人、信任一个人，那还是敬而远之。人生有几个经历了风雨的发小、老友，足矣。想到他就觉得幸福，即使相忘于江湖，几年没有见面，又如何？

信任是一切有价值的长久关系的基础。《论语》里说得好，君子要先取得民众的信任，才可劳动民众，不然民众就认为是迫害；君子要等国君信任了才可进谏，不然就像是诽谤。取得信任，珍惜信任，维护信任，这是做人做事的基础，做得到就是君子，做不到就是小人。可信任的人相对少数，能让人信任也不容易。以信任为基础做事肯定难一些，慢一些，似乎效率低一些；但它是踏实的、可持续的，越走越容易，越走越快，越来越高效。

与可信任的、可尊重的人合作，我们内心不会焦虑，精神不会分裂，这种合作关系是心理健康的、令人成长的关系。无论是家庭，还是事业，人应该生活在这种关系之中。一个以折磨女性为乐趣的人，一个没有家庭责任感的人，怎么可以当事业合伙人呢？当朋友，当员工，也不行。一个不值得尊重、不值得信任的人，应在一切关系中被边缘，被放逐，这才是正常社会运转的天理。个人、家庭、公司、国家，顺之者昌，逆之者亡。

祝开心。

连岳

人性的黑暗深不可测，人性的光明高不可测

连岳：

您好！

衷心希望您一切都好！心中纠结很久，还是提笔给您写了这封信。

我和老公都是80后帝都土著，有一孩上小学，双方普通家庭。三年前，老公查出肺癌晚期，骨转移、脑转移，手术后病情稳定了一段时间，还正常上班。但最近几个月病情反复，基本卧床，体重直线下降，夜里疼得无法入睡。从以前意气风发到现在形如枯槁，周围人看到真的很难过。

我们不和双方父母住，但也都离得不远。孩子从小是我父母帮忙带大的，现在也是我父母在照顾，同时他们还要兼顾给我老公做有营养的汤汤水水。他们是上岁数的人了，很累，但也很心疼我老公，觉得他是好人，让我不要放弃。我白天上班工作紧张，

晚上回来还要照顾他和辅导孩子,一家人心力交瘁。

而老公的父母呢,他们以自己离得远和疫情期间坐公交车不安全为理由,一直不出现,却还在电话里表白自己如何爱儿子,并让我多照顾。三年来,他父母照顾他的时间不超过三个月,还只是做顿饭而已,经常以我老公对他们的态度不好就骂骂咧咧撂挑子。他们是那种让别人觉得很不舒服的人,明明就是底层劳苦大众,却高高在上,要求别人给予最大尊重和敬仰。当年我临盆前挺着大肚子坐在床上,他妈妈以我没有站起来迎接她而破口大骂。而我老公说话稍微不耐烦,他们就能恶语相向指责半天,最后必须以他们胜利告终。这是对待自己唯一的孩子,一个癌症晚期病人啊,做父母的毫无温情可言,生性如此凉薄,震碎了我的三观。

我们其实很不愿意跟他父母接触,也雇了钟点工做晚饭,不麻烦双方父母。但我老公现在这个样子,身边离不开人了,我父母身体和情绪上都不允许再多付出,而他父母又是极其吝啬出钱出力,且经常出言不逊扰乱正常生活。我真的不知道该怎么继续下去,每天都很累,也不敢去接受更有挑战的工作。很长时间没带孩子出去玩了,觉得很对不起他。孩子每次问爸爸得的什么病,什么时候能好,我无言以对。我是连放弃都会被唾弃的人吧,人生过半，但已没有未来……

没想到人生如此之难，不知道能不能收到您的回信。希望来信不会影响您的心情，祝您开心顺利！

人生太难

* * *

人生太难：

加油啊！我唯一会怪你的，就是你没有早点给我来信。不是说我的回信有什么魔力，至少我可以为你加油。至少看到你来信的所有读者，他们都会为你加油。

见识人性的不堪，是我们人生逃不过的一课。一个人真的了解人性，就会发出这声感叹：人性的黑暗真是深不可测。就像你现在一样。对于还没有这个感慨的人，我总是用这句话警告他们不要过于轻信。而对于已经吃过苦头的人，我还会送给他们另外一句话：人性的光明真是高不可测。就像你的丈夫，他身患重病，又遇上这样的父母，他内心的悲凉数倍于你；但与此同时，你的温暖、岳父母的慈悲，令他的感动可能数十倍于没有悲凉过的人。

人性的黑暗，黑暗的人，在于它无法用正常的情理推演。按人情，按天理，它都不该发生。它往往体现为逆人情天理，你信任他，他偏背叛你，你爱他，他咬你最凶。这种反差与震撼，才体现出黑暗的恐怖。遗憾的是，这种事情最常发生在本该温暖的家庭里，黑暗的人吞噬的第一批人，就是其身边的亲人。这就是我们既要珍惜血缘，又要超越血缘的原因。不珍惜血缘，连家庭都不爱、不建设，连最爱自己的人都要辜负，将会变成一个黑暗的人。不超越血缘，便会被身边的黑暗者捆绑，无法挣脱他，成为牺牲者。

但凡身边出现黑暗者，我们要做的就是隔绝。隔绝得越好，黑暗越无法影响你。隔绝有很多种，不闻不问，不来往，拉黑，这是容易想到的隔绝法。但是，如果你还对黑暗者抱有希望，以为他们将后悔、惭愧、改正，那就是还没有隔绝。迎接你的，极可能是新一轮打击。黑暗者之所以黑暗，在于他们的自我评价极高。不是他错了，是世上错了；不是他骗人错了，是别人不上当错了；他没回报你的爱没错，是你爱他不够有错；他凶你、害你，甚至杀你，都是正当的，甚至是为了你好。他觉得自己简直就是天使，有什么可悔改的？对黑暗者彻底死心，才是真的大隔绝，你才能够清静、安宁、有力、生长。

我知道，你很累，太需要一点亲人的帮助，你认为他的父母无论如何此时总会帮你一把，毕竟那是他们的儿子。你觉得应该会、肯定会、是人都会，这就是还没有用“彻底死心”隔绝黑暗者，你还以光明的人性推演他们，产生了希望，希望破灭后的失望、绝望，让你累上加累。他们已经死了，黑暗者在人性上已经死了，跟我们不一样，已不再是人。认清这点，他们才无法继续伤害我们。

你现在的生活重心是好好陪丈夫治病，不要对自己太严格，其他的人生任务与精进，都可暂缓。也不要都自己硬扛，可以适当寻求帮助，让单位、好友知道你的难处，甚至可以请求孩子的拥抱与安慰（孩子做得到的）。所有光明的人，都会帮助你的，这对他们来说，也是自然而然的事。

拥抱你。

连岳

妈妈生了大病，要不要告诉她？

连叔：

晚上好！

这么晚还打扰您，实在抱歉。本想着努力自己解决问题，但是快一年了，我还是不知道应该怎么去面对这个残酷的事实，只好来请教学识渊博、阅历丰富的连叔。

是这样的，我妈妈去年确诊了肺癌。很不幸——这句话我从前以为只会在电影里出现，没想到也在我的生活里出现了，而且妈妈才48岁。那段时间我真的很痛苦，感觉好像要失去整个世界。确诊已经晚了几年，失去了手术机会，辗转几家医院都是同样的答复。好在经过病理、基因检测等，最后有靶向药的治疗方案。从2020年6月份就开始了这个终身治疗的方案，到目前定期复查，定期到医院打针拿药。二十一天去一次，目前情况较为稳定，就是人特别消瘦，加上药物导致的皮疹也比较影响妈妈的心情。不过好在我之前给我爸妈都买了医疗险，医药费可以报销。每次去医院都要产生四千元以上的花费，好在有医疗险，我们的家庭才不至于破碎（父母都是农民，我是95后，刚毕业两年）。

现在的问题是，之前我们跟妈妈说的是身体里面有囊肿，因为不严重，所以吃药打针就好，不需要做手术。妈妈没什么文化，加上有亲戚刚好在医院旁边，每次去医院我们都是在医院打个针就去亲戚那边住，所以不会受病友的影响。她也不识字，就是完全不知道自己是什么状况。因为病情也稳定，目前没有什么太难受的症状，所以我们跟她说医生说吃药看看，定期检查，如果吃到里面的囊肿消了就好起来了。这个说法她是相信的。但是现在快一年了，每三周去一次医院，也做了三四次CT复查了，还是得一直去，她就开始怀疑了，一直问到底是什么病，怎么这么多次了还没好。我很纠结，不知道是要一直找借口骗她，还是可以告诉她以慢性病的态度去对待这个病。要怎么去告诉她，怎么去让她坚信会好起来，而且有耐心地按时到医院去复查？妈妈虽然不是有文化的精明人，但是也会想很多东西，日子久了我怕她容易放弃，或者比较消极。请连叔给我个建议吧，我真是想破脑袋了。

以前总觉得要赚多少钱，要上升到什么职位，要过什么样的好日子。后来发现只要健康平安就好了，团圆的日子都能团圆，就很幸福了。如果快乐和暴富太难，那祝连叔和公众号的朋友们平安和健康吧。

一个无能为力的女儿

* * *

一个无能为力的女儿：

你是有大能力的人，父母的完美孩子。不可思议，如此年轻，却能未雨绸缪，又有定力独当一面。

有些病情，我们选择不告诉亲人，那得同时符合两个条件：一是这病在他不知情的情况下能够治愈；二是他本身心理比较脆弱，知情后疑神疑鬼，大悲大惧，不利于治疗。

你妈妈需要终身治疗，第一条就不符合。还是得把她现在的病情及治疗方案告诉她，她不再瞎猜瞎想反而减轻心理负担。否则，问得多了，总得到敷衍，又老要上医院，她反而会得出自己的答案：我肯定是不治之症。之后要让她放松、配合治疗，难度就大多了。也就是说，你瞒着她反而会让她觉得病情更严重。

她刚知道时，难免低落与伤感。任何人知道自己得接受漫长的治疗，开始心情都会悲伤。但人是有适应能力的，把悲伤的权利还给她。一段时间后，她就会情绪稳定，并接受新的生活形态，即定期到医院检查、治疗。熟悉这个节奏，她也可更好地安排自己的生活，这也有利于康复。再说了，你妈妈和你一样，也不是一般人，一般人养不了你这么好的孩子。她能渡过难关的，相信她。

病、老、死，是人生的大挑战。经历过大病，更知道健康是人的最大资产。应该早早意识到，保持健康，不让家人担心，这是责任感的体现，也是一件不容易做的事。早睡早起，控制体重，营养平衡，经常锻炼，戒烟少酒，这些事情你能守纪律、能做好，过程中磨炼成的意志力也有利于你追求人生的其他目标。职位金钱之类的，它们也是重要的能量来源。

你在照顾妈妈的过程中，保持健康也是一个大任务。不要有"妈妈病了，我还在想着自己的健康"的负罪感。妈妈病了，更需要你身体好。

拥抱你。

连岳